陳墨武學金庸

陳墨——著

陳墨

武學金庸——目錄

第三卷　學藝與成才

陳墨 武學金庸——目錄

引言

看到「武學金庸」這樣一個題目，一定有不少朋友要大大的不以為然，以為我這個人發癡發瘋。

都知道金庸再了不起，也只是一位小說家，而不是一位武術家。據說金大俠除了「太極拳經」之外，其他的武功都少涉及，且即便是太極拳也多半是會說不會練、會練也不會精的。

都知道武俠小說中的武功、技擊乃是作者的藝術想像，比電影、電視中的特技還要特技，連人影都不必有的，作者怎麼寫便怎麼有，讀者便怎麼看，只要熱鬧、緊張和精彩就行，武功如何如何，還不是由著武俠作家去信口開河？很顯然，即使金大俠被稱為一代武俠小說大宗師，他本人對「百花錯拳」及「九陰真經」等等也是會說而不會練的。因為這些功夫本來就是中看而不中用啊。

如此，何來什麼「金庸武學」？又惶論什麼「武學的奧秘」？

世之君子，對武俠小說這類文學作品本就存有偏見，不屑一顧。而對武俠小說中的

「武學」勢必更加嗤之以鼻。即便是愛讀武俠小說的朋友，對小說中的武功、技擊的態度，也只不過是將它當成小說場上的開場鑼鼓，以為它是專為招徠顧客讀者而設，肯定不會有多少人將此當真。

新派武俠小說的武、俠、情、奇這四大要素，人們注意和偏愛的只不過俠與情二者，而對武和奇卻另眼相看。尤其將武之一門，當成了小說的配菜乃至佐料，無它固然菜不好吃，有它也只不過為了吃俠、情的正菜。

與金庸齊名、鼎足而三的另兩位新派武俠大師梁羽生、古龍對武的態度也頗說明問題。其中梁羽生梁大俠是正統的俠派，他對武俠小說的創作要求是「寧可無武，不可無俠」。可見梁大俠對俠的理想風範的信仰和追求，可以稱之為理想派與正統派。相比之下，古龍則是現實派和現代派，他對武的態度是「武功不是給人看的，是殺人的」，所以他經常不寫具體的武功招式。

梁、古二人對武功的態度可以說是異曲同工，一說「寧可無武」，一說「武不是給人看的」，總之對武功、技擊不很放在話下。「小李飛刀，例不虛發」只一刀而了帳，至於是何門派，有何秘訣，怎樣的例不虛發，全不用管。那是讀者的事。梁羽生大俠的「天山劍法」雖是絕藝，然而教了一批又一批、傳了一代又一代，使了一回又一回，你看得多了、看得乏了那也沒有關係，懂不懂也同樣沒有關係，因為根本要點並不在此，而在寧可無武卻不可無俠。

梁、古這種超一流的高手態度尚且如此，其他的高手、低手們當然樂得清閒自在，那也不必多說了。無非刀光劍影、神乎其技，只要弄得讀者眼花繚亂就成。

再說前人寫武，也無非二法，一是實用招數，你一招「黑虎偷心」過來，我一招「蛟龍出海」過去，你再一招「金雞獨立」，我便來一招「蟒蛇出洞」，你再一招「猛虎下山」，我再一招「猛虎出林」……。二是法術、神通，如劍仙異術之類，強可吞雲吐霧、翻江倒海；攻則千里飛劍，取人項上之頭；退可地遁水隱乃至騰雲駕霧……總之神乎其神，當然也可以說是荒誕不經。正如「黑虎偷心」的一招一式固是實在樸素，卻又令人感到乏味。

如此，武俠小說中的武，或失之呆板老套，或失之荒誕無稽，惟作者寫得油了，而讀者也恰恰讀得流，倒也各得其所，相安無事，不在話下。

金庸及其小說卻不是這樣的。

金庸的偉大不僅在於他的氣度恢宏、境界深遠，也表現在他對細微末節亦是一絲不苟。

金庸的小說固然重視俠的形象塑造，也絲毫不輕視武功、技擊的藝術描寫。金庸小說中的武功固然也用來傷敵殺人，但更主要的卻恰恰是要給讀者看的。金庸的武功常常寫得很實在，但卻絕不呆板、更不落套，而是新招迭出。粗粗統計一下，金庸所寫的武功套路在千數以上。且這些武功，不僅新，而且奇，而且美，而且趣。另一方面，金庸的武功奇招甚多，神乎其技，將前人的內功、外功、輕功、暗器等等無不加以擴張變革，以至於寫內功可以有「九陽真經」使人如金剛不壞之軀，寫外功則有「唐詩劍法」；寫輕功有「凌波微步」，寫暗器則不僅有飛刀、石子，而且有棋子、銅錢、金針、冰片，不僅可以百步穿楊、而且可以後發先至、回龍轉彎、天女散花……金庸寫兵刃也絕不止於「十八般兵器」，而是奇門兵刃層出不窮，金庸寫練功的法門更是條條道路通羅馬……

可是，奇妙而不荒誕，正因為金庸寫武功表面上匪夷所思，本質上又入情入理，讓你不敢相信，卻又不能不信，神技卻非神化，本質上卻正是人的願望，人的力量、人性與智慧的表現和象徵。

武功、技擊，看似小道或者末技，然而「道可道，非常道」，且也講究「技進乎藝，藝進乎道」。金庸的精妙，在於無論須彌之大、芥子之微，都同等用心盡力。金庸的精妙，在於他胸羅萬象，從而納須彌於芥子之中。因此，雖武功末技，也寫得大道在焉；雖技擊小道，亦寫出了大千世界，別有洞天。

如此，誰又敢說金庸小說中的武功、技擊是小道、末技？

這就是「金庸的武學」。

進而，我們也就可以認真專注地探討其武學的奧秘了。

金庸小說中的武功技擊寫得一點兒也不油，讀者也就萬萬不可讀「流」了。

金庸並沒有將武功、技擊的描寫當成小說的佐料，我們就應該將它當成正菜來吃，而且要細細地品味。他沒有把武功技擊的敘述當成把戲場上的招客鑼鼓，我們就應該在其緊張、熱鬧之中仔細地捉摸它的藝理、門道。

簡單地說，金庸「武學」，我們應把它當成文學、哲學、人才學來讀。具體即可以分為以下三個層次。

其一，金庸的武功、技擊，是「借武而立藝」。借寫武功而創造出一種奇妙的藝術天地與境界。其中之武學需要讀者文讀。

其二，「借武而言學」。金庸小說的武學，重點不在武而在學。所以，許多武功雖不能當武術來練，卻與義理相通。其武功、技擊中的方法義理之學術，包含了深刻的哲學方法論思想體系。不僅對武術專業、文學專業有指導意義，對其他專業的意義，也是一樣。

其三，「借武以傳道」。此道便是學藝與成才之道了。金庸敘述了許多小說主人公成長和成才的故事，不僅包含了作者對人生的深刻體驗，而且還包含了作者對「人才」問題的深刻思考及智慧經驗。金庸的小說雖不是什麼人才學理論，但卻實在是極好的高手成才的故事。

這樣，本書也就依照上述三個層次而分為以下三卷：

第一卷：武功與藝術。

第二卷：武功與學術。

第三卷：學藝與成才。

至於對金庸的武俠小說不可讀「流」了，這實在是一件說起來容易，做起來難的事。如果提出一個「怎樣讀武俠小說」的問題，這不僅讓人感到荒誕不經，而且也確實大可不必沒事找事。但「怎樣讀金庸小說」這一問題，恐怕還是要注意一下為好。

雖說金庸的小說也是武俠小說，而武俠小說是可以高興怎麼看就可以怎麼看的——其他小說又何嘗不是——但金庸的武俠小說卻是「青，出於藍而青於藍；冰，水為之而寒於水」的。對金庸的武俠小說不能不另眼相看，因為它值得另眼相看。

武俠小說是成人的童話，這句話說得很妙，對童話裡的事物，我們固不能信以為真，但童話的象徵世界，我們卻又必須深信無疑。

金庸的小說無疑是最精美的童話和寓言。有關這一點，我們在其他的地方已經說到過，因而對此世界中的一切，我們只有通過它的離奇誇張的言傳，而達到深刻而真實的意會。

就其武功、技擊而言，我們想要探究其武學的奧秘，也只有超越其技而得悟其道，乃至忘卻其形而獲得其神其理其意。

在涉及本書的第一卷的內容，即涉及金庸小說武功、技擊的藝術層次時，得意忘形，雖然就已相當重要，但似乎還不是那麼關鍵。而涉及到金庸小說的學術層次及學藝成才層次，即本書的第二、三卷內容時，得意忘形、言傳意會就成了關鍵的關鍵。

在某種意義上，讀金庸的小說，如學詩作畫，又如學佛參禪，最重妙悟。世尊招花，迦葉微笑，不傳一言而妙悟禪理，不著一字而盡得風流。凡常之人雖無此智慧神悟，但小說的「境界」一說，本就源自佛學。我們不能、也無必要不著一字而後盡得風流，但面對金庸小說千言萬言千萬言傳，我們總要做到能夠意會才是。

如果說將讀金庸的小說比做參禪學佛有點太過神秘，那麼我們不妨將它比作是看寫意畫好了。或者，武俠小說既是成人的童話，何妨按「童話」讀之解之？讀者既為成人，當知怎樣去讀童話。好在金庸的小說深入淺出、入情入理，自有引人入勝之方，而又有啟人妙悟之法，大家不妨仁者見仁，智者見智。

閒話休提。有兩點還需說明一二。

一是金庸小說中的武功有千數以上，技擊的篇幅占小說三分之一以上，金庸的武學如此豐富而又複雜，其武功、技擊的精彩描寫可以說是俯拾即是，而又各有千秋。我們既不可能將其十五部小說中的武功、技擊一一進行分析讀解，也不能只將一部書中的武功作為標本進行分析，當然也不能平均分配或按部採擷。我們採集標本之法只能是信手拈來，所以肯定會有不少與我們所列舉的例子同樣精妙乃至更為精妙的武功套路與技擊場面被遺漏而不能入選。既然是不勝枚舉、俯拾即是，我們掛一漏萬也在所難免而又無傷大雅了。

其二，我們將金庸小說中的武功、技擊的描寫分成三個層次來舉例分析，固然是勢所必須、不得不為，然而小說中的武功、技擊的片斷其實是融藝術、學術、學藝之道於一體而不可分割的，如此我們只能或一次分析一段的其中一個層次，或將一段分成幾個層次來舉例。只側一面、或截一段而為幾層幾節，這都是因為敘述的方便，體例所限，不得已而為之。

為此，敬請讀者朋友海涵。是為引。

第一卷

武功與藝術

一／百花錯出武如文

這是本書開卷第一回。也讓我們從金庸小說創作的第一部書的第一回說起。

金氏處女作《書劍恩仇錄》開頭寫的是什麼「清乾隆十八年六月，陝西扶風延綏鎮總兵衙門內院，一個十四歲的女孩兒跳跳蹦蹦地走向教書先生書房中。」如此云云，幾乎要叫人疑心這不是武俠小說，而是歷史小說或言情小說。幸而第一段中的那個小女孩（李沅芷）很懂事又很頑皮，輕手輕腳走到先生的書房窗外，拔下頭上金釵，在窗紙上刺了個小孔，湊眼過去張望：

> 只見老師盤膝坐在椅上，臉露微笑；右手向空中微微一揚，輕輕啪的一聲，好似什麼東西在板壁上一碰。她向聲音來處望去，只見對面板壁上伏著幾十隻蒼蠅，一動不動。她十分奇怪，凝神注視，卻見每隻蒼蠅背上都插著一根細如頭髮的金針，這針極細，隔了這樣遠原是難以辨認，只因時交未刻，日光微斜，射進窗戶，金針

在陽光下生出了反光。

書房中蒼蠅仍是嗡嗡嗡地飛來飛去，老師手一揚，啪的一聲，又是一隻蒼蠅給釘上了板壁……

這也真是機緣湊巧，這位官家小姐這一張望，發現她的老師不僅是一位飽學詩書的宿儒，且還是一位技藝高超的大俠。這陸高止原來並不是什麼陸高止，而是名震江湖的武當派大俠陸菲青。那用來釘打蒼蠅的金針，亦正是他的成名絕技之一的「芙蓉金針」。陸菲青這一把金針揮出，不僅揮出了這部《書劍恩仇錄》中複雜的故事，而且也從此揮出了金庸筆下多少轟轟烈烈、精彩紛呈的武功。

這「芙蓉金針」是金庸生平第一次寫武功。雖然是小小一枚金針一揮，卻已足見金庸寫武功出手不凡，進而神乎其技了。

然而，陸菲青及其芙蓉金針雖然出手不凡，卻還算不上金庸創造的獨門功夫，因為這一類的武功我們在其他武俠作家作品中也能看到，並不算太新奇。金庸先生在這部小說處女作中所寫的真正的獨門功夫或「代表作」，乃是小說主人公陳家洛在與西北武林大豪、鐵膽莊主周仲英交手時所使出的一路「百花錯拳」。

小說的第三回中，陳家洛等來到鐵膽莊，與周仲英生了誤會，交起手來。陳家洛是新任的紅花會總舵主，會中群雄都沒見過他的武功。只見他與少林派俗家高手周仲英過招時，最先使出的竟也是少林拳。眼看不能取勝，又使出武當派的功夫「八卦遊身掌」及「太極拳」。之後又變，頃刻之間，連使了武當長拳、三十六路大擒拿手、分筋錯骨手、岳家散手四門拳法，眾人見他拳法層出不窮，俱各納罕。不過陳家洛仍是不能取勝，因為拳術之道貴精不貴多，專精一藝，遠勝於駁雜不純。陳家洛雖對每一路拳法所知均非皮毛，令人稱異，然而總不能與數十年來以一套少林拳依次遍敵各門好手的周仲英爭勝。進而，書中寫道：

……酣鬥中周仲英突然左足疾跨而上，一腳踏住陳家洛袍角，一個「躺擋切掌」，左掌向他下盤切去。陳家洛一抽身竟未抽動，急切中一個「鯉魚打挺」，嗤的一聲，長袍前襟齊齊撕去。周仲英說聲「承讓」，陳家洛臉上一紅，駢指向他腰間點去，兩人又鬥在一起。

三招一拆，旁觀眾人面面相覷，只見陳家洛擒拿手中夾著鷹爪功，左手查拳，右手綿掌，攻出去是八卦掌，收回時已是太極拳，諸家雜陳，亂七八糟，旁觀者人人眼花繚亂。這時他拳勢手法已全然難以看清，至於是何門派招數，更是分辨不出了。

原來這是天池怪俠袁士霄所創的獨門拳術「百花錯拳」。袁士霄少年時鑽研武學，頗有成就，後來遇到一件大失意事，性情激變，發願做前人所未做之事，打前人所未打之拳，於是遍訪海內名家，或學師，或偷拳，或挑鬥踢場而觀其招，或明搶暗奪而取其譜，將各家拳術幾乎學了個全，中年後隱居天池，融通百家，別走蹊徑，創出了這路「百花錯拳」。這拳法不但無所不包，其妙處尤在於一個「錯」字，每一招均和各派祖傳正宗手法相似而實非，一出手對方以為定是某招，舉手迎敵之際，才知打來的方位手法完全不同，其精微要旨在於「似是而非，出其不意」八字。旁人只道拳腳全打錯了，豈知正因為全部打錯，對方才防不勝防，須知既是武學高手，見聞必博，所學必精，於諸派武技腳中早有定見，不免「百花」易敵，「錯」字難當……

這一套百花錯拳使出，周仲英不得不「大驚之下，雙拳急揮，護住面門，連連倒退」。見對方拳法古怪之極，而拳劈指戳之中，又夾雜著刀劍的路數，真是見所未見，聞所未聞，最後當然只有敗退踉蹌。

這一套「百花錯拳」使出，陳家洛固是揚名立萬，袁士霄更是卓然成家，而金大俠的如此獨門功夫，更是令人稱絕。誰都知道，這一套「百花錯拳」的真正創造者，當然是小說的作者金庸。

這一套「百花錯拳」在武俠小說的武學界，真正稱得上是一種傑作。它不但新，而且奇，我們在其他小說作品中沒看到過，也決難看到。進而，它還美，而且趣，此拳以

「百花」名之，可見其美；而以「錯」出之則可想其趣。

這一套「百花錯拳」的真正意義，其實並不在於武功，而在於其文藝。

我們知道這套拳術是不能用只能看的，武術辭典中找不出來，武術界高手也傳不出來，但這又有何妨。因為我們是在讀武俠小說，若武俠小說中的武功總是那些武當劍、少林拳、岳家散手、擒拿手……等等人所熟知的老一套功夫，該是怎樣讓人失望。因為在小說中，武功的實有和虛構並無本質的差別，反正都是供人想像與欣賞的。

這一套「百花錯拳」對於真正的武術而言，其妙諦也正在於「似是而非，出其不意」這八個字。它有似是的一面，因為其中包括了實有的拳術如擒拿手、鷹爪功、查拳、綿掌、八卦掌、太極拳，所以你不能不信。然而它的妙處又在於確確實實的「而非」，因為諸家雜陳，亂七八糟，如此拳路是武術家打不出來的，所以你當然不能也不會全信。

這一路拳可以說是一路道道地地的「文學藝術之拳」。它的妙處，是與真正的武功在似與不似之間。如前所述，若是全似，也就乏味，小說中不必真武功。若是太過不似，與武功一點兒邊也不沾，那又未免難以令人置信。而若是讀者不信，那麼這一作品就沒什麼戲唱了。

說這套拳是文藝之拳，與真正的武功在似與不似之間，其理由還有以下三點：

一點是此拳由袁士霄所創，他不僅「少年鑽武學，頗有成就」，而且「發願做前人所未做之事，打前人所未打之拳」，這都是可信的。進而他「遍訪海內名家」，將各家拳法都學了，並且糅合到一起，這在理論上是可能的。

其二，這路拳的要旨精妙處在一個「錯」字，這在理論上有很大的意義，即如書中所言，「須知既是武學高手，見聞必博，所學必精，於諸派武技胸中早有定見，不免『百花』易敵，『錯』字難當」。這正是一種普遍性的規律，所以小說中所寫並非是歪打正著，而正是出奇制勝，符合理論邏輯。「旁人只道拳腳全打錯了，豈知正因為全部打錯，對方才防不勝防」。

其三，在陳家洛打出此拳之前，小說中已寫到了他使出了許多種內家與外家功夫，顯示了他對各大門派的主要拳術兵刃、擒拿、暗器點穴、輕功等都已有相當根底，所知均非皮毛。那麼，他在搏擊之中靈活機動，將各家拳術乃至兵刃的路子都夾雜著使將出來，這在理論上也是極有可能的，因為實踐畢竟不同於表演，該用什麼招並無一定之規，能用什麼拳術取勝就用什麼拳術好了。

以上三點可以算是這套「百花錯拳」的理論根據，當然這只是就文學與藝術而言的，並非說是武術理論。要而言之，文學藝術的根本法則，就在於其「取信之道」。都知道武俠小說是虛構的，武俠小說中的武功則更是可以虛構，甚至沒有必要在武功上寫實，那麼這種虛構與想像的武功，需要怎樣的形式才能使讀者感到既好看而又可信呢？這就是書中的這套「百花錯拳」的意義：「每一招均和各派祖傳正宗手法相似而實非，一出手對方以為定是某招，舉手迎敵之際，才知打來的方位和手法完全不同。」

我們要說的是，這「似是而非，出其不意」的八字方針，不僅是「百花錯拳」的精微要旨，而且是全部「金派武學」的總訣。

「百花錯拳」為金庸一派武學及其文學藝術化開了先河，而且為之奠定了堅實的理論基礎，創造了基準的藝術境界。

在這「百花錯拳」出世之前，小說中的武功可以說是「純武功」，如前提及的少林拳、八卦掌、武當長拳、擒拿手、岳家散手、查拳……等等。這些武功都是有案可查的實有武功。也許它會使一些懂武術的人覺得滿意，但這種武功在小說中很難出藝術、出境界，所以這種純武功在武俠小說中其實是並不討好的，甚至可以說，它只是小說藝術中的一種低級形態。

而「百花錯拳」本身則已是半武半文了，因為它包含了純武功諸如查拳、綿掌擒拿手、鷹爪功……等等，但卻又完全超越了純武功，從而使武功拳術在小說中進入了文學想像的世界，造成了藝術虛擬的新形式，這就比純武功在藝術品位上要高得多了。

在「百花錯拳」之後，金庸筆下的武功，更進一步由武向文轉化，甚至由純武到純文轉化。此後，金庸筆下最著名的武功，基本上是純文型的，在諸如「庖丁解牛掌」、「九陰真經」、「乾坤大挪移」……等等武功之中，再也找不出半點查拳、綿掌、太極拳、八卦掌……等武功的影子了，完全虛了。在這些武功之中，我們能看到的不再是技擊之術，而是藝術，是文化，同時還有文理或學術。

且看《書劍恩仇錄》中，陳家洛以在回疆迷宮中悟出的一套「庖丁解牛掌」同強硬敵手火手判官張召重過招的描寫——在此之前，陳家洛以「百花錯拳」與張召重對敵，打了一百餘招，非但不能取勝，反而讓張召重逐漸摸熟了這套奇異拳法的路子，險些將陳家洛擊敗，陳家洛不得不改弦易轍。書中寫道：

……陳家洛對余魚同道：「十四弟，煩你給我吹一曲笛子。」余魚同臉一紅，忙將李沅芷放在地下，橫笛口邊，問道：「吹什麼？」陳家洛微一沉吟，道：「霸王雖勇，終當命喪烏江，你吹『十面埋伏』吧！」余魚同不明他的用意，但總舵主有命，當下奮起精神，吹了起來。金笛比竹笛的音色本更激越，這曲子尤其昂揚，一開頭就隱隱傳出兵甲金戈之音。

陳家洛雙掌一錯，說道：「上來吧！」身子一轉，虛踢一腳，猶如舞蹈一般。張召重見他後心露出空隙，遇上了這良機，手下那裡肯容情，長劍直刺。

眾人驚呼聲中，陳家洛忽地轉身，左手已牽住張召重的辮尾，配合著余魚同笛中節拍，把辮子在凝碧劍上一拉，一條油光漆黑的大辮登時割斷。陳家洛右手拍的一掌，張召重肩頭又中，他連挨三掌，雖然掌力不重，並未受傷，然而憑自己武功，非但沒能讓過，而且竟沒看出對方使的是何手法，辮子被截，更是奇恥，但他究是內家高手，雖敗不亂，又再倒退數步，凝神待敵。

陳家洛合著曲子節拍，緩步前攻趨退轉合，瀟灑異常。霍青桐大喜，對香香公主道：「你瞧，這就是他在山洞裡學的武功。」香香公主拍手笑道：「這模樣真好看。」

……余魚同越吹越急，只聽笛中鐵騎奔騰，金鼓齊鳴，一片橫戈躍馬之聲。陳家洛的拳法初時還感生疏滯澀，這時越來越順，到後來猶如行雲流水，進退趨止，莫不中節，打到一百餘招之後，張召重全身大汗淋漓，衣服濕透。忽然間笛聲突然拔高，猶如一個流星飛入半空，輕輕一爆，滿天花雨，笛聲緊處，張召重一聲急叫，右腕已被雙指點中，寶劍脫手。陳家洛隨手兩掌，打在他背心之上，縱聲長笑，垂手退開。這兩掌可是含動蓄力，厲害異常。張召重低下了頭，腳步踉蹌，就如喝醉酒一般。……

這一段描寫即與前面的「百花錯拳」的那一段描寫大不一樣，此段中已完全沒有「少林拳」、「武當長拳」、「鷹爪功」之類的純武功的影子，甚至也沒有任何「燕子抄水」、「金雞獨立」、「猛虎下山」……一類的關於打鬥的招式名稱，它已經將武鬥、技擊完全虛化了，虛化到一種情境和一種氛圍，讓人能感受到這是一場武功技擊，然而也就僅此而已。

這一段所著重的乃在於其藝術情境的創造，一種美的表現。先是讓余魚同吹笛子，這可以說開創了拼死打鬥史上的一個新招——因為陳家洛與張召重這一對死敵的拼死打鬥，與日後伴著音樂的武術表演完全不是一回事。或許是作者從中受到了啟發。——不僅吹笛子伴奏，而且陳家洛的武功姿勢，也正是如舞蹈一般。「合著曲於節拍，緩步前攻，趨退轉合，瀟灑異常」，又「如行雲流水，進退趨止，莫不中節」，難怪美麗的香香公主要說「這模樣真好看」。試想，音樂伴著舞蹈，一段笛子一段舞蹈，還能不好看？

與「百花錯拳」相比，這段描寫並不太著重拳理與拳式，而著重情境與藝術化。這無疑是一段極美的，極有藝術性的武功技擊的描寫，也是一種有代表性的描寫。這段文字中，不但可見音樂、舞蹈之美，可以見到一種武功如舞蹈的審美藝術形態，同時也包含了一種古雅的典籍文化，諸如《莊子・養生主・庖丁解牛》以及樂曲《十面埋伏》。從而，不僅包含了一種寓言的「文理」（這在第二卷中我們要專門討論，這裡就不多說），而且又包含了一種強烈的文化心理氛圍。

《十面埋伏》這首樂曲所描寫的是楚霸王自刎烏江之前「四面楚歌」的情境，這與張召重此時所面臨的處境十分相似。群雄圍困，縱使張召重武功再高，有如楚霸王舉鼎之力，力拔山兮氣蓋世之勇，也難逃四面楚歌，十面埋伏之困境。而在此情境之中，陳家洛的瀟灑自如，超水準地乃至藝術地發揮出其技擊之水準是完全可能的。因為他已穩操勝券，同時他在此之前也悟到了上乘武學的哲學之道與藝術境界，所以，這段武功技擊的描寫，雖是美得出乎意料之外，卻又是極其自然、十分可信的，與一些胡編亂造的神仙法術、吞雲吐劍的誇張吹牛的武功與技擊的描寫，完全不可同時而語。

由此可見金庸出手不凡，即便是在武功這一末技上也是自創一格，寫出了如此筆墨、如此文章、如此境界。

說「百花錯拳」是半武半文，此前純武，此後純文，這話只能說是大概而已。這並不是說「百花錯拳」之前的純武就一點也不講究藝術，實際上「芙蓉金針」等等也是一種藝術產物。同樣，「百花」之後的「純文」也並非「不武」，只不過似武實文，名武質文、形武神文而已。

準確的說法應該是，金庸筆下的武功是將「純武」、「半武半文」、「純文」——即實有之武功，半實半虛之武學、完全虛構的武學——這三者相互滲透、相互錯雜，從而創造出一個亦武亦文、亦技亦藝的武功藝術世界。

似是而非，似非而是，新奇趣美，百花紛呈，這才是金氏武學世界的真正的特點。

以下一段描寫摘自《射鵰英雄傳》的第十八回，寫東邪黃藥師與西毒歐陽鋒這兩位絕世武功高手以玉簫、鐵箏相鬥。即體現了上述所謂亦武亦文、亦技亦藝、似是而非、精妙紛呈的武學藝術的特點。

……黃藥師笑道：「來，來，咱們合奏一曲。」

……歐陽鋒道：「兄弟功夫不到之處，要請藥兄容讓三分。」盤膝坐在一塊大石之上，閉目運氣片刻，右手五指揮動，鏗鏗鏘鏘地彈了起來。

秦箏本就聲調酸楚激越，他這西域鐵箏聲音更是淒厲。郭靖不懂音樂，但這箏聲每一音都和他心跳相一致。鐵箏響一聲，他心一跳，箏聲漸快，自己心跳也逐漸加劇，只感胸口怦怦而動，極不舒暢。再聽少時，一顆心似乎要跳出腔子來，斗然驚覺：「若他箏聲再急，我豈不是要給他引得心跳而死？」急忙坐倒，寧神屏思，運起全真派道家內功，心跳便即趨緩。過不多時，箏聲已不能再帶動他心跳。

只聽得箏聲漸急，到後來猶如金鼓齊鳴、萬馬奔騰一般，驀地裡柔韻細細，一縷簫聲幽幽地混入了箏音之中，郭靖只感心中一蕩，臉上發熱，忙又鎮懾心神。鐵箏聲音雖響，始終掩沒不了簫聲，雙聲雜作，音調怪異之極。鐵箏猶似巫峽猿啼、子夜鬼哭，玉簫恰似崑崗鳳鳴、深閨私語，一個極盡慘厲淒切，一個卻柔媚宛轉。此高彼低，彼進此退，互不相下。

黃蓉原本笑吟吟地望著二人吹奏，看到後來，只見二人神色鄭重，父親站起身來，邊走邊吹，腳下踏著八卦方位。她知道這是父親平日修習上乘內功時所用的姿勢，必是對手極為厲害，是以要出全力對付，再看歐陽鋒頭頂猶如蒸籠，一縷縷的熱氣直往上冒，雙手彈箏，袖子揮出陣陣風聲，看模樣也是絲毫不敢怠懈。

郭靖在竹林中聽著二人吹奏，思索這玉簫鐵箏與武功有什麼干係，何以這兩股聲音有恁大魔力，引得人心中把持不定？當下凝守心神，不為樂聲所動，然後細辨簫聲箏韻，聽了片刻，只覺一柔一剛，相互激蕩，或猱進以取勢，或緩退以待敵，正與高手比武一般無異。再多想時，終於領悟；「是了，黃島主和歐陽鋒正以上乘內功互相比拼。」想明白了此節，當下閉目細聽。

……這時郭靖只聽歐陽鋒初時以雷霆萬鈞之勢要將黃藥師壓倒，簫聲東閃西避，但只要箏聲有些微間隙，便立時透了出來。過了一陣，箏音漸緩，簫聲卻愈吹愈是迴腸盪氣。郭靖忽地想到周伯通教他背誦的「空明拳」訣中的兩句：「剛不可久，柔不可守。」心想「箏聲必能反擊」。果然甫當玉簫吹到清羽之音，猛然間錚錚之聲大作，鐵箏重振聲威。

……只聽得雙方所奏樂聲愈來愈急，已到了短兵相接、白刃肉搏的關頭，再鬥片刻，必將分出高下，正自替黃藥師擔心，突然間遠處海上隱隱傳來一陣長嘯之聲。

黃藥師和歐陽鋒同時心頭一震，簫聲和箏聲登時都緩了。那嘯聲卻愈來愈近，想是有人乘船近島。歐陽鋒揮手彈箏，與他交上了手。過不多時黃藥師的洞簫也加入戰團，簫聲有時與長嘯爭持，有時又與箏音纏鬥，三股聲音此起彼伏，鬥在一起。郭靖曾與周伯通玩過四人相博之戲，於這三國交兵的混戰局面並不生疏，心知必是又有一位武功極高的前輩到了。

這時發嘯之人已近在身旁樹林之中，嘯聲忽高忽低，時而如龍吟獅吼，時而如狼嗥梟鳴，或若長風振林，或若微雨濕花，極盡千變萬化之致。簫聲清亮，箏聲淒厲，卻也各呈妙音，絲毫不落下風。三般聲音糾纏在一起鬥得難解難分……

以上這一大段描寫，妙就妙在似與不似之間。要說是武，那也純粹是以文代武，因為黃藥師吹簫、歐陽鋒彈箏本是在合奏樂曲。要說是音樂呢，它又弄得旁聽的郭靖心旌搖盪，其「剛不可久，柔不可守」的法則全然是合乎武學法則的。當然，也還有另一種可能，那就是郭靖剛剛跟周伯通學過一些上乘武功的道理，正興奮間，自然會覺得世間的萬事萬物無不與武之一道相通，所以黃藥師二人的合奏可能本非武，而被郭靖聽出了武道。再說黃蓉看見乃父腳下走八卦方位，歐陽鋒頭上冒熱氣……這些現象說它是內功拼鬥固無不可，要說它是吹簫彈箏時正常的姿勢與現象亦完全可能。這一段美妙無比的文字，美妙無比的音樂，要將它想像成美妙無比的武功拼鬥，自然也是可以的。似是而非、似非而是，亦樂亦武、亦武亦樂，這只有金庸的筆下才出得來。

這一段比之陳家洛的「武舞」自然又要更高一層，因為那一段舞武，余魚同在一旁吹奏笛子，尚樂是樂、舞是舞；藝術是藝術、武功是武功，能分得清楚。而到了這一段就分不清楚了，這表明到了更高的一重境界。當然，這也要考慮到，陳家洛雖然出手不凡，妙悟奇功，但他的功力究竟無法與黃藥師、歐陽鋒這兩位當世絕頂高手，一派武學宗師相比。這兩人比武如若也像尋常江湖人氏那樣動手對抗，那就不免有些不雅，尤其是顯不出他倆的絕世神功的品位來。後面加入的第三位高手，是與二人齊名的九指神丐洪七公，這也是一位武學宗師，因為身為丐幫幫主，總不好弄筝吹簫，所以就讓他放聲長嘯，如練聲歌唱一般。他加入之後，依然還是似與不似之間，即像是一場別開生面的武功拚鬥，也像是一場奇妙無比的武功音樂會。

這段文字也寫盡了音樂的神妙，甚而使人懷疑，音樂家是否本身就要有一些氣功內力，這才能使人迴腸盪氣、動人心魄？

總之，武功也好，藝術也罷，二者在這裡已是高度統一，密不可分了，這正是武功的藝術亦是藝術的武功。在金氏的筆下達到了如此絕頂的美妙境界，實已讓人欲讚無辭，只能大段抄錄、慢慢細品。

二／

信手拈來妙紛呈

金庸筆下的武功是從哪裡來的？

——創出來的。

如何創出來的？

——信手拈來。

如若不信，且看小說《倚天屠龍記》的第四回《字作喪亂意彷徨》中所寫：

……只見張三丰走了一會，仰視庭除，忽然伸出右手，在空中一筆一劃地寫起字來。張三丰文武兼資，吟詩寫字，弟子們司空見慣，也不以為異。張翠山順著他手指的筆劃瞧去，原來寫的是「喪亂」兩字，連寫了幾遍，跟著又寫「荼毒」兩字。張翠山心中一動：「師父是在空臨『喪亂帖』。」

張三丰寫了幾遍，長長嘆了口氣，步到中庭，沉吟半晌，伸出手指，又寫起字來。這一次寫的字體又自不同，張翠山順著他手指的走勢看去，但見第一個字是個「武」字，第二個寫了個「林」字，一路寫下來，共是二十四個字，正是適才提到過的那幾句話：「武林至尊，寶刀屠龍。號令天下，莫敢不從。倚天不出，誰與爭鋒？」想是張三丰正自琢磨這二十四個字中所含的深意，推想俞岱岩因何受傷？此事與倚天劍、屠龍刀這兩件傳說中的神兵利器到底有什麼關連？

只見他寫了一遍又是一遍，那二十四個字翻來覆去地寫，筆劃越來越長，手勢卻越來越慢，到後來縱橫開闊，宛如施展拳腳一般。張翠山凝神觀看，心下又驚又奇，師父所寫的二十四個字合在一起，分明是一套極高明的武功，每一字包含數招，便有數般變化。「龍」字和「鋒」字筆劃甚多，「刀」字和「下」字筆劃甚少，但筆劃多的不見其繁，筆劃少的不見其陋，其縮也凝重，似尺蠖之屈，其縱也險勁，如狡兔之脫，淋漓酣暢，雄渾剛健，俊逸處如風飄，如雪舞，厚重處如虎蹲，如象步。張翠山於目眩神馳之餘，隨即潛心記憶。這二十四個字中共有兩個「不」字，兩個「天」字，但兩字寫來形同而意不同，氣似而神不似，變化之妙，又是另具一功。

……

這一套拳法，張三丰一遍又一遍地翻覆演展，足足打了兩上多時辰，待到月湧中天，他長嘯一聲，右掌直劃下來，當真是星劍光芒，如矢應機，霆不暇發，電不及飛，這一畫乃是「鋒」字的最後一筆。

上面我們看到了中國武學史上不世出的奇人，輝映後世照耀千古的武當一派武功的創造者張三丰創制一路新的武功的全過程。

這一門一套新武功的創制，可不是信手拈來麼?!

當然，要想信手拈來便能創制武功新式新招，論武只有張三丰這樣的大宗師才能如此，論文則只有金庸才能做到。

張三丰創制這一套「倚天屠龍功」——此功無名，我們權且如此稱之——有幾個基本條件。

一是因為他本是一代武術宗師，開創武當一派武學的張三丰創造這幾招新式，自是令人信服的。

二是張三丰文武兼備，經常吟詩寫字，所以將一路書法變成武功則又似自然而然。倘若換了一個識字不多更不常練字的人來，便完全不可信了。

三是具體原因，即那一天張三丰的三徒弟俞岱岩被人打成殘廢，抬上山來，終身不能習武了，張三丰師徒「以遭喪亂而悲憤，以遭荼毒而怫鬱」，徹夜難眠，情之所至，將這二十四個字演為一套武功。而這二十四個字，又正是俞岱岩遭難的一個關鍵的謎面。張三丰等自必對此二十四字傳言沉思默想入深，如此方能信手寫來。

四是恰逢張三丰的七個弟子中最懂書法、人稱「銀鉤鐵劃」的張翠山於無意中碰上並學會。若是其他的徒弟看見師父寫字既不敢打擾，又不感興趣，這套武功便算是白白創制了——即便是張三丰，不是在這一喪亂彷徨之夜的特殊情境中也是創造不出來的。換一種環境，只怕重施也困難了。古人云「文章本天成，妙手偶得之」，武功的創造何嘗不也是如此？

書中寫張三丰道：「他書寫之初原無此意，而張翠山在柱後見到更是機緣巧合。師徒倆心神俱醉，沉浸在武功與書法相結合、物我兩忘的境界之中。」

我們要說的是，這一回〈字作喪亂意彷徨〉中，張三丰於無意之間創造出一路書法武功，居然天衣無縫、令人深信不疑，正是金庸信筆寫來，妙手偶得。

這一套很關鍵的武功正是金庸所獨創的。

從中我們亦可看出，武如張三丰，文如金庸者，一旦進入絕頂之境，其信手拈來，便都成絕世武功、美妙文章。

金庸創制獨門武功，精彩紛呈，不僅有以上的實踐，而且還有其明確的理論。

金庸創造新武功的理論，自然也是借其小說中的武術高手兼武學宗師之口說出的。例如小說《笑傲江湖》一書的第十回〈傳劍〉中，就有這樣一個精彩的片斷：

……那老者搖頭嘆道：「令狐冲你這小子，實在也太不成器！我來教你。你先使一招『白虹貫日』，跟著便使『有鳳來儀』，再使一招『金雁橫空』接下來使『截劍式』……」一口氣滔滔不絕地說了三十招招式。那三十招令狐冲都曾學過，但出劍和腳步方位，卻無論如何連不在一起。那老者道：「你遲疑什麼？嗯，三十招一氣呵成，憑你眼下的修為，的確有些不易，你倒先試演一遍看。」他嗓音低沉，神情蕭索，似是含有無限傷心，但語氣之中自有一股威嚴，令狐冲心想：「便依言一試，卻也無妨。」當即使一招「白虹貫日」，劍尖朝天，第二招「有鳳來儀」便使不下去，不由得一呆。

那老者道：「唉，蠢才，蠢才！無怪你是岳不群的弟子，拘泥不化，不知變通。劍術之道，講究如行雲流水任意所之。你使完那招『白虹貫日』，劍尖向上，難道不會順勢拖下來嗎？劍招中雖沒這等姿勢，難道你不會別出心裁，隨手配合麼？」……

關鍵處就在這最後一句「劍招中雖沒這等姿勢，難道你不會別出心裁，隨手配合麼」。這句話，也正是金氏武學思想的一種總結。

前面說到的張三丰創「倚天屠龍功」，便正是作者別出心裁隨手配合出來的。武功之中雖沒有這等姿勢，將「武林至尊，寶刀屠龍……」等二十四字融入武功之中，但從張三丰這一空前絕後的武學大宗師手中練出，卻又使人不能不信。整個情境無一使人懷疑之處。正如行雲流水，任意所之，武功到了絕頂的境界大約也像人的學問到了絕頂的境界一般，縱橫採擷，皆成文章。武學宗師的一舉一動，無不生具極大的威力。隨便他使出怎樣的武功，都叫人不能不信。

這就是金氏作品的藝術感染力之所在，也是他的武學藝術之道。卻說金庸的武俠小說，有數十卷之多，而且無論武功、人物都不重複。其知名的人物恐怕有成百上千之數，那麼它的武功、招式則恐怕更有數千之多了。我們無法去統計清楚，當然主要是沒有必要去統計清楚。因為我們可以尋出金氏武學的要訣，便能抓綱治目，綱舉目張了。

上一章所說的「似是而非，亦武亦文」八個字，是金庸武學的總訣，也是金派武功的本質特徵。

這一章我們要說的是，「別出心裁，隨手配合」則乃金庸武學的又一要訣，也是金派武功創造的重要方法論。

「別出心裁，隨手配合」這八字方針，又分為兩層，一層是「別出心裁」，一層是「隨手配合」。這二者之間存在著一種辯證關係。

別出心裁可以說是金派武功的基礎和本質，隨手配合則是此基礎之上的方法，和完成這一本質的手段和途徑。

再則，金氏筆下的武功也由此分為兩類，重點人物在重要場合的重點武功是要作者別出心裁而創造的；次要人物、次要場合、次要武功則常常是馬馬虎虎的隨手配合。這二者之間主次分明卻又搭配合理，疏密相間，意趣無窮。試想若全是別出心裁地重彩濃墨，那小說的武學顯得太過臃腫，反之，若全是隨手配合地編造些應景武功，小說的武功藝術感染力勢必要大大減少，總之，隨手配合乃是在別出心裁的基礎上的，信手拈來皆成妙功奇技；而別出心裁則亦是以隨手配合為其特點的，這才能做到似是而非，似非而是，亦文亦武，妙趣紛呈。

先讓我們看看金庸如何別出心裁。

其實我們在上一章中所引述的「百花錯拳」、「庖丁解牛掌」、「黃、歐音樂鬥」等等，都是作者別出心裁的產物。「百花錯拳」的拳理是「似是而非，出其不意」，結果是「百花易敵，錯字難當」，這就使人不能不信。而「庖丁解牛掌」如樂如舞，進退合節，將莊子的寓言化入武技武藝之中。黃藥師、歐陽鋒、洪七公三大絕世高手的簫、箏、嘯三音相鬥，亦樂亦武，妙在似與不似之間……這些都是作者想前人之不敢想，或寫他人之未寫而創出的絕妙的功夫。而在本章前文中引述的兩段武學亦多如是。

像這一類的別出心裁的武功，金庸小說之中還有許許多多。諸如《碧血劍》中的「滿天花雨」的暗器功夫、「神行百變」的輕功、「金蛇秘笈」中的破陣之法；《飛狐外傳》中趙半山所講解的「亂環訣」和「陰陽訣」等太極拳經；《射鵰英雄傳》中的「降龍十八掌」、「蛤蟆功」、「九陽真經」、「空明拳」、「雙手互搏」；《神鵰俠侶》中的「玉女心經」的雙劍合璧、「黯然銷魂掌」；《倚天屠龍記》中的「九陽真經」、「乾坤大挪移」、「太極劍法」：《笑傲江湖》中的「獨孤九劍」、「辟邪劍法」；《俠客行》中的「俠客行武學」；《連城訣》中的「唐詩劍法」；《越女劍》中的「袁公劍」：《鴛鴦刀》中的「夫妻刀法」；《天龍八部》中的「凌波微步」、「北冥神功」、「六脈神劍」、「天山折梅手」……，幾乎每一部小說中都有新招式與新套路出現。而這些武學新功，可以說無一不是作者獨闢蹊徑，別出心裁之作。

仔細地分析金派「武學」的種種套路與招式，我們可以大約尋出其武功的幾種來源，從而將其武功大致分成以下幾類。

第一類是將武學中原有的一些招式、套路和拳理劍道加以重新組合及藝術想像和誇張而成。我們可以稱之為「大武學」。

諸如「百花錯拳」就是由「擒拿手」、「鷹爪功」……等等重新組合而成。而神乎其神的明教鎮教功夫「乾坤大挪移」以及《天龍八部》中的姑蘇慕容的「斗轉星移」等，就是由武學中「四兩撥千斤」的道理誇張而成。《飛狐外傳》中的「陰陽訣」、「亂環訣」以及《倚天屠龍記》中的「太極劍」等等，顯然是由太極拳劍加以想像、敷衍而成。至於小說中其他許許多多的奇異的輕功、暗器上的功夫，無不是將武術之技加以神奇的渲染而成。「神行百變」無非是快而靈巧之極至而已。千臂如來趙半山的暗器功夫冠絕當世，亦無非指他會得多、投得準、變得快而已……這一類的「大武學」或「誇張武學」是金派武學的基本功夫。

第二類將一些藝術門類的技巧、工具融匯到武功技擊之中，形成一種藝術武功的奇觀。「庖丁解牛」是舞蹈，張三丰創一路「武林至尊、寶刀屠龍……」功乃是書法；黃藥師等人的鬥技則是音樂，簫、箏、嘯都成了技擊武功的工具。

《連城訣》中的「唐詩劍法」，《鴛鴦刀》中的「夫妻刀法」，《俠客行》中的「俠客行武學」……等等都是由詩句中化出無限美妙的功夫來。

《笑傲江湖》中的「梅莊四友」的名號分別為丹青生、禿筆翁、黑白子，黃鐘公，這四人於琴、棋、書、畫各愛一行，愛而成癡。所以丹青生將劍意寫在書法之中；禿筆翁以毛筆為武器與令狐冲相鬥，黑白子則以圍棋盤為兵刃、以棋子為暗器，黃鐘公自然是以琴音來鬥令狐冲的內力……以棋子為武器的還有《碧血劍》中的木桑道長，長於書法與毛筆對敵的，則還有《神鵰俠侶》中的朱子柳。李莫愁的歌聲唱斷了程英的琴弦，而黃藥師用一根琴弦奏出讓李莫愁無法招架的樂音，至於「入畫」的武功，在金庸筆下也是屢見不鮮，黃蓉學她父親的「落英掌劍」等等皆是。

第三類是將一些古代典籍、學術的寓言、成語等等溶入武功之中，開又一生面。「庖丁解牛」出自《莊子・養生主》一文，其理可尋。《天龍八部》中的逍遙派無疑出自《莊子・逍遙遊》。其人名如李秋水，其功則「凌波微步」、「北冥神功」、「小無相」等等，皆從此書中出。

《射鵰英雄傳》中「降龍十八掌」中的招式如「亢龍有悔」、「見龍在田」、「龍戰於野」、「潛龍在淵」……等等皆出自《周易・爻辭》。

太極拳、《倚天屠龍記》中的「兩儀刀」，《碧血劍》中的「兩儀劍」，《飛狐外傳》中的「四象步」和「八卦掌」……等武功則亦出自道家《易理》：「太極生兩儀，兩儀生四象，四象生八卦」。

第四類是將自然界的飛禽走獸的千姿百態匯入武學。這本是中國武術的一大來源，如最早的「五禽戲」及後來的猴拳、鴨形拳、螳螂拳、蛇拳、鷹爪功、鶴翔樁……等等。然而到了金庸筆下，則更是神乎其神。如《碧血劍》中的金蛇劍、金蛇錐及《金蛇秘笈》；又如《射鵰英雄傳》中歐陽鋒的蛤蟆功、靈蛇拳，洪七公的「打狗棒法」，神算子瑛姑的「泥鰍功」；《越女劍》中的「猿公劍」；《天龍八部》中南海鱷神的「鱷尾剪」，桑土公的「地遁功」等。

第五類功夫的來源可以說是中國文化的精粹及其雜學。這一類功夫又分形、神二種。其形，則除「藝術類」之外，還將醫道、毒功、棋理、兵法、陣法……等各類的知識運用於小說之中。金庸小說中人物武功不少是以中醫氣學、經脈之學等等創制或解釋而成的。至於《射鵰英雄傳》中的黃藥師則不僅是一位絕世武學高手，也不僅是一位藥師而已，可以說他是一位世間奇才，琴棋書畫、醫卜星相、九宮八卦、算學曆法，無所不通。他在桃花島上栽了幾行樹，就使上島之人無法非請而入。而在《神鵰俠侶》中布下「二十八宿大陣」大破元兵更讓人心神俱往。黃蓉、程英之流學了他的一些皮毛也已是獨步江湖，《天龍八部》中的無崖子及他的首徒蘇星河（聾啞老人或聰辨先生）亦多如是。《倚天屠龍記》中的胡青牛與王難姑這一對夫婦一醫一毒，皆入高人之列。

其「神」，則是將中國古典文化中的諸如儒、墨、道、法、佛等各家精微義理滲入武功武學及武人形象的描寫之中，從而博採眾家而自創一格。這一類我們在下卷中還要具體分析，這裡不多舉證。

以上種種，洋洋大觀，皆被金庸別出心裁地匯入其武學世界之中。要說金派武學博大精深，其原因亦正在這裡。

然而，以上種種並不是簡單地出現在金庸小說中的。雖說金庸能別出心裁，化文為武、化藝，化學、化自然、化典籍、化文化……而入武學世界，但這些若非妙手施為，也不一定能成為一個美妙紛呈的世界。

這就牽涉到一個「隨手配合」的問題。

這使我們想起風清揚要令狐冲將華山派武功中的「白虹貫日」、「有鳳來儀」、「金雁橫空」、「截劍式」等等這些原本連不到一起的招式連在一起，從而說出了劍術一道要如行雲流水，任意所之，要「別出心裁，隨手配合」的那一番高論來。令狐冲在此之前，即便將華山派的「白虹貫日」、「有鳳來儀」、「金雁橫空」等等學得一板一眼、一絲不苟，但若拘泥成法而不會變通，也就不能發揮它的威力。正如我們明知道金派武學中有以上五大來源，但我們未得風清揚的指點，不會變通、不會隨心配合則也是枉然。

這就是說，一方面要有一些招式作為基礎，一方面——更上一層樓——則是要不拘成法，隨手配合。如是才能成為高手。

金庸的「隨手配合」絕不是一般武俠小說家的胡編亂造。他「信手拈來，皆成妙招」，是因為他的功力已是極其高深，不似一般小說家的信口開河，胡說八道。

金庸的「隨手配合」其實也有其方法原則，其中最重要的一條原則，就是配合其人（這一點我們還要專門討論，這裡不多說）。其次是配合其派——是哪一派（如正、邪之分，更細則正派之中又分少林、武當、華山、泰山等等）就按照其大略書寫其武功。如少林派以「外家功夫」為主，武當派以「內家功夫」為主，恆山派是女尼流派主「柔」，衡山居五嶽之中主「剛」……等等，這都是錯不得的。

再次是「配合其勢」。或者說，是要配合一種義理，或藝術的情境。這一點可以說是金庸小說武學描寫的一個根本妙訣。

在金庸的小說中，招式常常並不是最重要的，真正重要的是在一定的藝術情境中的「勢」。創造出了這種「勢」，也就創造出了一個完整美妙的藝術情境，而創出了藝術情境，則隨手配合出的武功招式也就顯得自然而然而又意味深長了。到了這一層次，就到了風清揚所說的行雲流水，任意所之，自然而然，行乎不得不行，止乎不得不止的境界，從而也就可以無招勝有招了。

例如《連城訣》一書中，有一套劍法名為「唐詩劍法」，將唐人詩句中的「孤鴻海上來，池潢不敢顧」，「落日照大旗，馬鳴風蕭蕭」，「天花落不盡，處處鳥銜飛」……等等意境作為劍法的名稱，這已是取其美妙之勢。初時覺得太過異想天開，但仔細看去，其與「燕子抄水」、「猛虎下山」、「蛟龍取水」等等招式不僅沒有什麼區別，而且還更增其美妙之趣。

不過這還不算絕的，這部小說中，絕就絕在狄雲的師父鐵鎖橫江戚長發在教女兒和徒弟劍法之時，竟將這「唐詩劍法」弄成了「躺屍劍法」，將「孤鴻海上來，池潢不敢顧」故意搞成「哥翁喊上來，是橫不敢過」；將「落日照大旗，馬鳴風蕭蕭」故意搞成「落泥招大姐，馬命風小小」……進而，居然還錯有錯著，也使出一套武功劍法來了。書中寫道：

……那老者（**按，即狄雲的師父戚長發**）提著半截草鞋，站起身來，說道：「你兩個先前五十幾招拆得還可以，後面這幾招，可簡直不成話了。」從少女手中接過木劍，揮劍作斜劈之勢，說道：「這一招『哥翁喊上來』，跟著一招『是橫不敢過』，那就應該橫削不可直刺。阿芳，你這兩招是『忽聽噴驚風，連山石布逃』（**按，即『俯聽聞驚風，連山若波濤』**），劍勢該像一匹布那樣逃了開去。阿雲這兩招『落泥招大姐，馬命風小小』（按，即「落日照大旗，馬鳴風蕭蕭」）倒使得不錯。不過招法既然叫做『風小小』，你出力地使劍，那就不對了。咱們這一套劍法，是武林中大大有名的『躺屍劍法』，每一招出去，都要敵人躺下成為一具死屍。自己人比劃餵招的雖不能這麼當真，但『躺屍』二字，總是要時時刻刻記在心裡的。」

那少女道：「爹，咱們的劍法很好，可是這名字實在不大……不大好聽，躺屍劍法，聽著叫人害怕。」

那老者道：「聽著叫人害怕，那才威風哪。敵人還沒動手，先就心驚膽戰，便已輸了三分。」他手持木劍，將適才這六招重新演了一遍。只見他劍招凝重，輕重進退，俱是狠辣異常，那一雙青年男女瞧得心下佩服，拍起手來。……

以上是金氏寫武功時隨手配合的一個例子。一開始讀到這一段的時候，大約誰也想不到這「躺屍劍法」原來是「唐詩劍法」，雖然覺得「躺屍劍法」這個名字確實不雅，但武術之名，講求實用也是有的，再被戚長發那麼一解釋，就可以說是天衣無縫了。至於劍法中的那些招式，諸如「忽聽噴驚風，連山石布逃」云云，雖然看了莫名其妙，但惟其莫名其妙，反倒覺得這「躺屍劍法」果然不凡。

世上之人之事往往如此，越是我們不大懂的東西，我們就越會莫名其妙地崇拜它或畏懼它。這本是人類心理的特點，何況「躺屍」二字十分清楚明白，無非是極言這套劍法之厲害。而且還會覺得將劍法取名「躺屍」的人老實可愛，並不虛偽。誰料後來情況完全不是這麼回事。「躺屍劍法」又變成了「唐詩劍法」，這不僅是由俗變成了雅，也不是鄉下人不識字或不懂同音不同形的奧妙，而是那鐵鎖橫江戚長發故意如此的。他竟欺騙了唯一的徒弟和自己的獨生女兒。「落日照大旗」變成了「落泥招大姐」，這不僅是湘西人土音中「日」與「泥」讀法相近，而完全是戚長發一手策劃的一個絕大騙局。也就是說，在「唐詩劍法」與「躺屍劍法」之中，包含了一系列曲折的情節緣由，也包含了人物性格及人性貪欲扭曲的變態。此時，誰還顧得上這「劍法」是俗是雅，是武還是文呢。

如是，作者的敘事目的已經達到。

他隨手配合而出的似是而非的武功，倒恰恰變成了別出心裁的藝術手段。

金庸小說中描寫了千種以上的武功，幾百場大大小小的技擊，幾乎沒有任何一處武功及任何一處技擊使我們產生突兀、虛假、胡說或矯情造作的感覺。總是那麼自然而然、天衣無縫，總使人在不知不覺中信以為真。這便是金氏武學的真正絕妙之處。金庸寫武，可以說已如行雲流水任意所之，信手拈來皆是妙招。

三／鴛鴦刀劍情趣深

《鴛鴦刀》是金庸小說中較不出名的一部中篇。雖然沒有金庸的其他作品那樣出名，讀起來卻也情趣生動。這是一部相當幽默的作品。其情節、人物乃至武功、技擊都往往令人發笑。

《鴛鴦刀》所敘的鴛鴦刀的故事相當曲折，但卻又相當生動。雖然小說從一開頭就令人緊張得要冒汗，但不久就又忍俊不禁。小說中的武功打鬥場面雖然連綿不斷，然而在刀光劍影之中，讀者所領略到的卻是別有一番情趣。周威信大鏢師及「太岳四俠」等人的性格、武功就不去說它了，最值得一提的自然是為了配合「鴛鴦刀」這一主題而來的一套神奇的武功「夫妻刀法」，使小說柳暗花明又一村，武功藝術進入了新的境界。書中寫道：

……袁冠南聽他二人不住口地吵什麼「夫妻刀法」，說道：「咱們四個，連著你們孩子，還有那老尼姑，眼前都是大禍臨頭，只要那老瞎子一回來，誰都活不成，你倆還吵什麼？到底那夫妻刀法是怎麼回事？」林任夫婦倆又說又吵，半天才說了個明白。

原來三年之前，林任夫婦新婚不久，便大打大吵，恰好遇到了一位高僧，他瞧不過眼，傳了他夫婦倆一套刀法，這套刀法傳給林玉龍的和傳給任飛燕的全然不同，要兩人練得純熟、共同應敵，兩人的刀法陰陽開闔，配合得天衣無縫，一個進，另一個便退，一個攻，另一個便守。那老和尚道：「以此刀法並肩行走江湖，任他敵人武功多強，都奈何不了你夫婦。但若單獨一人使此刀法，卻是半點也無用處。」他怕這對夫婦反目，終於分手，因此要他二人練這套奇門刀法，令他夫婦長相廝守，誰也不能離得了誰。這路刀法原是古代一對恩愛夫妻所創，兩人形影不離，心心相印，雙刀施展之時，也是互相回護。那知林任二人性格暴躁，雖都學會了自己的刀法，但要相輔相成，配成一體，始終是格格不入，只練得三四招，別說互相回護，夫妻倆自己就砍砍殺殺地鬥了起來……

緊急關頭，袁冠南與蕭中慧向林玉龍、任飛燕夫婦學了這套「夫妻刀法」，只學了十二招，卓天雄便趕了上來。袁、蕭二位以新學乍練而又不全的十二招刀法，居然將卓天雄打得狼狽而逃。可見這套夫妻刀法實在是非同小可。

妙的是，這套刀法由林玉龍、任飛燕這一對真夫妻使出來總是陰錯陽差，而由袁冠南、蕭中慧這一對剛剛認識的青年男女使出來居然立見奇效。更不用說林、任二位對此全套功夫都是熟練掌握而且訓練有素，而袁、蕭二位則只不過初學乍練，且只練了十二招，地地道道的現學現賣。

此中緣故，不難解答。正如書中所寫：

……袁、蕭二人武功雖均不弱，但這套夫妻刀法招數極是繁複，一時實不易記得許多。林任夫婦教得幾招，百忙中又拌上幾句嘴。兩個人教，兩個人學，還只教到第十二招，忽聽得門外大喝：「賊小子，你躲到哪裡去？」人影閃動，卓天雄手持鐵棒，闖進殿來。

林玉龍見他重來，不驚反怒，喝道：「我們刀法尚未教完，你便來了，多等一刻也不成麼？」提刀向他砍去，卓天雄舉鐵棒擋開，任飛燕已從右側攻到。林玉龍叫道：「使夫妻刀法！」他急欲在袁、蕭二人跟前大顯身手，長刀斜揮，向卓天雄腰間削了下去。這時任飛燕本當散舞刀花，護住丈夫，哪知她急於求勝，不使夫妻刀法中的第一招，卻使了第二招中的搶攻，變成雙刀齊進。卓天雄見對方刀法中露出老大破綻，鐵棒一招「偷天換日」，架開雙刀，左手手指從棒底伸出，咄咄兩聲，林任夫婦又被點中了穴道。他二人倘若不使夫妻刀法，尚可多支撐得一時，但一使將出來，只因配合失誤，僅一招便已受制。

林玉龍大怒，罵道：「臭婆娘，咱們這是第一招。你該散舞刀花，護住我腰脅才是。」任飛燕怒道：「你幹什麼不跟著我使第二招？非得我跟著你不可？」二人雙刀僵在半空，口中兀自怒罵不休。

袁冠南知道今日之事已然無倖，低聲道：「蕭姑娘，你快逃走，讓我來纏住他。」蕭中慧沒料到他竟有這等俠義心腸，一呆之下，胸口一熱，說道：「不，咱們合力鬥他。」袁冠南急道：「你聽我話，快走！倘若我今日逃得性命，再和姑娘相見。」蕭中慧道：「不成啊……」話未說完，卓天雄已揮鐵棒搶上，袁冠南刷的一刀砍去，蕭中慧見他這一刀左肩露出空隙，不待卓天雄對攻，搶著揮刀護住他的肩頭。兩人事先並未拆練，只因適才一個要對方先走，另一個卻定要留下相伴，均動了捨己為人之念，臨敵時自然而然的互相回護。林玉龍看得分明，叫道，「好，『女貌郎才珠萬斛』，這夫妻刀法的第一招，用得妙極！」

如此，可見金庸寫武功與技擊的用心與藝術。這一套夫妻刀法的重點並不在刀法，而在於夫妻之間的關係，即在於夫妻之間應有的「相互配合，相互回護」。做到了相互配合，便不是夫妻也能使出其中的奧妙，做到了相互回護，即使是剛剛學會亦恰恰能中規中矩。至於其中的一招一式該是如何如何，倒變得不重要了。

雖然如此，我們還是有必要看一看這如此神妙的夫妻刀法，究竟是些怎樣的招式與套路。書中寫道：

……林玉龍看得分明，叫道：「好，『女貌郎才珠萬斛』，這夫妻刀法的第一招，用得妙極！」

袁蕭二人都是臉上一紅，沒想到情急之下，各人順手使出一招新學的刀法，竟然配合得天衣無縫。卓天雄橫過鐵棒，正要砸打，任飛燕叫道：「第二招，『天教豔質為眷屬』！」蕭中慧依言搶攻，袁冠南橫刀守禦，卓天雄勢在不能以攻為守，只得退了一步。林玉龍叫道：「第三招『清風引佩下瑤臺』！」袁蕭二人雙刀齊飛，颯颯生風。任飛燕道：「『明月照妝成金屋』！」袁蕭二人相視一笑，刀光如月，照映嬌臉。卓天雄被逼得又退了一步。

只聽林任二人不住口的吆喝招數，一個叫：「刀光掩映孔雀屏。」一個叫：「喜結絲蘿在喬木。」一個叫：「英雄無雙風流婿。」一個叫：「卻扇洞房燃花燭」。一個叫：「碧簫聲裡雙鳴鳳。」一個叫：「今朝有女顏如玉。」林玉龍叫道：「千金一刻慶良宵。」任飛燕叫道：「占斷人間天上福。」

喝到這裡，那夫妻刀法的十二招已然使完，餘下尚有六十招，袁蕭二人卻未學過。袁冠南叫道：「從頭再來！」揮刀砍出，又是第一招「女貌郎才珠萬斛」。二人初使那十二招時，搭配未熟，已殺得卓天雄手忙腳亂，招架為難。這時從頭再使，二人靈犀暗通，想起這路夫妻刀法每一招都有個風光旖旎的名字，不禁又驚又喜，雙刀配合更加緊了，使到第九招「碧簫聲裡雙鳴鳳」時，雙刀便如鳳舞鸞翔，靈動翻飛，卓天雄哪裡招架得住？「啊」的一聲，肩頭中刀，鮮血迸流。他自知難敵，再打下去定要將這條老命送在這尼庵之中，鐵棒急封，縱身越牆而逃……

這一套「夫妻刀法」大致如上。明眼的讀者大概早已發現該刀法的一招一式是由一句一句優美動人的詩句組成，合起來便是一首愛情詩篇。

這便是金庸的武功藝術化——詩化——的最好的例證之一。

誰也明白「女貌郎才珠萬斛，天教豔質為眷屬／清風引佩下瑤臺，明月照妝成金屋／刀光掩映孔雀屏，喜結絲蘿在喬木／英雄無雙風流婿，卻扇洞房燃花燭／碧簫聲裡雙鳴鳳，今朝有女顏如玉／千金一刻慶良宵，占斷人間天上福……」這樣一首詩中只有風光旖旎的兒女情懷，不可能有什麼金戈鐵馬、拳來腳往的武功秘笈。但金庸將它們當成一套「刀法」寫出來，又叫你不得不信。

就信又何妨？因為這套刀法不是別的刀法，而是「夫妻刀法」。本待不信，聽說是「夫妻刀法」，就有那麼幾分真正的相信了。凡夫妻能如詩中心情意識者，應該是能所向披靡的。

說到這套夫妻刀法的藝術功能與價值，實在是太多太大了，非其他的功夫可比，具體如下。

一是這套刀法實際上是做了書中年輕的男女主人公袁冠南、蕭中慧（楊中慧）的愛情關係的介紹人。從一開始兩人「均動了捨己為人之念。臨敵時自然而然的互相回護」，到被林玉龍喝出招名「女貌郎才珠萬斛」時「袁蕭二人都是臉上一紅，沒想到情急之下，各人順手使出一招新學的刀法，竟然配合得天衣無縫。」再下來便是「袁蕭二人雙刀齊飛，颯颯生風」，緊接著「袁蕭二人相視一笑，刀光如月，照映嬌臉」……這新學的十二招刀法使完，從頭再使時，則已是「二人靈犀暗通，想起這路夫妻刀法每一招都有個風光旖旎的名字，不禁又驚又喜，雙刀配合更加緊了。」到最後，自然不只是「刀光掩映孔雀屏」，而已是兩人真的「喜結絲蘿在喬木」了。

二是這套「夫妻刀法」實乃承書名中《鴛鴦刀》而來。自古鴛不離鴦，鴦不離鴛，為夫妻良配的別稱佳名。所以「夫妻刀法」完全可以稱為「鴛鴦刀法」的。因為書中一對鴛鴦刀正是這個故事的關鍵，而這一對鴛鴦刀最後被袁冠南、蕭中慧所得。鴛鴦刀配鴛鴦偶，而又輔以「夫妻刀法」，更可謂妙景天成。因而這夫妻刀法的意義就更大了。

其三，如上文所述，這一套刀法由林玉龍、任飛燕這一對吵鬧不休的夫妻使出，非但不能建功見威，相反失誤被擒，令人莞爾之餘，又增些沉思默想。再往後看，我們又會看到袁冠南的父母與楊中慧的父母，這兩對「鴛鴦」都是因為持有一把刀而懷璧其罪，被皇帝弄得鴛鴦離散、家破人亡。讀起來讓人大悲大憤。而太監蕭義易名蕭半和，將袁、楊二位夫人救出，扮做了一家，又成了三隻「假鴛鴦」，又使人感到可敬可佩。林玉龍、任飛燕這對夫妻不能成為夫妻刀法的真正的繼承人，令人可悲可嘆。唯袁冠南、蕭中慧這一對年輕兒女能靈犀相通相互回護，將一套夫妻刀法發揚光大，才使人感到由衷的可喜可樂。這一套夫妻刀法寫出了苦命夫妻、假夫妻、吵鬧夫妻以及未婚愛侶，可悲、可敬、可優、可憤、可感、可嘆、可喜、可樂……各種情緒都在其中。其藝術的功能已發揮到了極致了。

其四，這一對鴛鴦刀上分別刻有「仁者」和「無敵」二字，合起來便是「仁者無敵」。這乃是「得之者無敵於天下」的刀中秘密。揭穿了雖不值一哂，但畢竟又是意味深長。誰能做真正的「仁者」，誰可就真的會無敵於天下，只不過世人大多愚頑，做不到罷了。正如這一套「夫妻刀法」，哪一對夫妻獲得了詩中的那種情感、靈性，真正做到相親相愛、相互回護、相護配合，這套「夫妻刀法」怎麼能不無敵無擋呢。別說是刀法、劍法，就是拳法、掌法，進而就是不會武功也會威力無窮的。

總之，從《鴛鴦刀》中的「夫妻刀法」，我們可以看出，金氏的武功，是一種文藝的境界。一方面刀法與人物性格與人物關係緊密相關，另一方面，刀法則牽涉到書中所有的人事，承題而來，與小說整體不可分割。看起來似乎是信手拈來，實際上又恰恰別出心裁。離開這部小說的具體人物及具體情境，它也許一錢不值，但在這部小說之中卻是那樣的妙不可言。不僅風光旖旎，而且詩情畫意。

金庸小說中有幾種以詩命名的武功，如《連城法》一書中的「唐詩劍法」，又如《俠客行》一書中的「俠客行武學」，其藝術上的分寸、意境，都比不上這套「夫妻刀法」。

金庸小說中，堪與這套「夫妻刀法」相比美的，要算《神鵰俠侶》中的「情人劍法」。需要說明的是，小說中並沒有「情人劍法」這一名稱，而只有「玉女心經」，但這玉女心經的本質恰是情人的劍法，所以，我就不揣鄙陋，給這一套武功取了「情人劍法」這一別名。我是想：既然有「夫妻刀法」，自然就有應該有一套「情人劍法」與之匹配才好。

這二者異曲同工，卻又各盡其妙。看起來它們的原理相差彷彿，但其中源流韻味卻又各不相同。「夫妻刀法」是袁冠南、蕭中慧一學就會的。但楊過和小龍女對古墓派祖師林朝英所創的「玉女心經」的最後一章中的武功劍法——即我所說的「情人劍法」——卻始終莫名其妙。兩人練了千百次，總是不對頭。無論是兩人以同樣的招式相互比試，還是一使全真劍法，一使玉女劍法相互比試，總是有極大的破綻。這古墓派的「玉女心經」中的武功，無一不是克制全真派的武功劍法，又誰知到了最後一章，卻又「反其道而行之」，由相克制到相配合，由敵人之劍變成情人之劍呢？——直到楊過、小龍女雙劍與金輪法王相鬥，楊、龍完全處於劣勢，偶然使出了一招：

……小龍女見楊過遇險，纖腰微擺，長劍急刺，這一招去勢固然凌厲，抑且風姿綽約、飄逸無比，卻已使上了「玉女心經」中最後一章的武功。黃蓉母女看得心曠神怡，同聲叫道：「好！」

金輪法王收掌躍起，抓住輪子架開劍鋒，楊過也乘機接回長劍，適才這一下當真是死裡逃生，但人當危急之際心智特別靈敏，猛地裡想起：「我和姑姑二人同使玉女劍法，難以抵擋。但我使全真劍法，她使玉女劍法，卻均化險為夷。難道心經的最後一章，竟是如此行使不成？」當下大叫：「姑姑，『浪跡天涯』！」說著斜劍刺出。小龍女未及多想，依言使出經中所載的「浪跡天涯」揮劍直劈。兩招名稱相同，招式卻是大異，一招是全真劍法的厲害劍招，一著是玉女劍法的險惡家數，雙劍合璧，威力立時大得驚人……

這套劍法的原理與「夫妻刀法」是一樣的，即兩人之間相互情切關心，都是不顧自己的安危，先救情侶，如此而至嚴絲合縫，兩情相洽，雙劍合璧。其情也諧，其劍自然就無可阻擋。

這套劍法的招式名稱，也與「夫妻刀法」的招式名稱異曲同工，雖然不是詩句，但比詩句更其美妙，每招式中均含著一件韻事，諸如「浪跡天涯」、「清飲小酌」、「撫琴按簫」、「掃雪煮茶」、「松下對弈」、「池邊調鶴」、「小園藝菊」、「茜窗夜話」、「柳蔭聯句」、「竹簾臨池」……均是男女與共，當真說不盡的風流旖旎。

林朝英情場失意，在古墓中鬱鬱而終。她文武全才，琴棋書畫，無所不能，最後將畢生所學盡數化在這套武功之中。她的難與人言亦不為人知的情感心事亦化在了武功構想之中。又誰知她雖想克制王重陽的武功（**這正是她的愛情悲劇的成因**），然而更希望的卻是雙劍合璧。更誰知，她創制之時只是自舒懷抱，而數十年後竟有一對情侶以之克禦強敵。這大約是她沒有想到的，然而恐怕又正是她所希望的，以及她所夢想而無法得到的……如此可見，這套劍法之中實際上包含了一個纏綿悱惻的愛情故事，而且又包含了一位女性的無限溫馨而又無窮悲苦的心事——此「玉女」之「心經」也——進而，還包含了恨與愛、敵與情之間的複雜轉換的微妙關係及情之哲理……

這套「情人劍法」與「夫妻刀法」另一不同之處，書中也寫得清清楚楚：

……使這劍法的男女二人倘若不是情侶，則許多精妙之處實在難以體會，相互間心靈不能溝通，則聯劍之際是朋友則太過客氣，是尊長小輩則不免照拂仰賴，如屬夫妻同使，妙則妙矣，可是其中脈脈含情，盈盈嬌羞、若即若離、患得患失諸般心情卻又差了一層。此時楊過與小龍女相互眷戀極深，然而未結絲蘿，內心隱隱又感到前途困厄正多，當真是亦喜亦憂，亦苦亦甜，這番心情，與林朝英創制這套「玉女素心劍」之意漸漸地心息相通。

黃蓉在旁觀戰，只見小龍女暈生雙頰，靦腆羞澀，楊過時時偷眼相覷，依戀回護，雖是並戰強敵，卻流露出男歡女悅，情深愛切的模樣，不由得暗暗心驚，同時受了二人的感染，竟回想到與郭靖初戀時的情景。酒樓上一片殺伐聲中，竟然蘊含著無限的親情蜜意……

稱這一套武功為「情人劍法」，自然是因為其中的情感基礎。小說中居然在劍法中道出了情人之情與夫妻之情、兄弟朋友之情、長幼之情的細微差別，這已是令人叫絕了。進而還具體寫出了「這對情人」的「亦喜亦憂、亦苦亦甜」的複雜的情味，曲折的心路歷程及內心豐富的情感層次。進而，這套劍法不僅將王重陽、林朝英當年的愛情悲劇傳達了出來，而且將林朝英內心深處的情感隱密傳達了出來；進而，又不僅將楊過、小龍女此時此刻的情感與心境傳達出來，而且將楊、龍這對命運多舛的深情愛侶的整個人生故事都在此做了揭露和暗示。如此情境，當真是說不盡的男歡女悅、情意深長，難怪在一旁觀戰的黃蓉，也要情不自禁地回想起自己當年與郭靖初戀的美好時光……讀者朋友面對此情此景，大約早忘了這是一場性命攸關的生死搏鬥了，正因為「酒樓上一片殺伐聲中，竟然蘊含著無限的柔情蜜意。」

相比之下，「夫妻刀法」就顯得相當簡單、也沒有如此之多的層次。「夫妻刀法」中的美妙詩句、美妙招式、美妙意境只能靠讀者去想像。而這套「情人劍法」中所包含的柔情蜜意及旖旎風光卻使讀者能直接地感受到。

然而這還不是這套劍法的全部的奇異處與精妙處。眼見楊過與小龍女靈犀暗通，金輪法王更難抵禦，聰明的黃蓉瞧出楊過與小龍女所以勝得金輪法王，全憑了一套奇妙的劍法，看來倒有八分僥倖。若是今日放過了金輪法王，此人武學高深，回去窮思精研，想出了破解這套劍法的法門，日後再要相除卻是千難萬難。所以黃蓉大聲叫道：「除惡務盡，過兒，別放過了他。」接著書中寫道：

……楊過答應一聲，猛下殺手，「小園藝菊」、「茜窗夜話」、「柳蔭聯句」、「竹簾臨池」，一招招的使將出來，金輪法王幾乎連招架都有不及，別說還手。楊過本擬遵照黃蓉囑咐乘機殺他，那知林朝英當年創制這路劍法本為自娛抒懷，實無傷人斃敵之意，其實心中又充滿柔情，是以劍法雖然厲害，卻無一招旨在致敵死命。這時楊龍二人逼得金輪法王手忙腳亂，狼狽萬狀，要取他性命卻亦不易……

這才是這套劍法的奇異精妙之處。

大凡劍法，厲害之處便在於其傷敵斃命，不能傷敵斃命的劍法，就不能稱為厲害的劍法了。而這套「情人劍法」的奇妙之處，正在於它既十分厲害，殺得金輪法王這樣的絕世高手手忙腳亂、狼狽萬狀，只有招架之功，沒有還手之力；然而同時卻又不能將金輪法王殺了。這真是別出心裁，讓人匪夷所思，沒有一種武功是這樣的。然而惟其如此，這才顯出此「情人劍法」的特異之處。須知情人劍法雖是劍法，卻又更是情人間的兩情相悅、心性相通、男歡女愛、柔情蜜意，這種時候又怎能真的想到去殺人?!這時若真的殺了敵手，那不僅大煞風景，且這套情人劍法是否有情便值得懷疑了。如此，這套劍法既要有情，又能雙劍合璧與人對戰；既要厲害無匹使對手難以招架，又不會使敵人被殺死……如此劍法，足見作者心思奇異而又綿密，即信手拈來而居然又滴水不漏，將這套「情人劍法」寫得神了。

順便說一句，楊龍此時不殺金輪法王，既是寫了「情人劍法」的「無一招旨在致敵死命」的奇妙，同時又照顧了小說的整體結構方面的安排，倘若金輪法王此時被殺了，後面就「沒戲」了。

由此可見金大俠「演武」不僅美妙紛呈、意境深遠，而且還眼觀六路、耳聽八方，收發隨心、圓轉如意。

若非如此，又怎能稱為高手風範?!

四／

別後黯然掌銷魂

金庸小說中的武功數以千計，出色者舉不勝舉，幾乎隨手翻開一本金庸的書就能看到一段精彩的武功、技擊、武學的 藝術描寫。

然而在這數以千計、不勝枚舉、精彩紛呈的武學藝術世界之中，以筆者拙見，當推《神鵰俠侶》一書中大俠楊過所創的一套十七路「黯然銷魂掌」最為妙絕。

這一套「黯然銷魂掌」，不僅以武而論，已是超一流的絕頂極境，書中楊過不僅達到了當年無敵於天下的劍魔獨孤求敗的水準境界，到了不滯於物甚而以無劍勝有劍的絕頂境界；而且似乎猶有過之，能自創一格，別闢蹊徑，從而百尺竿頭，再進一步。這套「黯然銷魂掌」便是例證。

值得注意的是，這套掌法的妙處，在藝術內涵方面，也遠遠超出了作者筆下的任何武功敘述，創造了一個卓然高絕、出神入化的藝術境界。

其武超然卓絕、獨創新格、威力無比，世間少有；其藝則悲沉博大，性情獨具，心神俱往，妙蘊無窮。從而真正地達到了武與藝、與道、與人、與情、與心融會貫通、坐照神化之極限。

小說第三十四回〈排難解紛〉中寫到楊過自與小龍女分手以後，生死茫茫，孤苦無依，然武功上卻已到達極境，攜神鵰遊行江湖，行俠仗義，然不務虛名，甚至以人皮面具蒙面，使人不見其真面目，一方面是心愛小龍女，不願再惹下風流孽債，另一方面亦心如枯木，不以名榮。這次為了幫一燈大師調解瑛姑與裘千仞之間的塵緣冤孽，瑛姑提出要以找到情人老頑童周伯通來此見面為交換條件，楊過於是帶著少女郭襄來到老頑童周伯通暫居住棲身的百花谷中。不料周伯通生平最懼的就是一燈大師及瑛姑之名，更不願與之見面，因此話不投機，周、楊二人一老一少半真半假地動起手來。一方面因老頑童嗜武成癡，然當世之中不易找到對手，好不容易碰到楊過這一絕世高手，自然是不會放過；另一方面，楊過則見此老頑童不能言勸，只得武勸，以圖擊敗他之後再激他出谷前往；再則楊過碰到老頑童這等高手，正是棋逢敵手，將遇良才，豈有不興切磋之意？如是當世兩位武功最強的高手比武，使我們大飽眼福，更使我們大開眼界。

開打之後便即精彩紛呈，然而限於篇幅不能一一摘引抄錄，只能截其百招之後，抄錄如下：

……周伯通雖以單臂應戰，然招數神妙無方，楊過仍感應付不易，瞬息間二十餘招過去，楊過暗想我雖只一臂，但方當盛年，與這年近百歲的老翁拆到一百餘招仍是勝他不得，我這十多年來的功夫練到哪裡去了？但覺周伯通發來的拳掌之中陽剛之氣漸盛，與「空明拳」一味陰柔頗不相同，心念一動，猛地裡想起了終南山古墓石壁上所見的《九陰真經》，此刻周伯通所使招數，正是真經中所載的一路「大伏魔拳法」，拳力籠罩之下，實是威不可當。楊過大喝一聲：「大伏魔拳法何足道哉？你雙手齊使，接一下我的『黯然銷魂掌』！」

周伯通聽他叫出自己所使拳法的名稱，已然一怔，又聽他說要用什麼「黯然銷魂掌」，更是奇怪。他自幼好武，於天下各門各派的武功見聞廣博之極，但「黯然銷魂掌」這名目卻是今日第一次聽到。只見楊過單臂負後，凝目遠眺，腳下虛浮，胸前門戶洞開，全身姿勢與武學中各項大忌無不吻合。他踏進一步，左手成掌，虛按一招，意存試探。楊過渾如不覺，理也不理。周伯通說道：「小心了！」發拳往他小腹擊去，這一拳只用了三成力，哪知拳頭剛要觸到楊過身上，突覺他小腹肌肉顫動，同時胸口向內一吸，倏地彈出。

周伯通吃了一驚，忙向左躍開，心想內家高手吸胸凹腹以避敵招，原屬尋常，但這等以胸肌傷人，卻是見所未見，聞所未聞，當下好奇之心大起，喝道：「你這是什麼武功？」楊過道：「這是『黯然銷魂掌』中的第十三招，叫做『心驚肉跳』！」周伯通喃喃地道：「沒聽見過，沒聽見過！」楊過道：「這是我自創的一十七路掌法，你自然沒聽見過。」

至此，小說描寫敘述真正進入了妙境。楊過的這套掌法自然不會一開始就使出——若是那樣，就不是絕世神功了——而需要一番試探，更需要一番鋪墊，楊過畢竟年輕氣盛而又頗自負，再則此老頑童的武功又著實不低。更何況妙曲還需知音賞，神掌武功也是一般，需要周伯通這樣癡愛武學一生而又神功絕世的知音。所以楊過終於使了出來，然而又並不是從第一招開始，而是以第十三招開始，這樣更顯貼切自然，因為比武畢竟不同於表演，由不得人從頭開始，而是必須隨機應變。

這一段的真正妙處在於出奇於不意。首先是喝破「接一下我的『黯然銷魂掌』！」這既點出了這一套掌的名目，更使人感到驚訝奇異，何為「黯然銷魂掌」？這掌名目既奇，招術更奇，奇在「全身姿勢與武學各項大忌無不吻合」，更奇的是居然又能出奇制勝，吸胸凹腹，以胸肌傷人。這道理看似違背武學規律，但在更高一層次上又吻合了，即造成對手的驚奇錯愕，便是出奇制勝的時機與道理。其實，這一招名「心驚肉跳」乃是「黯然銷魂」的一種表現，具體如書中武術招式：「單臂負後，凝目遠眺，腳下虛浮，胸前門戶洞開」，這與其說是寫武功的招式，更不如說是寫「黯然銷魂」的模樣。寫此人的表現極其形象，偏偏又能全部融入一種獨闢蹊徑，與常規相反的武功之中。

小說中接著並沒有立即讓楊過使出第二招來，而是介紹此種武術的由來：

楊過和小龍女在絕情谷斷腸崖前分手，不久便由神鵰帶在海潮之中練功，數年之後，除了內功循序漸進之外，別的無可再練，心中整日價思念小龍女，漸漸地形銷骨立，了無生趣。一日在海濱悄立良久，百無聊賴之中隨意拳打腳踢，其時他內功火候已到，一出手竟具極大威力，輕輕一掌，將海灘上一隻大海龜的背殼打得粉碎。他由此深思，創出了一套完整的掌法，出手與尋常武功大異，厲害之處，全在內力，一共是一十七招。

他生平受過不少武學名家的指點，自全真教學得玄門正宗內功的口訣，自小龍女學得玉女心經，在古墓中見到九陰真經，歐陽鋒授以蛤蟆功和逆轉經脈，洪七公與黃蓉授以打狗棒法，黃藥師授以彈指神通和玉簫劍法，除了一陽指之外，東邪、西毒、北丐、中神通的武學無所不窺，而古墓派的武學又與五大高人之外別創蹊徑，此時融會貫通，已是卓然成家。只因他單剩一臂，是以不在招數變化取勝，反而故意與武學通理相反。他將這套掌法定名為「黯然銷魂掌」，取的是江淹「別賦」中那一句「黯然銷魂者，唯別而已矣」之意。自掌法練成以來，直至此時，方遇到周伯通這等真正強敵。

以上是在楊、周比武的緊急時刻插上的一段，不僅不覺突兀，而且恰恰使小說一張一弛節奏怡人，更主要的則還是交代了這套掌法的由來，以及楊過之所以能創這路掌法的「資格論證」，同時也介紹了這套掌法名稱的出典。可見在寫武功及劍法上，作者實已是有條有理，滴水不漏，使你無法不相信楊過能創出這套奇異的武功，而且還威力無窮。

如前所說，這一段更奧妙之處乃在於看似寫武，卻實在是處處寫人、處處寫情。寫情之筆雖然淡漠，似乎漫不經心，實則字字浸透了情。句句抒發了情，寫到了情之極境。試將這一段中「絕情谷斷腸崖前分手，心中整日價思念小龍女，漸漸形銷骨立，了無生趣」以及「黯然銷魂者，唯別而已矣」等句稀稀錯落其間，看似「情到濃時情轉薄」，不若斷腸之烈，絕情之悲，然在大海之濱，眼見生死茫茫，心裡情深似海、情之悲苦似苦澀不堪的海水一般……想一想楊過生平遭遇之慘，看到這一段武功的神采，誰能言究竟是喜是悲？誰又能分得清是武還是情？他這一套武功正是為了情侶分離生死茫茫而創，其不依常規，不按常理之處可想而知。

所以，以上這一段並不僅是交代了這套掌法的來由，更主要的是交代了這套掌法的意旨精微奧妙：亦武亦情，武以情生，情緣武現，情侶離分，黯然銷魂，形銷骨立，了無生趣。這才真正是與武士道的常規背道而馳。武士無情，為武爭勝，而楊過情深情苦，為生已然無趣，於勝敗生死已經超然，視死如歸，將生命置之度外……這才是他不依常規而又能取勝的根本之道。至於此套掌法的具體招術姿勢，則在這一總則前提之下一一能解。所以，這套掌法寫得在武字上越是滴水不漏，絲絲入扣，亦正是在情字上娓娓道來感人至深，精彩紛呈之處。而武與情互為表裡，合二而一，難解難分，正是小說的藝術境界爐火純青的具體表現。所以，作者讓楊過創出這套「黯然銷魂掌」來，真正是別出心裁，一石三鳥，妙不可言。

既已說明來由且道出要旨，就讓我們接著往下看：

……楊過抬頭向天，渾若不見，呼的一掌向自己頭頂空空拍出，手掌斜下，掌力化成弧形，四散落下，周伯通知道這一掌力似穹廬，圓轉廣被，實是無可躲閃，當下舉掌相迎，啪的一下，雙掌相交，不由得身子一晃，都只為他過於托大，殊不知他武功雖然決不弱於對方，但一掌對一掌，卻遠不及楊過掌力的厚實雄渾。

周伯通吐出胸中一口濁氣，喝彩道：「好！這是什麼名目？」楊過道：「這叫做『杞人憂天』！小心了，下一招乃是『無中生有』！」

周伯通嘻嘻一笑，心想「無中生有」這拳招之名真是又古怪又有趣，虧這小子想得出來，於是猱身又上。楊過手臂下垂，絕無半點防禦姿勢，待得周伯通拳招攻到近肉寸許，突然間手足齊動，左掌右袖、雙足頭錘，連得胸背腰腹盡皆有招式發出，無一不足以傷敵。

周伯通雖然早防他必有絕招，卻萬萬料想不到他竟會全身齊攻，瞬息之間，十餘招數同時攻到，說來「無中生有」只是一招，中間實蘊十餘招變式後著，饒是周伯通武學深湛，也鬧了個手忙腳亂。他左臂本來下垂不用，這時不得不舉起招架，竭盡全力，才抵擋了這一路掌法，說到還招，竟是不能的了。總算一一擋過，急忙躍後丈許，以防楊過更有古怪後著。

郭襄叫道：「周老爺子，你兩隻手齊用也不夠，最好是多生一隻手。」周伯通也不以為忤，笑道：「小女娃子，你叫我三隻手麼？」

楊過見他將自己突起而攻的招式盡數化解，無一不是妙到巔毫，不禁暗暗嘆服，叫道：「下一招叫做『拖泥帶水』！」周伯通和郭襄齊聲發笑喝彩道：「好名目！」楊過道：「且慢叫好！看招！右手雲袖飄動，宛若流水，左掌卻重滯之極，便似帶著幾千斤泥沙一般。周伯通當年曾聽師兄王重陽說起黃藥師所擅的一路五行掌法，掌力之中暗合五行，此時楊過右袖是北方癸水之象，左掌是中央戊土之象，輕靈沉猛，兼而有之，當下不敢怠慢，左手使「空明拳」中的一招，右手使一招「大伏魔拳」，以輕靈對輕靈，以渾厚對渾厚，兩下衝擊，兩人同聲呼喝各自退出數步。

以上是楊過將「杞人憂天」、「無中生有」、「拖泥帶水」使出，小說寫此三招，一氣呵成，不僅緊張熱鬧，更是大有道理，而郭襄從中插言，又使之妙趣橫生。

這三招武功，依然是大有「黯然銷魂」之情意，然而卻又不著其相，無跡可尋。從招式名目中去想，可以說是形神兼備、文美武妙。——抄錄起來看似「拖泥帶水」，作者說武論招明明「無中生有」，不由使人擔心，卻又是「杞人憂天！」——那一招「力似穹廬，圓轉廣被，實是無可躲閃」在「黯然銷魂掌」的譜式之中，多麼像是「孽海情天」。

以上三招，「杞人憂天」寫武招的意象，「無中生有」寫其義理兼具體姿勢，「拖泥帶水」則又由老頑童來解釋其「右袖是北方癸水之象，左掌是中央戊土之象」，以五行形象及其玄奧，可以說正是各盡其妙。

這三招已各盡其妙，以下還剩下的招式便難寫得多了。如此有些左右為難，作者金庸先生便及時收筆，不寫周、楊比武「黯然銷魂掌」餘下的招式，並且找到一個堂而皇之的理由，那就是楊過心想「倘欲真分勝負，非以內力比拼不可，那時若不是一死一傷，便如洪七公與我義父比武那般，鬧個同歸於盡，卻又何苦？」於是作者乾脆就寫楊過「不由得收起狂傲之氣，一躬到地，說道：『周老前輩，佩服佩服，晚輩甘拜下風』。」再也不打了。

這一不打。仍然是一石三鳥。一來免得讓二位分了勝負，他們臉上不好看，讀者心裡不舒服（**誰輸了讀者都不舒服**）；二來寫出了楊過脾氣確實大變，居然能收起狂傲之心，不爭虛榮傲氣；三來正是作者要「藏拙」，因為再也寫不出比以上幾招更精彩的文字，縱然一樣亦不過徒增篇幅累贅，莫如見好就收，如此反而讓人莫測高深。

於是，作者「藏拙」之餘，反倒作出了更妙的文章。楊過是說不打就不打，老頑童則欲一窮究竟，這正是寫出了兩人的性格。於是老頑童與楊過又打了起來，不過楊過卻只使平常的招式，決不肯將「黯然銷魂掌」多施一招，如此更是大吊了老頑童及讀者的胃口——大家一來好武，二來好奇，誰不想一窺全豹——如此這般地鋪排一陣之後，作者這才寫道：

……楊過坐在大樹下的一塊石上，說道：「周兄你請聽了，那黯然銷魂掌餘下的一十三招是：徘徊空谷，力不從心，行屍走肉，庸人自擾，倒行逆施……」說到這裡，郭襄已笑彎了腰，周伯通卻一本正經的喃喃記誦，只聽楊過續道：「廢寢忘食，孤形隻影，飲恨吞聲，六神不安，窮途末路，面無人色，想入非非，呆若木雞。」郭襄心下淒惻，再也笑不出來了。

這一段楊過「說招」，雖是言語簡短，卻是意蘊無盡。至此，這一套「黯然銷魂掌」才全名盡出，它的意旨情境亦盡出。不唯郭襄心下淒惻，再也笑不出來，每一位讀者恐怕也都笑不出來。世間竟有如此的掌法！世間竟有如此的情感！世間竟有如此融絕世情感於絕世武功之中的藝術！

小說中寫四招而「說」十三招，正符合海明威氏的「冰山理論」，露出水面的只是一小部分，而藏之字裡行間的則莫測高深，如此不寫之寫，更是令人心神俱癡，覺得其妙用無窮。

無論是設想這一套奇妙的武功本身，還是將這奇妙的武功分階段、分層次、以不同的方式一層一層地敘述出來，描寫出來，這一章有關「黯然銷魂掌」的文字都堪稱妙絕。然而，「黯然銷魂掌」這絕妙文章至此並未結束。還有更妙的在後頭。且看：

……楊過見他如此，心想；「這位老前輩是性情中人，正是我輩，我又何惜那一十七路黯然銷魂掌？」說道：「周老前輩，我將全套掌法一一演與你瞧吧，不到之處，尚請指點。」當下口講手比，將那一十七路掌法從頭至尾演了出來，只是「面無人色」那一招，因他戴上了人皮面具，未予顯示，但，他說了其中變化，周伯通熟知九陰真經，即能心領神會，反是於「行屍走肉」、「窮途末路」各招，卻悟不到其中要旨。

楊過反覆講了幾遍，周伯通總是不懂。楊過嘆道：「周老前輩，十五年前，內子和我分手，晚輩相思良苦，心有所感，方有這套掌法之創。老前輩無牽無掛，快樂逍遙，自是無法領悟其中憂心如焚的滋味。」周伯通道：「啊，你夫人為何和你分手？她人又美、心地又好，你鍾情相思，原也怪你不得。」……

以上這段可以說更是絕妙之筆，它更深一層地揭示了這一套「黯然銷魂掌」的精微與獨異之處。大凡拳路掌法，總是能教能學的，獨這一套掌法則不能；以老頑童周伯通之武功見識、聰明才智、癡心熱愛、修養技能，應該說世間上沒有不可學、不能學的掌法拳路，但於這套掌法卻偏偏就是不能領悟要旨，再解釋也還是不懂、不通、不能學。此因無它，只因為這一套掌法的真正玄奧之處並不在於其武功的招式，甚至也不在於其內力施為，而在於其「黯然銷魂」的情感、心境、意態。這種情、心、意是超然於招式、套路、內力之上，而復化於其中的。這是真正的「人性的力量」，如書中所言，老頑童瘋瘋癲癲、癡癡頑頑，從而「無牽無掛，快樂逍遙，自是無法領悟其中憂心如焚的滋味」，從而也就無法學會這套掌法。

於是，這套神妙奇絕的「黯然銷魂掌」真正地成了楊過的獨門武功。

這在金庸的小說之中可以說是獨一無二的，在一切武俠小說之中都是獨一無二的，只因為其他的任何武功都是可以師承，可以學習的，唯獨這「黯然銷魂掌」不能。因為沒有人像楊過這樣一生孤苦，與唯一真心愛侶屢經離合、離多合少，生死茫茫，十幾春秋，了無音訊，故而相思之深，苦澀如斯；也沒有人像楊過這樣熱情如火，至性至情，鍾情之始，千難萬險，不可阻滯。沒有人像他們那樣能夠深情俯仰百世，悲苦沁透人間……

且說，這「黯然銷魂掌」之妙，不僅在於它是楊過獨創的世間不二的功夫，還在於它又並非在任何情境之中都可以施為。

小說第三十九回中，楊過與愛侶小龍女在分別十六年之後，重新聚合，恍如夢境。攜手來到襄陽危城，適逢郭襄被龍象法王捆綁在火臺之上，楊過奮不顧身，為救郭襄衝進火海，與龍象法王展開一場驚心動魄的惡鬥。只見書中寫道：

……楊過面臨極大險境，數次要使出黯然銷掌來摧敗強敵，但這路掌法身與心合，他自與小龍女相會之後，喜悅歡樂，哪裡有半分「黯然銷魂」的心情？雖在危急之中，仍無昔日那一份相思之苦，因之一招一式，使出去總是差之厘毫，威力有限。

……

楊過心知今日已然無倖，非但救不了郭襄，連自己這條性命也要賠在臺上，淒然向小龍女望了一眼，叫道：「龍兒，別了，別了，你自己保重。」便在此時，法王鐵輪砸向他的腦門。楊過心下萬念俱灰，沒精打采的揮袖捲出，拍出一掌，只聽得噗的一聲，這一掌正好擊在法王肩頭。

忽聽得臺下周伯通大聲叫道：「好一招『拖泥帶水』啊！」楊過一怔，這才醒覺，原來自己明知要死，失魂落魄，隨手一招，恰好使出了「黯然銷魂掌」中的「拖泥帶水」。這套掌法心使臂，臂使掌，全由心意主宰，那日在百花谷中，周伯通只因無此心情，雖然武術精博，終是領悟不到其中妙境。楊過既和小龍女重逢，這路掌法便已失去神效，直到此刻生死關頭，心中想到便要和小龍女永訣，哀痛欲絕之際，這「黯然銷魂掌」的大威力才又不知不覺地生了出來……

這才叫真正的「黯然銷魂掌」。

看似絕處逢生，叫人歡喜，然而一想之下，卻不能不潸然淚下。不置死地而不能生，不「黯然銷魂」，這「掌」的威力竟也消失得無影無蹤。楊過一生正如是掌，何其悲苦！

這一位武俠強人，這一路神威的掌力，竟總是要在分而不在合，在「黯然銷魂」而不能在喜悅歡樂之中，才能造就出來，施展出來。總要在死的威脅下才能生出勝利的光彩；總要在其離的情境中才能使出那了無生趣，形銷骨立的神掌。

悲夫喜乎，哀耶樂耶？

吾不能言。

我說不清楚，甚至不知道，自己究竟是不是希望楊過能夠施展這套絕世無雙的「黯然銷魂掌」。

五／

技擊何止刀劍影

金庸小說不僅武功寫得入情入理，文武雙絕，而且其打鬥技擊的場面更是常常別開生面精彩紛呈。

刀光劍影、拳來腳往、頭撞身動，這是寫打鬥技擊場面的最常見的規範。然而金庸小說中的打鬥技擊則大大地突破了這些規範，任意所之，妙招無窮。

金庸小說中的刀劍兵刃、頭腳拳身相鬥我們已經見到了，深知其中精彩滋味。然而在這之外，金庸還開創了一個又一個打鬥技擊的新格局。在其第一部小說《書劍恩仇錄》的第十七回，就有一段袁士霄與張召重的「口鬥」場面。袁士霄君子動口不動手，然而「口鬥」的緊張激烈，決不在刀兵拳劍之下。書中寫道：

……袁士霄道：「哈哈，你考較起老兒來啦！老兒生平只考較別人，從不受人考較。我問你，剛才你使『烘雲托月』，後變『雪擁藍關』，要使我左面給你一招『下山斬虎』，右面點你『神通穴』，右腳同時踢你膝彎之下三寸，你怎生應付？」張召重一呆，答道：「我下盤『盤弓射鵰』，雙手以擒拿法反扣你脈門。」袁士霄道：『守中帶攻，那也是武當門的高手了。」

張召重一驚，暗想：「我只跟那禿頭老兒拆了一招，再答了他一句話，他竟然便知我武當門派。」只聽袁士霄道：「當年我在湖北，曾和馬真道長印證過武功。」張召重胸頭一震，臉如死灰。袁士霄又道：「我右手以綿掌『陰手』化解你的擒拿，左肘直進，撞你前胸……」張召重搶著道：「那是大洪拳的『肘錘』。」袁士霄道：「不錯，但這『肘錘』只是虛招，待你含胸拔背，我左掌突發，反擊你門面。當年馬真道長就躲不開這一招，後來是我說了給他聽，且看你會不會拆。」

張召重潛心思索，過了一會，道：「要是你變招快，我自然來不及躲，我發『鴛鴦腿』攻你左脅，使你不得不閃避收招。」袁士霄哈哈一笑，道：「這招不錯，當今武當門中，多半武功以你為第一。」張召重道：「我隨即點你胸口『玄機穴』！」袁士霄喝道：「好！攻勢綿若江河，的是高手。我踏西北『歸妹』，攻你下盤。」張召重道：「我退『訟位』，進『無妄』，點『天泉』。」

顧金標和哈合台聽他二人滿口古怪詞句，大惑不解。哈合台一扯滕一雷的衣襟，悄聲問道：「他們說的是什麼黑話？」滕一雷道：「不是黑話，是伏羲六十四卦方位和人身穴道。」顧哈二人這才明白，原來這兩人是在嘴頭比武，從來只聽說有「紙上談兵」，如此口上搏鬥卻是聞所未聞……

聞所未聞的東西在金庸的小說中見到了。這種沒有刀光劍影的比試，一點也不亞於動拳鬥腳。而另外又大大地增加了新奇之感，對袁士霄而言，又是恰合身分與性格的一種方式。

像上述這樣的口上搏鬥，在小說《神鵰俠侶》中又出現過一次，是北丐洪七公與西毒歐陽鋒這一對絕世高手、寃家對頭，在華山頂上鬥了幾日幾夜的拳腳與兵刃之後，又以內力相拼，若不是楊過相救，這二人已然喪身。然而救開之後，這二人雖已精疲力盡，卻又不想罷鬥，因此便想出了一個奇招，讓楊過在當中為他二人擺招式，他二人以口相鬥……這一場精彩的口鬥，可以說與上述袁、張口鬥有異曲同工之妙，甚而還讓楊過參研了「打狗棒法」等上乘絕學，又比袁、張口鬥多了一層實際的意義。

這種招式上的口搏已然奇極，而《射鵰英雄傳》中所寫的黃藥師、歐陽鋒、洪七公分別以玉簫、鐵箏、口嘯拼鬥內力則又開生面。此段我們在前面已經引述，在美妙的音樂聲中隱藏著上乘武學的道理及內力拼鬥的殺機，這在功力一般之人，是想也不敢去想的。

然而上述口搏種種，在金氏小說的技擊場面之中，還不能算是最精彩的。且看小說《天龍八部》第十七回〈今日意〉中大理王子段譽，攜中了「悲酥清風」之毒的王語嫣逃跑，在大雨磨坊中的一場奇絕異常而又妙趣橫生的打鬥：

……段譽見情勢危急，說道：「我去攻他個措手不及。」

……那人還在大呼小叫，喝令段譽和王語嫣歸服，不料段譽已悄悄從閣樓上轉了下來，伸手便往他背心點去。他使的是六脈神劍中的少陽劍劍法，原應一指得手，哪知他向人偷襲，自己先已提心吊膽，氣勢不壯，這真氣內力便發不出來。他內力發得出發不出須碰巧，這一次便發不出勁。那人只覺得背心上有什麼東西輕輕觸了一下，回過頭來，只見段譽正在向他自己指指點點。

那人親眼見到段譽連殺三人，見他右手亂舞亂揮，又在使什麼邪術，也是頗為忌憚，急忙向左躍開。段譽又出一指，仍是無聲無息，不知所云。那人喝道：「臭小子，你鬼鬼祟祟的幹什麼？」左手箕張，向他頂門抓來。段譽身子急縮，雙手亂抓，恰巧攀住水輪，便被輪子帶了上去。那人一抓落空，噗的一聲，木屑紛飛，在水輪葉子板上抓了個大缺口。

王語嫣道：「你只須繞到他背後，攻他背心第七椎節之下的『至陽穴』，他便要糟。這人是晉南虎爪門的弟子，功夫練不到至陽穴。」

段譽在半空中叫道：「那好極了！」攀著水輪，又降到了碾坊大堂。

西夏武士不等他雙足落地，便有三人同時出手抓去。段譽右手連搖，道：「在下寡不敵眾，好漢打不過人多，我只要鬥他一人。」說著斜身側進，踏著「凌波微步」的步子，閃得幾閃，已欺到那人身後，喝一聲：「著！」一指點出，嗤嗤聲響，正中他「至陽穴」，那人哼也不哼，撲地即死。

段譽殺了一人，想要再從水輪升到王語嫣身旁，卻已來不及了，一名西夏武士攔住了他退路，舉刀劈來。段譽叫道：「啊喲，糟糕！韃子兵斷我後路，十面埋伏，兵困垓下，大事糟矣！」向左斜跨，那一刀便砍了個空。碾坊中十一人登時將他團團圍住，刀劍齊施。

段譽大叫：「王姑娘，我跟你來生再見了。段譽四面楚歌，自身難保，只好先去黃泉路上等你。」他嘴裡大呼小叫，狼狽萬狀，腳下的「凌波微步」步法卻是巧妙無比。

王語嫣看得出了神，問道：「段公子，你腳下走的可是『凌波微步』麼？我只聞其名，不知其法。」

段譽喜道：「是啊，是啊！姑娘要瞧，我這便從頭至尾演一遍給你看，不過能否演得到底，卻要看我腦袋的造化了。」當下將從卷軸上學來的步法，從第一步起走了起來。

那十一名西夏武士飛拳踢腿，揮刀舞劍，竟沒法沾得上他的一片衣角。十一人哇哇大叫：「喂，你攔住這邊！」「你守住東北角，下手不可容情。」「啊喲，不好，小王八蛋從這裡溜出去了。」

段譽前一腳，後一步，在水輪和杵臼旁亂轉。王語嫣雖然聰明博學，卻也瞧不出個所以然來，叫道：「你躲避敵人要緊，不用演給我看。」段譽道：「良機莫失！此刻不演，我一命嗚呼之後，你可見不到了。」

他不顧生死，務求從頭至尾將這套「凌波微步」演給心上人觀看。哪知癡情人有癡情之福，他若待見敵人攻來，再以巧妙步法閃避，一來他不懂武功，對方高手出招虛虛實實，變化難測，他再閃避，定然閃避不了；二來敵人共有十一個之多，躲得了一個，躲不開第二個，躲得了兩個，躲不開第三個，可是他自管自的踏步，對敵人全不理會，變成十一名敵人個個向他追擊。這「凌波微步」每一步都是踏在別人決計想不到的所在，眼見他左足向東跨出，不料踏實之時，身子卻已在西北角上。十一人越打越快，但十分之九的招數都是遞向自己人身上，其餘十分之一則落了空。……

這一章節中的全部過程無不絕妙，讓人新奇之餘又不禁莞爾。篇幅所限，我們只能抄錄以上片斷，然亦可見出其中的新、奇、巧、美、趣、樂，而又能見其情、景、人、理、心、物。這一場面正可謂內外兼修、莊諧齊至、奇而有理、巧而不虛。試想，段譽與王語嫣這二人本來都是不會武功的，但卻又身負奇技，二人本來都不想甚至反感打鬥拼殺，卻又身處危境不得已而為之；二人本來必死無疑，卻天賜奇緣巧而又巧，不僅使他倆逢凶化吉反倒能全殲凶頑；拼鬥不死即傷本是凶險之極，但段、王二人說癡不癡、說呆不呆，說靈不靈、說笨又不笨，風度什麼決計是沒有，但滿口胡言，指手劃腳，竟使一場凶險打鬥變得風光旖旎、幽默有趣之至。

「悲酥清風」是從未見過的毒氣，此一奇也；「凌波微步」是世間難尋的輕功靈步，此二奇也；「六脈神劍」為內功氣劍有神無形，此三奇也；段譽身負絕藝卻不通武學，此四奇也；王語嫣通曉百家武功知識卻又一點招式也不會，此五奇也；段譽靠王語嫣指點殺敵，合二而一，居然所向披靡，此六奇也；段譽的「六脈神劍」時靈時不靈，發得出勁發不出勁全憑偶然，不到危急之時總是狼狽萬狀，而真正的生死關頭卻又總能逢凶化吉，突出神劍，此七奇也。要說這一段的奇、趣、巧、情、理、美，我們還能舉出更多。好在金作之妙，處處可見、人人可見。

小說《神鵰俠侶》中，如此技擊精品極多，除上述提到的北丐、西毒口頭搏擊極盡新、妙之外，大理朱子柳與霍都的一場比試，朱子柳用一枝毛筆，使一路獨創的武功，文中有武、武中有文，文武俱達高妙境界。竟以楷書、草書、隸書等書法與之相鬥，得美之神韻。最後用筆在霍都的扇子上寫下大篆體的「爾乃蠻夷」四字，可以說是美妙絕頂，出神入化、前所未有的武鬥了。繼之楊過與達爾巴的一場相鬥，楊過本是必敗無疑，然而達爾巴用藏語說一句話，楊過機靈地照抄回敬一句他並不懂的藏語，在心理上克制了達爾巴，終於使達爾巴也敗得莫名其妙之至。小龍女、楊過分別使全真劍法、玉女素心劍居然天衣無縫，這些都是別開生面而又至奇至美至巧的「金派技擊」。

而說到暗器攻敵之巧妙，雖《書劍恩仇錄》中的趙半山號稱「千臂如來」，而《碧血劍》中木桑道長及《笑傲江湖》中的黑白子均能用圍棋子打出天女散花……然而這些卻還稱不上是暗器中至妙至奇的功夫。《神鵰俠侶》中的絕情谷主公孫止的夫人裘千尺，能用口射棗核擊樹穿土，這才是絕妙極頂。小說中，裘千尺與黃蓉的一場豪賭，黃蓉讓裘千尺口噴三粒棗核而不躲不避，此精妙驚險奇巧之場面，可以說是讓人過目難忘。

金庸寫技擊打鬥還有一個特點，即經常寫擂臺賭賽一般的車輪大戰，一場接著一場的比武打鬥技擊，卻能做到好戲連臺、場場不一樣。這可比之上述獨鬥單打又進了一層、難了一層，因為團體賽總比單打要複雜得多。可金大俠偏偏就喜歡車軸連環的多人大戰，或一人對多人，或多人對多人，或一團體對另一團體，或一團體對若干團體……其精妙片斷、俯拾即拾，不勝枚舉。

若只是刀光劍影的肉搏之戰，倒也沒什麼奇怪，即便是場場不一樣也不算太難，難就難在場場別出心裁。且看《倚天屠龍記》中，金毛獅王在王盤島上先聲奪人，槍刀立威之後與眾人賭命的段落。我們要看的這一段落也可以算是技擊，不過其「技」卻不限於兵刃拳腳內功暗器之類——

第一場，是與專以毒鹽害人的海沙派總舵主元廣波比賽吃毒鹽，各吃一碗，公平合理。謝遜吃罷毒鹽竟又喝酒，結果元廣波死於自己的毒鹽，而謝遜則噴出毒酒，不僅洗清了胃腸中的毒素，而且還以噴出的酒柱擊傷了天鷹教高手白龜壽。

第二場是同巨鯨幫幫主麥鯨的比試。麥鯨生長水上並在海上為盜，所以水性極佳，閉氣的功夫自然也極深。謝遜要所有的對手選擇比拼的方式，也就是選擇對手自己的最強項來與之比試。麥鯨與謝遜比的是用濕泥封住口鼻，看誰閉氣的時間最長。結果麥鯨悶氣而死。

第三場是神拳門掌門人過三拳心知在劫難逃，於是乘著謝遜與麥鯨比試閉氣功夫，用濕泥封住口鼻之機會偷襲謝遜。頭兩拳被謝遜隨手化解，第三拳正擊在謝遜小腹上——「豈知謝遜身子竟是不動，過三拳大喜，這一拳端端正正地擊中了小腹。人身小腹本來極是柔軟，但他著拳時如中鐵石，剛知不妙，已狂噴鮮血而死。」——謝遜用內功反擊，不出手足而使對手自取滅亡。

以上三人都是有過惡跡，謝遜在與他們比試之前，都要揭露他們不為眾人所知的罪行。因而對手慘死，亦可算是咎由自取。

第四場則不同了，武當七俠中的五俠張翠山與謝遜對陣，張翠山被逼不過，急中生智，竟將張三丰隨手所創的一套書法武功「武林至尊，寶刀屠龍……」共二十四字以絕頂輕功寫刻在懸崖石壁之上。謝遜不明其中緣由始末，只道是張翠山信手拈來，只得向張翠山認輸，並如約答應張翠山的一個條件。

第五場——本來已經沒有第五場了，因為張翠山的條件正是要求謝遜饒了島上其他所有人性命的。然而書中寫道：

……突見謝遜張開大口，似乎縱聲長嘯，兩人雖然聽不見聲音，但不約而同的身子一震，只見天鷹教、巨鯨幫、海沙派、神拳門各人一個個張口結舌，臉現錯愕之色，跟著臉色變成痛苦難當，宛似全身在遭受苦刑，又過片刻一個個的先後倒地，不住扭曲滾動。

……謝遜閉口停嘯，打個手勢，令張殷二人取出耳中的布片，說道：「這些人經我一嘯，盡數暈去，性命是可以保住的，但醒來後神經錯亂，成了瘋子，再也想不起，說不出已往之事，張五俠，你的吩咐我做到了，王盤山島上這一干人的性命，我都饒了。」……

原來這金毛獅王謝遜自出現在王盤山島上起，就先聲奪人，使人疑為神怪，一場打鬥接著一場，最後居然真正以聲嘯而傷眾人，他的性格倒慢慢地凸現出來了。

這一人物有著人間最悲慘不堪的傷心之事，半狂半瘋正因為他至性至情。這時的謝遜雖處於魔性之中，但作者寫來卻是具有分寸，幾場拼試技擊，各盡其妙，既沒有將他寫成是怪，也沒有將他寫成是鬼。這一大段文章，在金庸小說之中，不一定能算是最精彩的技擊連環的描寫，然而我們信手拈來，卻也足以能使我們看出作者對技擊描寫的藝術心思。

《倚天屠龍記》的主人公、張翠山與殷素素的兒子、謝遜的義子張無忌學會九陽真經及乾坤大挪移的功夫之後，巧合機緣「排解糾紛當六強」，那一場技擊的描寫，也是連臺好戲，讓人血脈賁張、心神俱醉。

這樣的車軸連環的技擊描寫，正是金氏作品的一大特色。它們各不相同，似作者適逢其會，然信筆之下，皆成精彩文章。我們也無須再舉例多說了。

以陣法相鬥，依山水木石自然之勢，或以五行八卦變化之妙，在金庸小說中也是不乏其例的。如《碧血劍》中石樑溫氏五老的一套祖傳的「五行陣」，曾使金蛇郎君夏雪宜大敗被擒；又如《射鵰英雄傳》中全真教的一套「七星北斗陣」能使全真七子合力與東邪、西毒這樣的高手相抗。而此書中，東邪黃藥師所居的桃花島上的樹木，依著九宮八卦之形而植，成為一個非請難入的迷宮。而劉瑛姑的泥潭之中，也正是用一些陣法構造的。

以陣法的玄奧而言，上述幾例也許都是上上之選，然而在小說中寫得最為出色的，卻還是《神鵰俠侶》中黃蓉臨時搬石構陣以困武功高強的金輪法王那一段。

……忽見金輪法王揮輪砸出，黃蓉無力硬架，便在一堆亂石之後一縮。金輪法王在亂石外轉來轉去，竟然攻不到她身前。楊過大奇，再看郭芙和武氏兄弟三人也是倚賴亂石避難，危急中只須躲到石後，達爾巴諸人就須兜圈子，方能追及，那時郭芙等又已躲到了另一堆亂石之後。楊過詫異之極，見這幾堆平平無奇的亂石居然有些妙用，實是不可思議，看來黃蓉等雖危實安，只是無法出亂石陣逃走而已。

金輪法王久攻不下……於是左手一揮，約退諸人，自己也退開丈餘，望著亂石陣暗自凝思。大凡行兵佈陣脫不了太極兩儀、五行八卦的變化，金輪法王精通奇門妙術，心想這亂石陣雖怪，總也離不了五行生剋的道理。

哪知他怔怔的看了半天，剛似瞧出了一點端倪，略加深究，卻又全盤不對，左翼對了，右翼生變，想通了陣法的前鋒，其後尾卻又難以索解，不禁呆在當地，驚佩無已。他文武全才，實是當世出類拔萃的人物，眼前既遇難題，務要憑一己才智破解，方遂心願。

這一段「陣門」又是一種風景。妙就妙在此陣是勢弱而智強的黃蓉一方臨時構建，以亂石堆成，無以名之，只能叫它「亂石陣」。作者只消寫幾句「朱雀移青龍，巽位改離位，乙木變癸水」之類的話，就將金輪法王一代宗師困在陣前，同時也將讀者全都引入陣法迷津之中，叫你不能不信。很快，就「眼見暮色蒼茫，四下裡亂石嶙峋，石陣中似乎透出森森鬼氣……」。這一場「陣門」曲折起伏，自負奇才的金輪法王雖然破了第一種陣式，然而自己也身受重傷，幸而此時黃藥師的幼徒程英及時來到，代替亦已受傷的黃蓉指揮變陣，只聽她「角木蛟變亢金龍」、「心月狐轉房日兔」、「畢月烏移奎木狼」，「女士蝠進室火豬」……這麼一陣叫喊，便終於將自命不凡然也確實出類拔萃的金輪法王師徒嚇走。如此，也可以算是以弱勝強，以智鬥力的一個成功的戰例，也可以說是金庸小說人物武功技擊的又一生面、又一奇蹟。黃蓉是東邪之女，程英是藥師之徒，這二人的奇門學術比之東邪黃藥師，自是不可同日而語。在《神鵰俠侶》這部書的最後，東邪黃藥師排兵佈陣，以四萬宋兵與侵犯襄陽的蒙古軍相鬥，大展神威，令人神往。

……戰鼓雷鳴，宋軍與蒙古大軍大呼酣鬥。高臺旁的守軍強弓硬弩，向外激射，郭靖所率中路軍數度衝前，均被箭雨射了回來。兩軍鬥了半個時辰，一時勝敗未分。黃藥師青旗招展，猛地裡東路軍攻南，西路軍攻北，陣法變動。

二十八宿大陣暗伏五行生剋之理。南路一燈大師的紅旗軍搶向中央，郭靖的黃旗軍奔西，周伯通的全真教白旗軍衝向北方，黃蓉率領下的黑旗丐幫弟子趨東，黃藥師的青旗軍轉向南路。這五行大轉，是謂火生土、土生金、金生水、水生木、木生火。宋兵雖只四萬人，但陣法精妙，領頭的均是武林好手，而宋兵人人對郭靖夫婦感恩，決意捨命救其愛女，是以蒙古人雖然人數多了一倍，竟也抵擋不住。

激戰良久，黃藥師縱聲長嘯，青旗軍退向中央，黃旗軍回攻北方，黑旗軍迂迴南下，紅旗軍疾趨向西，白旗軍東向猛攻。這陣法又是一變，五行逆轉，是謂木剋土、土剋水、水剋火、火剋金、金剋木。

……蒙古堅甲利兵，武功鼎盛，但文智淺陋，豈能與當世第一大家黃藥師相抗？是以陣法連轉數次，守禦高臺的統兵將領登時眼花繚亂，頭昏腦脹，但見宋軍此一隊來，彼一隊去，正是「瞻之在前，忽焉在後」，不知如何揮軍抵敵才是……

這一場面大氣磅礴，且五行生剋之理看似玄奧，實乃中國文化與智慧的結晶，使你不能不信黃老邪藉此用兵，戰勝敵軍。

金庸小說中的技擊場面的第三個最為突出的特點，便是千百豪士、百萬雄兵常常存於胸中，現於筆端。

金庸寫武功打鬥，似亦如當年韓信點兵、多多益善。越是人多眼雜，場面宏大，便越能顯出金庸從容調動，舉重若輕，沉著不亂的大將風度與才華。這在他的幾乎在每一部小說中，我們都能看到。

技擊何如百萬兵？一旦到了這種場面，這種層次，我們的眼界便會為之一寬，胸襟為之大廣，始信金庸小說的武功技擊之術，起於小道末技，然落在歷史戰爭與人性搏殺的深厚背景之下，意義便大不相同。非其他武俠小說可以相比。

六／

武藝道來無止境

在全面分析「黯然銷魂掌」這一套武功及其描寫的藝術時，我們還發現了金庸對武功描寫的一個突出的特點，那就是將這十七路「黯然銷魂掌」只具體地描寫四路，即「心驚肉跳」、「杞人憂天」、「無中生有」、「拖泥帶水」，而餘下的一十三路則只道其名，未見其式。只是籠統地寫了一句楊過將這一十七路武功都演給老頑童周伯通看。具體的招式，讀者一點也看不見的。

我們說，這種「名多式少」的描寫武功的方法頗符合美國大文豪海明威所提出的文學描寫的「冰山理論」，即寫出來的只是水面上的一小部分，而餘下的絕大部分卻藏在水中，不去描寫，從而給讀者留下豐富的想像的餘地。

稱這種寫法為「冰山理論」固無不可，但說它是一種「三分劍術」則更為恰當。

金庸在其武俠小說處女作《書劍恩仇錄》裡，在描寫精彩絕妙的著名武功「百花錯拳」之前，就先創造出了一路天山雙鷹一派的劍術，叫做「三分劍術」。出現在小說的第一回中，由天山雙鷹的女弟子霍青桐使出：

……霍青桐眼見時機稍縱即逝，不願戀戰，突然劍法一變，施展天山派絕技「三分劍術」，數招之間已將李沅芷逼得連連倒退。

「三分劍術」乃天山派劍術的絕詣，所以叫做「三分」，乃因這路劍術中每一手都只使到三分之一為止，敵人剛要招架，劍法已變。一招之中蘊涵三招，最為繁複狠辣。這路劍術並無守勢，全是進攻殺著。

李沅芷見黃衫女郎一劍「冰河倒瀉」直刺過來，當即劍尖向上，想以「朝天一柱香」格開，哪知對方這招並未使足，刺到離身兩尺之處已變為「千里流沙」，直刺變為橫砍，心中一驚，劍鋒急轉，護住中路，說也奇怪，對方橫砍之勢看來勁道十足，劍鋒將到未到之際變為「風捲長革」，向下猛削左腿。李沅芷疾退一步，堪堪避開。霍青桐一招「舉火燎天」，自下而上，刺向左肩。李沅芷待得招架，對方又已變為「雪中奇蓮」。只見她每一招都如箭在弦，雖然含勁不發，卻都蘊著極大的危機。

兩人連拆十餘招，雙劍竟未相碰，只因霍青桐每一招都只使到三分之一，未待對方招架，早已變招。霍青桐在她身旁空砍空削，劍鋒從未進入離她身周一尺之內，李沅芷卻已給逼得手忙腳亂，連連倒退。若不招架，說不定對方虛招變成實招，若要招架，對方一招只使三分之一，也就是說只花三分之一時刻，自己使一招，對方已使了三招，再快也趕不上對手迅捷，心中一驚，連連縱出數步。其實李沅芷的柔雲劍術也已練到相當火候，只要心神一定，以靜制動，也未必馬上落敗，但究竟初出道，毫無經歷，突見對手劍法比自己快了三倍，不由得慌了，招架既然不及，只好逃開。

以上是作者關於神奇的劍術「三分劍術」的全部描寫。從學理上看，這一套劍術也是完全可能的。看上去正如「百花錯拳」一樣入情入理，精彩妙絕。創此劍術的天山雙鷹是與袁士霄齊名並有重重糾葛的武林前輩，而使出此劍的霍青桐則可以說是此書中女子一號主角，與陳家洛相配相對的。所以這套武功，我們理應像對「百花錯拳」一樣重視。

將這一段抄錄在此，卻主要並不是要欣賞這一段的描寫本身——儘管它寫得確實值得欣賞稱道。——而是要以此作為金庸武功描寫的一種總訣來接受。

這一套武功本身，也正是按照「三分原理」來寫的，對此一套神奇的武功，我們其實只不過見到了「冰河倒掛」、「千里流沙」、「風捲長草」、「舉火燎天」、「雪中奇蓮」這麼幾招，其他的招式則被省略了。這五招有沒有這一套功夫的「三分之一」？不用去計算也知道，肯定還不到。

金庸小說中類似這樣的例子可以說是百分之百，任何一種武功，即便是再重要，寫得再詳細的，也不過寫出其三分之一而已。其實絕大部分的武功都寫不到三分之一，只是四分之一、五分之一，甚至十分之一，二十分之一都完全可能。

名多式少，虛多實少，理多招少，這正是金氏寫武功的不二法門。

即如以上「三分劍術」也只寫五招，重點卻在說明了劍訣或學理，即「每一招都只使出三分之一，未待對方招架，早已變招。若不招架，說不定對方虛招竟是實招；如要招架，對方只使了三分之一」等。其他的招式不寫，我們也能按其理而推想之。這樣一來，作者便省心省力，而讀者倒覺餘味無窮。如若寫盡寫實，反倒吃力不討好，落入呆板下乘了。

讓我們回想一下「百花錯拳」，那就更明白此訣的奧妙。

那一套拳的實寫，也不過如「只見陳家洛擒拿手中夾著鷹爪功，左手查拳，右手綿掌，攻出去是八卦掌，收回時已是太極拳」這幾句。餘下便是「諸家雜陳，亂七八糟，旁觀者人人眼花繚亂。」更有「這時他拳勢手法已全然難以看清，至於是何門派招數，更是分辨不出了」云云。好在其實寫之中，每一句的涵蓋面都很大，如「擒拿手中夾著鷹爪功」這一句就未必只是一招，而左與右並出，攻出去與收回來皆寫，更可以含有虛數，可以說是寫其式而非其招。後來寫到「似是而非，出其不意」的精微要旨及其「百花易敵，『錯』字難當」的實際可能性，就使我們完全信服了。即使未見其所有的招式，那也是「窺幾斑而知全豹」了。心滿意足，再無可疑。

再看著名的「降龍十八掌」，在小說中，作者始終並未交代究竟是哪十八掌，小說的第十二回目叫做〈亢龍有悔〉，這是「降龍十八掌」中的一招。在這一回中，洪七公一共教了郭靖十五掌。但「知其名」者，則不過「亢龍有悔」、「飛龍在天」、「龍戰於野」三招而已。書中是這樣虛寫的：

……洪七公把「降龍十八掌」中的第二招「飛龍在天」教了郭靖。這一招躍起半空，居高下擊，威力奇大，郭靖花了三天功夫，方才學會。在這三天之中，洪七公又多嘗了十幾味珍饈美饌，黃蓉卻沒再磨他教什麼功夫，只須他肯儘量傳授郭靖，便已心滿意足。

如此一月有餘，洪七公已將「降龍十八掌」中的十五掌傳給了郭靖，自「亢龍有悔」一直傳到了「龍戰於野」。

這一段分明將十五招中的十二招給省了。而十八掌中餘下的三掌，直到第十五回〈神龍擺尾〉中洪七公才正式收郭靖為徒，傳齊了他餘下的三招掌法，哪三招卻未說。不過這一回中又冒出了「神龍擺尾」及「見龍在田」二招，再加上小說中後來出現的一招「潛龍於淵」，一共只寫了六招的名目，恰恰是「降龍十八掌」的三分之一。

《射鵰英雄傳》寫了「降龍十八掌」中的六招，那還是因為郭靖這一主人公以此為立身功夫的緣故。這部書中的其他功夫，包括那部神乎其神的「九陰真經」，則始終不得其詳，當真是神龍見首不見尾。

小說《鴛鴦刀》中的一套「夫妻刀法」一共七十二招，可是有名目的不過十二招（十二句詩），餘下的六十招則是虛說。從而這一套功夫實際上只說了六分之一。

《連城訣》中的「唐詩劍法」，一共多少招不得其詳，想來招式定然不少，而小說中只寫出了「孤鴻海上來，池潢不敢顧」、「俯聽聞驚風，連山若波濤」、「落日照大旗，馬鳴風蕭蕭」等寥寥幾招。

《笑傲江湖》中最著名的「獨孤九劍」，我們能看到的不過只是「歸妹趨無妄，無妄趨同人，同人趨大有……」等一些來源於《易經》的莫名其妙的總訣式，除此之外，我們還知道第二招「破劍式」，第三至第九招依次為「破刀式」至「破氣式」。書中如此交代：

……一老一少，便在這思過崖上傳習獨孤九劍的精妙劍法，自「總訣式」、「破劍式」、「破刀式」以至「破槍式」、「破鞭式」、「破索式」、「破掌式」、「破箭式」、「破氣式」。那「破槍式」包括破解長槍、大戟、蛇矛、齊眉棍、狼牙棒、白蠟杆、禪杖、方便鏟種種長兵刃之法，「破鞭式」破的是鋼鞭、鐵鐧、點穴撅、拐子、蛾眉刺、匕首、扳斧、鐵牌、八角錘、鐵椎等等短兵刃，「破索式」破的是長索、軟鞭、三節棍、鏈子槍、鐵鍊、漁網、飛錘流星等等軟兵刃。雖只一劍一式，卻是變化無窮，學到後來，前後式融會貫通，更是威力大增。

這一套獨孤九劍包羅萬象，不僅什麼兵刃都能夠「破」且連掌也能破，甚而氣也能破，真叫人心嚮往之，一睹神技。可是小說中卻始終並沒說「如何破」，如之奈何？只有靠我們去發揮自己的想像力了。

如果說「百花錯拳」、「三分劍術」等武功的描寫是理多招少，而「獨孤九劍」及「黯然銷魂掌」是名多式少，「九陰真經」、「乾坤大挪移」一類的武功則是虛多實少了。

總而言之，金庸在所有的武功、技擊的描寫之中，都使用了「三分劍法」，只寫出其三分之一以下的實招，而虛省了三分之二以上的名式。到後來，這「三分劍法」更細微變化至四分、五分、六分、十分、二十分，我們只能將之統稱為「數分劍法」了。

如前所述，金庸雖然處處使用了「三分劍法」乃至「數分劍法」，卻能處處省力而又討好，給讀者寫下了最精彩的招式、名目、學理，而藏拙的部分則恰恰留給讀者一個更廣闊的想像的空間。

如若將一切武功都寫實了、寫白了或寫盡了，那反倒會大煞風景，使人乏味。

金庸大俠當然不會使人煞風景，也不會使人乏味，他寫的武功，都正如「三分劍法」那樣在身邊「空砍空削」，劍鋒從不進入我們身周的一尺之內，「若不招架，說不定對方虛招竟是實招；如要招架，對方一招只使三分之一，也就是說只花三分之一的時刻，自己使一招，對方已是三招，再也趕不上對手迅捷……」亦即，我們若不欣賞它、不相信它時，卻又發現金派武功全都入情入理、妙招紛呈、言之有物、蘊含豐潤：若是信它而想學它時，又發現它常常都是些名多實少的虛招，乃至「以無劍勝有劍，以無招對有招」。妙在有與無、虛與實以及似與不似之間，既造成了一種刀光劍影的緊張熱烈的真實氣氛，而又創造出一種無邊無際、博大精深、精彩絕妙的至美至大的藝術境界。

金庸小說不僅寫武功是「三分之一」乃至「數分之一」，其寫技擊也是如此。再緊張、完整的技擊場面，其實也只寫出來三分之一乃至更少的實有的畫面，而將其餘的大部分都省略在外，藏拙於讀者的想像空間之中，只用些「如此數招一過」、「如此數十招已過」乃至「百招之後如何」、「居然鬥了千招」……等虛詞套語。前引霍青桐與李沅芷鬥劍便是一例。其道理與寫武功一般，不提。

金庸小說之言武，還有一個特點，那就是絕頂高手不出手，甚而乾脆安排天下無敵的第一高手去死，從而或「世間已無第一」或「縱有第一也不出手」。

如果說上述「武功向來說三分」是「下不保底」，那麼「絕世高手不出頭」則是「上不封頂」。

金庸筆下的武學世界既然下不包底，上不封頂，顯然是一個廣闊無邊的宇宙空間，從而使得金氏的武學世界儼然有別於他人。

所謂「絕世高手不出手」或「絕世高手不出頭」，是指以下三種情況：一是「天下第一」已經死去了，二是當世第一縱未死去但卻從不出手，或至多只露一些極普通的招式，讓你莫測高深；三是強中自有強中手，天外有天，人上有人，直至你瞠目結舌。

最突出的「上不封頂」的形式，是讓「天下第一高手」逝世。其中最突出的例子是《射鵰英雄傳》中的五絕之首中神通王重陽，以及《神鵰俠侶》、《笑傲江湖》中提到的劍魔獨孤求敗。這二人均給我們留下了極其深刻的印象。

俗話說「文無第一，武無第二」。意思是指文之一途很難說誰是第一，因為其中的衡量標準無法確定統一，而武之一途則不然，讓高手在一起比試比試便知分曉了，總能分出誰是第一來的。這如同今日的體育比賽，當然也包括拳擊、武術、散打等等。

如此，武俠小說中寫到「武功第一」就可以理解，甚至可以說是在所難免。

問題是，若是寫明了誰是武功第一高手，天下無敵，往往使其他的人沒有戲唱。如若光是說天下無敵的故事呢，則又太絕對化、太乏味了。正如當今之世，人們在體育賽事中最喜歡看足球比賽，除了它場面大，氣勢大等特點之外，還有一個重要原因便是在足球比賽中偶然性的因素比其他賽事更多，其不可預測性更大。在足球世界中幾乎沒有哪一支球隊可以稱為常勝將軍，絕對的世界之最，甚至在貝利之後，「世界球王」的美譽幾乎沒有哪一位偉大的球員能絕對獨享。如此雖似稍覺遺憾，然而卻更增觀看足球比賽的刺激性及其獨特的魅力，如若預先能絕對肯定誰勝誰敗，只怕「球迷」要減少一半，而另一半人的熱情亦至少要減少一半。

武俠小說世界更是如此。常勝將軍的故事固然使人生敬佩崇拜之心，但聽多了就沒趣了，倒不若勝敗乃兵家常事更合胃口。

卻說《射鵰英雄傳》中東邪、西毒、南帝、北丐、中神通五大高手，為了爭一部《九陰真經》武功秘笈，於寒冬歲盡，大雪封山之時，在華山絕頂冬雪之中比試了七天七夜，終於決出勝負，推中神通全真教主王重陽為天下第一高手，東、西、南、北盡皆拜服。《九陰真經》歸王重陽所得，天下武林從此太平。卻不料天妒奇才，武功蓋世的王重陽也難逃一死。

王重陽這一死顯然是作者有意安排的，這一死死得好！只因為王重陽不死，《九陰真經》既歸他保管，天下武林中就沒有了有關爭奪《九陰真經》的精彩故事；更妙的是，王重陽這一死，剩下的四位高手東邪、西毒、南帝（**出家之後人稱一燈大師，改為南僧**）、北丐這四人武功皆在伯仲之間，各有千秋且相互克制，誰也勝不了誰，至使武林紛爭，「上無封頂」。年輕的郭靖也就有機會接觸《九陰真經》從而躋身於高手之列，但說到天下第一，竟是後繼無人。

名目上東邪、北丐「讓」郭靖第一，固不能算，而實際上歐陽鋒因逆練九陰真經而戰勝東邪、北丐但卻又瘋癲，這也不能算。

總之，這一部小說的精彩故事，竟多半是因「天下第一」已死而產生。而蓋世之死，也就成了一種線索，一種象徵和一個寓言。

另一位打遍天下無敵手的劍魔獨孤求敗之死，其意義也是這般。

小說中寫楊過見其埋劍之塚時寫道：

……只見大石上「劍塚」兩個大字之旁，尚有兩行字體較小的石刻：

「劍魔獨孤求敗既無敵於天下，乃埋劍於斯。嗚呼！群雄束手，長劍空利，不亦悲夫！」

楊過又驚又羨，只覺這位前輩傲視當世，獨往獨來，與自己性子實有許多相似之處，但說到打遍天下無敵手，自己如何可及。現今只餘一臂，就算一時不死，此事也已終身無望。瞧著兩行石刻出了一會神，低下頭來，只見許多石塊堆著一個大墳。這墳背向山谷，俯仰空闊，別說劍魔本人如何英雄，單是這座劍塚便已占盡形勢，想此人文武全才，抱負非常，但恨生得晚了，無緣得見這位前輩英雄。

說無緣卻又有緣。獨孤之死，空餘劍塚，給了我們多少遐思漫想，如此蓋世神人、絕頂境界，「想像」倒比耳聞目睹所獲更多。

在小說作品的藝術情境中更是如此。

這位劍魔獨孤求敗的風采，其實讀者早已銘刻在心，比當世的英雄印象更深。不僅在這一部書中見到了他的劍塚，而在《笑傲江湖》中見到了他留下的「獨孤九劍」更使人神往之至！令狐冲聽風清揚說他須苦練二十年，絲毫不覺驚異，只能再拜受教，說道：「徒孫倘能在二十年之中通解獨孤老前輩當年創制這九劍的遺意，那是大喜過望了。」如此更見獨孤求敗真神人也！

小說《飛狐外傳》，尤其是《雪山飛狐》中的大俠胡一刀也死了。但雖死猶生，讓人景仰之至。從此武功更難絕頂，「打遍天下無敵手」苗人鳳也再不敢說他名符其實。當然，苗人鳳的武功至少也在胡一刀的伯仲之間。

第二種情況是「絕頂高手不出手」。

金庸小說中，畢竟不能讓每一位絕世高手都死去，留在書中的還有相當多的人數。《書劍恩仇錄》中的袁士霄、《碧血劍》中的穆人清、《飛狐外傳》中的苗人鳳、《倚天屠龍記》中的張三丰……等等都可以稱為是當世第一。然而，這些高手卻極少出手。而越是這樣，就越是讓人莫測高深。如袁士霄刨了「百花錯拳」又教出了陳家洛這一高徒，武功無疑第一，但他以「終身不與人一對一地過招」（他發此誓是怕脾氣發作時傷了情敵陳正德）之誓言而拒絕動手。非但不使人失望，更使人對他的武功增添了幾分神秘感加神秘的膜拜。而《碧血劍》中的穆人清也因「師之事，弟子服其勞」而不必再與人動手，小說開頭寫他「出手」教袁承志武功，也只以一套尋常不過的長拳十段錦開演，同樣使人對他格外佩服。

也許最有代表性的，還是創立武當一派武學的大宗師張三丰。他的武功到底有多深，誰也不知道，只知道他隨便寫幾個字就成了一套武功，而於臨敵之際現場教張無忌一套太極劍，則使張無忌大敗「八臂神劍」方東白。對於張三丰的武功境界，小說中有一段精彩的敘述：

……殷素素瞧著一望無際的大海，出了一會神，忽道：「《莊子．秋水篇》中說：『天下之水，莫大於海，萬川歸之，不知何時止而不盈。』然而大海卻並不驕傲，只說：『吾在於天地之間，猶小石小木之在大山也。』莊子真了不起，胸襟如此博大。」

張翠山……一怔之下，說道：「是啊，『夫千里之遠，不足以舉其大，千仞之高，不足以極其深』。」

殷素素聽他以《莊子．秋水》中形容大海的話相答，但臉上神氣，卻有不勝仰慕欽敬之情，說道：「你想起了師父嗎？」

張翠山吃了一驚，情不自禁地伸出右手，握住了她另外一隻手，道：「你怎知道？」當年他在山上和大師兄宋遠橋、三師兄俞岱岩共讀莊子，讀到「夫千里之遠，不足以舉其大，千仞之高，不足以極其深」這兩句話時，俞岱岩說道：「咱們跟師父學藝，越學越覺得跟他老人家相差得遠了，倒似每天都在退步一般。用『莊子』上這兩句話來形容他老人家深不可測高無盡頭的功夫，那才適當。」宋遠橋和張翠山都點頭稱是。這時他想起《莊子》上這兩句話，自然而然地想起了師父。

以上足見張三手的深不可測。然而張三手自己卻並不這樣想。當張無忌中了玄冥神掌生命垂危之際，張三手說「除非……除非我師覺遠大師復生，將全部九陽真經傳授於我。」為此，他在百歲之年竟帶著張無忌親自到少林寺去找那一班比他低一輩的和尚求助，說：「要向眾位大師求教。」——這句話被少林寺方丈空聞以下理解成挑戰之意——如此可見張三手的心胸博大而空聞等輩的狹隘淺陋，同時又借張三手這位武學空前的大宗師道出了武學沒有止境的真諦。

學無止境，因而天外有天，山外有山，人上有人。

金庸小說中這一類的最引人注目並使人瞠目結舌的例子，是《天龍八部》中的少林寺裡那位充當雜役的無名無姓的灰衣僧人。

《天龍八部》中的武林人物，高手之上還有高手，「南慕容、北喬峰」傳為武林中的並列高手，孰不知還有段正明、段延慶、黃眉大師、更有慕容博、蕭遠山、鳩摩智等人。

而這些絕頂蓋世的武學高手，包括少林寺玄慈以下的一代宗師，在少林寺裡的一位無名無姓的掃地和尚面前，都變得微不足道！這位真正莫測高深的無名老僧的形象和行為，不僅在藝術上真正做到了別開生面，意境博大，而且在學理上為學無止境寫下了一條最使人難忘的注腳。

此中深意，藉蘊無窮，足以讓我們再三思之。

七／始信武藝亦如人

「文如其人」，這句話是每一個讀者都知道而且信服的話。書法家也好，文學家也好，總不乏文如其人的例證。

沒聽說過武如其人。也沒有想到過這一點。然而讀金庸的小說卻使我們想到了這一點。金庸小說中武功技擊，經常讓我們看到「武如其人」的鮮活例證。

在上一章中，我們在提及金庸寫武別出心裁、隨手配合的要訣時，說到「配合人物性格」這一點。

這一點，是金氏武學最突出、也是最重要的特點或招術之一。

上一章的結尾處，我們看到《連城訣》一書中的戚長發故意將「唐詩劍法」說成是「躺屍劍法」，並相應以一連串似是而非的錯招教授他的獨生女兒和唯一的徒弟狄雲。戚長發明明是精通文武且聰明機智聞名江湖，卻偏偏要假扮成一個目不相識丁的老實巴交的鄉下人，這已鮮明地表現出了這一人物的性格與形象。

上述的例子也許還不是那樣典型。再看小說《書劍恩仇錄》中陳家洛所使出的那套著名的「百花錯拳」，不僅是武功、藝術兼優，而且也深刻地揭示了袁士霄、陳家洛這師徒倆的性格與命運。

這套拳的「錯」字不僅是武術的招式章法，而且也暗示了人物的命運，這套拳的要旨「似是而非，出其不意」不僅是武學的發展，而且也是人物性格的本質特徵的揭露。這套拳是由陳家洛的師傅袁士霄所創的，袁士霄人稱「天池怪俠」。「怪」是他的綽號，也是他的性格。他之所以創這路拳，一方面固然是他自幼習武且天資過人，雄心大志，然而更主要的則是因為一件人生「大失意事」，使他發憤又發奮地要創出這路拳來。這一「大失意事」，就是他與師妹關明梅自幼兩小無猜，但袁士霄脾氣古怪，一言不合即遠走他鄉，多年不回。結果等他回來時，他心愛的人已嫁做他人婦，成了陳正德的妻子。結果袁士霄大悔，跟著這對夫婦來到西域天池隱居，雖不與之往來，卻覺離伊人近也是心安……這正是「開頭是錯，結尾還是錯」，可不是將一個「錯」字發揮到了極致麼。

再則，一方面他立誓不與人（主要指武功不如他的陳正德）「單打獨鬥」，而另一方面又偷偷地創出這路「似是而非，出其不意」的拳法「要使情敵栽一個大跟斗」。如此行事，亦正可稱得上是出其不意、似是而非。

這一套拳傳給了陳家洛，陳家洛的性格、遭遇和命運也是一個「錯」字糾纏不休。與霍青桐還書貽劍情苗暗長，卻因錯將女扮男裝的李沅芷當成了情敵，而又不願意向人打聽李沅芷是男是女。到沙漠中碰到仙女般的香香公主，卻不料這又是霍青桐的妹妹。與香香公主既已生死與共，卻又錯將愛侶獻給乾隆皇帝，想求得「復國大計」的如願實現，結果是一錯再錯，一敗塗地。

這套「百花錯拳」雖美妙非常，但只是一味的機巧，有些自做聰明，並非至高絕頂的功夫。對付一般的武林人士尚可，但對付張召重這樣的高手卻無奈他何。這是聰明人的拳術，然而卻又並不是真正絕頂的智慧。這就正像陳家洛這個人的性格，總覺得有些花巧，有些輕飄飄的，有些自負。人是這樣，拳也是這樣。否則就不會被張召重打敗了。

小說中不僅在寫「百花錯拳」時深刻地揭示了這一人物的性格與命運，在此拳施出之前，陳家洛連施了少林拳、武當拳、岳家散手……其實也是揭露人物性格的，一方面固然是學了不少的拳法，另一方面卻不無炫耀。更要命的是自負：明知道周仲英是西北武林大豪，著名的少林俗家高手，竟還要以少林拳與之對仗，結果自然是班門弄斧，有敗無勝。在連施了六七種拳之後，這才不得已才拿出最後的絕技出來，可那時他實際上已經輸了一招，衣服都被人撕了一塊。

就順著這《書劍恩仇錄》的人物與武功往下說，也能看出金庸小說之中，武如其人，所說不謬。

即如與陳家洛對招的周仲英，他的武功是少林外家功夫外加一對明晃晃的鐵膽，這已看出此人豪邁、外向、爽朗、耿直、誠厚來。

小說開頭寫的陸菲青，以武夫而裝文士，一手精巧絕技芙蓉金針，已寫出了他的「綿裡針」這一外號，所言不虛。

紅花會二當家無塵道長的「追風劍」，出手即已能看出此人火爆霹靂、急切熱情的形象。

奔雷手文泰來，使掌如雷，堂堂正正，剛硬豪邁，人如其掌，掌如其名，唯「奔雷」可以名之。

紅花會的十四弟余魚同，出身武當，學的是「內家功夫」，外號卻是「金笛秀才」，使一支金笛，明明要告訴人家本人文武雙全、風流灑脫且性格外向，全無「內家」的修為風範。

小說的後半部出現一怪俠奇人阿凡提，是西域穆斯林世界中幽默機智的奇人，所使的兵刃也與眾不同，居然是一只煮飯的鐵鍋……

這部小說中，除了主人公陳家洛的武功是重點描寫之外，其他人的武功都是「隨手配合」。但如上所述，顯然又並不是胡亂的配合，而是按照人物的身分，形象、性格、氣質等等「配合」而成的。

此後的作品，如《碧血劍》中的木桑道長以輕功、暗器見長，輕功有「神行百變」，暗器則以棋子打出「滿天花雨」，人稱「千變萬劫」，是一位性格飄忽、機巧、超然的怪俠。而金蛇郎君夏雪宜，因仇恨而憤怒以至改變性格與人生，為報仇而不計一切，因此所施的武功多從蛇字中得來，同時也將蛇的陰暗、邪氣、滑溜乃至毒辣等等都繼承下來。

最突出的例子，也許還是《射鵰英雄傳》及以後的許多作品。《射鵰英雄傳》中，一套「降龍十八掌」對洪七公來說只不過是他數種絕技之一，從而也只表現了他的正大剛硬的一方面性格特點。而這一套功夫傳給郭靖就不同了，不僅是郭靖的成名絕技，而且還是他的當家武功，從而郭靖與「降龍十八掌」可以說是二而一、一而二，難解難分。寫郭靖時多半要寫到「降龍十八掌」，而寫「降龍十八掌」時則更是在寫郭靖這個人。

小說中寫到洪七公第一次教郭靖一招「降龍十八掌」的功夫時寫道：

……洪七公向郭靖正色道：「你跪下立個誓，如不得到允許，不可將我傳你的功夫轉授旁人，連你那鬼精靈的小媳婦兒也在內。」

郭靖心下為難：「若是蓉兒要我轉授，我怎能拒卻？」說道：「七公，我不要學啦，讓她功夫比我強就是。」洪七公奇道：「幹麼？」郭靖道：「若是她要我教，我不教是對不起她，教了是對不起您。」洪七公呵呵笑道：「傻小子心眼兒不錯，當真說一是一。這樣罷，我教你一招『亢龍有悔』……」說著左腿微屈，右臂內彎，右掌畫了個圓圈，呼的一聲，向外推去，手掌掃到面前一棵松樹，喀喇一響，松樹應手斷折。

郭靖吃了一驚，真想不到他這一推之中，居然有這麼大的力道。

洪七公道：「這棵樹是死的，如果是活人，當然會退讓閃避。學這一招難就難在要對方退無可退，讓無可讓，你一招出去，喀喇一下，敵人就像松樹一樣完蛋大吉。」當下把姿勢演了兩遍，又把內勁外爍之法、發招收勢之道，仔仔細細解釋了一通。雖只教得一招，卻也費了一個多時辰功夫。

郭靖資質魯鈍，內功卻已有根底，學這般招式簡明而勁力精深的武功，最是合適。當下苦苦練習，兩個多時辰之後，已得大要。

卻說郭靖學了這一招「亢龍有悔」，次日天方微明，便已到松林中練習，數十次之後，一身大汗，且頗有進境。說巧不巧，又碰上了他的老對頭蔘仙老怪梁子翁，逼得郭靖只好以新學的一招「亢龍有悔」與之對敵。

這是他第一次使用「降龍十八掌」中這一招：

……郭靖心想：「蓉兒不知這老怪厲害，說得好不輕鬆自在。」他心念方動，梁子翁已撲到面前，眼見來勢猛烈，只得又是一招「亢龍有悔」，向前推出。梁子翁扭身擺腰，向旁竄出數尺，但右臂已被他掌緣帶到，熱辣辣的甚是疼痛，心下暗暗驚異，想不到只隔數月，這小子的武功竟是精進如此，料來必是服用腹蛇寶血之功，越想越惱，縱身又上，郭靖又是一招「亢龍有悔」。梁子翁眼看抵擋不住，只得又是躍開，但見他並無別樣厲害招術跟著進擊，忌憚之意去了幾分，罵道：「傻小子，就只會這一招麼？」

郭靖果然中計，叫道：「我單只這一招，你就招架不住。」說著上前又是一招「亢龍有悔」。梁子翁旁躍逃開，縱身攻向他身後，郭靖回過頭來，待再攻出這一招時，梁子翁早已閃到他身後，出拳襲擊。三招一過，郭靖只能顧前，不能顧後，累得手忙腳亂……

以上兩段，都是將郭靖的性格與「降龍十八掌」的武功寫在一起，合二而一。外表看似簡單，實則深奧有威力，不以小巧變化取勝，卻以大氣渾厚克敵；表裡如一，堂堂正正，陽剛正大，純樸質實；看似魯鈍，然而大巧若拙，大智若愚……等等等，我們所能想到的這些評語，既能適合郭靖的性格，又能適合這一套奇特的「降龍十八掌」武功。以上所舉，只不過是這一套武功的一招而已，小說中將郭靖學習、實習、熟習這一段武功的過程寫得很長，也很充分，我們對此也都能做如是觀。

如前所述，這套「降龍十八掌」雖然是洪七公教給郭靖的，但卻是郭氏的本質武功，而只是洪七公的武功與性格的一個方面——洪七公畢竟除此之外，還有其他方面。試看小說中的下一段武功描寫即知：

……洪七公道：「好罷。他只學會了一招，勝過他何難？我教你一套『逍遙遊』的拳法」。一言方畢，人已躍起，大袖飛舞，東縱西躍，身法輕靈之極。

黃蓉心中默默暗記，等洪七公一套拳法使畢，她已會了一半。再經他點撥教導之後，不到兩個時辰，一套六六三十六招「逍遙遊」已全數學會。最後她與洪七公同時發招，兩人並肩而立，一個左起，一個右始，迴旋往復，真似一隻玉燕、一隻大鷹翩翩飛舞一般。三十六招使完，兩人同時落地，相視而笑，郭靖大聲叫好。

洪七公對郭靖道：「這女娃聰明勝你百倍。」郭靖搔頭道：「這許許多多招式變化，她怎麼這一忽兒就學會了，卻又不會忘記？我剛記得第二招，第一招又忘了。」洪七公呵呵大笑，說道：「這路『逍遙遊』，你是不能學的，就算拼小命記住了，使出來也沒有半點逍遙的味兒，愁眉苦臉，笨手笨腳的，變成了『苦惱爬』。」郭靖笑道：「可不是嗎？」洪七公道：「這路『逍遙遊』，是我少年時練的功夫，為了湊合女娃子原來武功的路子，才抖出來教她，其實跟我眼下武學的門道已經不合。這十多年來，我可沒使過一次。」言下之意，顯然是說「逍遙遊」的威力遠不及「降龍十八掌」了……

這一段「逍遙遊」既是洪七公「少年時練的武功」，又是為了湊合黃蓉武功「原來的路子」而使出來的。總之有別於郭靖。郭靖之與「逍遙遊」這種道家飄飄欲仙——《逍遙遊》乃是《莊子》中的一篇文章題目——的形象境界確實天差地遠。這不光是聰明不聰明的問題，而實是由人的性格與氣質所決定的。這一點洪七公說得清清楚楚。在洪七公自己，少年時的逍遙自在的境界，到老時仍使他的武功及人格都帶著一絲道氣仙風。一方面他專門仗義行俠於江湖，使鼠輩聞名喪膽，正大凜然；然而另一方面卻又極貪口腹之欲，屢改不易，終於率性而行，到後來甚至俠蹤隱現大江南北，將重任交給黃蓉等後輩，而自己則到處訪吃去了，不似郭靖一心一意學的是「為國為民，俠之大者」的功夫，可以說做到了鞠躬盡瘁，死而後已。這與洪七公有著極明顯的區別。

至於書中的黃蓉，她的性格在其武功中也顯示得十分清楚。極盡聰明機巧之能，乃父為東邪黃藥師，武功以「快、準、奇、清」為特點。不僅「奇」字難得，「清」字更是與其他人的武功人品判若雲泥。「蘭花拂穴手」以及這套「逍遙遊」可算是其代表作。對於她的武功，洪七公曾經對郭靖做出過以下極精闢的評論：

……洪七公道：「那女娃娃的掌法虛招多過實招數倍，你要是跟了她亂轉，非著她道兒不可，再快也快不過她，你想這許多虛招之後，這一掌定是真的了，她偏偏仍是假的，下一招眼看是假的了，她卻出其不意給你來下真的。」郭靖連連點頭。洪七公道：「因此你要破她這路掌法，唯一的法門就是壓根兒不理會她真假虛實，待她掌來，真的也好，假的也罷，你只給她來一招『亢龍有悔』。她見你這一招厲害，非回掌招架不可，那就破了。」

郭靖問道：「以後怎樣？」洪七公臉一沉道：「以後怎樣？傻小子，她有多大本事，能擋得住我教你的這一招？」……

洪七公的這段評論解說，不僅評出了黃蓉武功的特點，也評出了她性格的機巧聰穎靈變。不僅指出了「巧不勝拙」的武學至理，而且實點明了郭、黃二人的性格差異，及其相反相存的奇異互補格局。

如此等等，可見小說之中寫武功之時，基本上都是從人物性格氣質著眼。

這部小說中其他人物的武功也都可以作如是觀。如歐陽鋒的蛤蟆功、靈蛇拳、下毒功夫以及「逆練九陰真經」……等等武功，幾乎無一不是「西毒」其人的性格與形象的反映。而「東邪」的武功如「落英神劍掌」、「旋風掃葉腿」、「蘭花拂穴手」及「彈指神通」和「玉簫劍法」等等，都是有自然、唯美、藝術等傾向，這黃老邪實在是一個藝術氣質型的人，獨來獨往，偏至激烈，是為「邪」。其他如大理段氏的「一陽指」，雖以「陽」名，足見正道慈悲，卻不似洪氏「降龍十八掌」那般生具大氣。而當世武功第一的「中神通」則是以內外兼修、人武合一的「先天功」而更勝於東邪、西毒、南帝、北丐諸位當世絕頂高手。

老頑童周伯通嗜武成癡，故能練成「空明拳」，極言其心如童，赤子衷腸，空而能明。然此童又頑又老，首創「雙手互搏」之功非他莫屬。這都是他性格氣質的產物。再如劉瑛姑的「泥鰍功」，正是她性情變態之後身處爛泥潭的產物。

這種例子很多很多，不僅《射鵰英雄傳》一書中是這樣，此後金氏小說中大都如此。如《神鵰俠侶》中的一套「黯然銷魂掌」將楊過的氣質、遭遇、心理、人生都寫在了一處，而「玉女心經」則將林朝英、小龍女幾代少女的心靈愛意的夢想寄託在一套奇妙無比的「雙劍合璧」之中。《笑傲江湖》中的「獨孤九劍」，正是令狐冲其人靈活機變、聰穎過人而又如行雲流水、任意所之、自由自在、不慣拘束的人生境界寫得出神入化。「辟邪劍法」則將一種權術權勢之欲催化之下的變態心理與人格寫得如鬼魅一般陰氣森森。最有意思的是華山派氣宗掌門人岳不群，外號「君子劍」，他所修練的內力氣功「紫陽神功」卻有「變臉變色」的特點，有心之人，就能看出這乃「偽君子」獨具的功夫，不傳他人，他人也學不會。

《天龍八部》中的段譽將一套瀟灑脫俗且帶有女性氣質的「凌波微步」練得輕車熟路，供緊急時逃跑之用，而祖傳的大理「六脈神劍」卻始終不得要旨，以至於「時靈時不靈」，這些足見他的氣質人格及其價值觀念。而姑蘇慕容氏的「以彼之道，還施彼身」的神技，實則不過是一套「斗轉星移」——「挑撥離間」的功夫。《鴛鴦刀》中的一套

「夫妻刀法」在愛吵架的夫妻林玉龍、任飛燕那裡一點兒用也沒有，到了相互深愛的袁冠南、蕭中慧這一對未婚男女手中卻神乎其神，其中奧妙，我們在其他章節中細說。直至《鹿鼎記》中韋小寶這位「無武非俠」的主人公居然也將一套「神行百變」的功夫練了個三四層熟，足以使人設想此公的人品氣質了。

武如其人，在更深的一層上看，從人物的打鬥、技擊、搏殺過程與場面中表現得更為突出。

金庸小說人物數千，不可能每一個人物都掌握一種顯示自己性格的武功。作者如果那樣寫，就太著相了，反而透著做作。因為誰都知道那是不可能的、也是完全沒有必要的。例如同門學藝的師徒、師兄弟之間，其武功總是相同或相近的。所以，我們說武如其人，並不全然是指武功名目招式而言，讀者朋友只能順其自然，切不可硬性地全然對號入座，將每一套武功都強加在一個人的性格上。因為金庸寫作，常常是信筆拈來，如行雲流水，任意所之的。

因此，我們從金庸小說中的技擊搏殺場面去看其人物的性格氣質，往往比從其武功名目上去猜想比附要可靠得多，也要生動得多，同一門派中的人，由於性格的不同，他們在技擊搏殺中對同一種武功的使用發揮時，也會有不同的選擇及不同的表現形式。

例如小說《倚天屠龍記》中，張無忌為明教與少林、武當等武林正派排解糾紛，用不同的方式對待不同的人，對手亦用不同方式對待他，或狠毒、或諧趣、或莊嚴、或滑稽無賴，或感情偏激，都無不顯示了他們各自的性格。最後張無忌大敗峨嵋掌門滅絕師太，而不意間被周芷若刺了一劍、幾乎至死。周芷若的這一劍並無招式，但卻也充分顯示了她的性格。她雖對張無忌情有所鍾，但對師父滅絕師太的意志命令則更是堅決執行，想也不想的。這不僅是她的聽話以至誤傷，更深一層則是她始終將一門派興衰榮辱的大事業置於個人愛情之上，可敬又可怕。

張無忌受傷之後，武當派諸俠為了是否再出手與張無忌相鬥（那時並不知他是張無忌）起了爭執。這時也顯示了各人的信念與性格，宋青書因為他是與張無忌同輩，請求出戰——此時張無忌身受重傷，已是不堪一擊了——俞蓮舟說：「不成！我們許你出手，跟我們親自出手並無分別。」張松溪說：「二哥，依小弟之見，大局為重，我五兄弟的名聲為輕。」莫聲谷道：「名聲乃身外之物，只是如此對付一個重傷少年，良心難安。」段梨亭一言不發，但滿是憤怒之色，因為他的未婚妻被明教中楊逍所辱，奪妻之恨難消。最後是五俠中的大師哥一言定奪：「除惡務盡，乃我輩俠義道的大節。名聲固然要緊，但現今兩者不能得兼，當取大者」云云。不用多說，上述對話和表情中，各人的性格氣度便都顯示出來了。可見「武當五俠」並非鐵板一塊，而是心胸品質各不相同的。

宋青書請命出戰身負重傷的張無忌，俞蓮舟特意地叮囑他「點了他的穴道，令他動彈不得，也就是了，不必傷他性命。」然而宋青書打了幾招便打出了一種奇異的狠勁來，全力以赴，欲將張無忌置於死地而後快。他的武功是武當派的，然而他的心中，此刻卻妒火中燒。書中寫道：

……他定了定神，飛起右腳，猛往張無忌胸口踢去，這一腳已使了六七成力。俞蓮舟雖叫他不可傷了張無忌性命，但不知怎的，他心中對眼前這少年竟蓄滿著極深的恨意，這倒不是因他說自己粗暴，卻是因見周芷若瞧著這少年的眼光之中一直脈脈含情，極是關懷……

宋青書……心下明白……自己倘若擊死這個少年，周芷若必定深深怨怪，可是妒火中燒，實不肯放過這唯一制他死命的良機。宋青書文武雙全，乃是武當派第三代弟子中出類拔萃的人物，為人也素來端方重義，但遇到了這「情」之一關，竟然方寸大亂。

這一段足以看出宋青書的性格、氣質與心懷來，不僅僅是情關難過，更不僅僅是武之輕重，實在是性格的表現。

其他的例子不必多舉。須知在技擊搏殺的生死關頭，比任何時候都更能考驗人的性格與品質。甚至平時深藏不露的深層性格品質也會在剎那生死的關鍵時刻表露無遺。只有像金庸這樣的有心人，才會利用這種緊張激烈的契機來描寫人物的性格及內心的品質，也只有像金庸這樣的高手巨筆，才能在刀光劍影、拳來腳往的間隙裡，將人物的性格氣質反映出來，揭示出來。

小說《連城訣》中，江南四俠「陸、花、劉、水」之一的花鐵幹，若非在雪谷與血刀老僧緊張搏殺的生死關頭，連他自己也不會想到在其俠的外衣之下，包藏了一顆怎樣卑怯懦弱甚至有些骯髒的心。這一人物的形象刻畫，是金庸小說作品的妙筆。也正說明了金庸小說中武如其人的高超的藝術境界。

最後，我們要說的是，武如其人，在最根本的意義上，乃是人類共同天性的一種特殊表現。一方面是一種搏殺的本性，然而另一面則又是人類保護自己的一種技能。武功在有限中求無限，以誇張的手法寫出千姿百態，一方面是武俠小說的一種藝術手段，然另一方則未嘗不是人類反求諸己，深掘自身內在潛力的一種可能性與必然性的展示。對武功的創造與欣賞，本質上表現了人類要求掌握應付自然和社會的本領的一種共同心態。表現出人類渴望獲得超自然能力，獲得個性充分發展、潛能充分發掘的美好願望。

西方雖無「中國功夫」及武俠小說，但《超人》、《星球大戰》之類的藝術幻想與傳奇作品的出現及其大受歡迎，與武俠小說在本質上是可以相通的。

在金庸小說的刀光劍影、掌風內力、技擊搏殺之中，只要我們用心閱讀，總能夠從中獲得豐富多變的人文消息。

第二卷

武功與學術

八／

庖丁解牛道可循

技進乎藝，藝進乎道。

金庸將武功技擊寫成了關於武功的文學藝術，得其新、奇、美、趣、樂等等藝術效果，為其小說大大增色。

進而，金庸小說中的許多武功，又不僅僅只是藝術而已，而是有道可循。不少的段落，在有心人的眼裡，實際上是極有學術價值的。

例如我們多次提到的《書劍恩仇錄》一書中的「百花錯拳」，就不僅有藝術價值，而且也有很深的學術價值。

其一，看起來這「百花錯拳」是亂七八糟，幾乎不可能，然而仔細一想，又覺得其中大有道理。其道理在於「出奇制勝」。雖與常規不合，似反其道而行之，但那「『百花』易敵，『錯』字難當」則是完全說得通的。人類的科學學術，正是需要從多方面——包括從看似「不可能」的角度去探尋。

其二，書中寫到「凡學武之人，名家高手，所見必搏，所知必多，因而不免胸中早有成見，拘泥刻板，不能變通。」這無疑也是極有道理的意見。非但學武之人是如此，學其他專業的人也往往如此。任何專業都不免會產生一些泥古不化、皓首窮經、刻板教條的書呆子。這種人在一種新的學說面前，正如武士在「百花錯拳」面前一樣，總是驚愕不已，莫名其妙，無所適從。所以，這套「百花錯拳」也許無法在招式上使出來，但它所包含的學術思想卻是通達而又深刻的。

其三，最值得注意的是，作者並沒有將這一套「百花錯拳」描寫成絕頂功夫。陳家洛用這一套奇異的拳法就沒有戰勝周仲英，更不能以此戰勝對手張召重。這不僅是說陳家洛的「火候」不夠，還沒有將這一路拳法練得爐火純青。更主要的恐怕還是這套拳法本身，奇則奇矣，但不夠精；搏則搏矣，但不夠深。一味地追求「出奇制勝」，並非真正的取勝之道，何況第一次能使人莫名其妙，第二次、第三次就未必會有這種效果了。這樣，金庸的武學思想顯然又深了一層，一方面別出心裁，創此奇功，另一方面又寫此「奇」功本身的局限，這道理與其他領域其他專業是一樣的。

正因為出奇制勝的「百花錯拳」不能算是絕頂功夫，陳家洛不能以此戰勝武功高強的對手張召重，所以作者便又給陳家洛安排了一個機會，讓他學習一套更新、也更高的功夫：「庖丁解牛掌」。書中寫道：

……陳家洛拾了起來，見是《莊子》第三篇「養生主」中「庖丁解牛」那一段，指著回文問香香公主道：「這是些什麼字？」香香公主道：「破敵秘訣都在這裡。」陳家洛一怔，道：「那是什麼意思？」霍青桐道：「瑪米兒的遺書中說，阿里得到一部漢人的書，懂得了空手殺敵之法，難道就是這些竹簡？」陳家洛道：「莊子叫人達觀順天，跟武功全不相干。」丟下竹簡，捧起遺骨走了出來。

……霍青桐忽問：「那篇『莊子』說些什麼？」陳家洛道：「說一個屠夫殺牛的本事很好，他肩和手的伸縮，腳與膝的進退，刀割的聲音，無不因便施巧，合於音樂節拍，舉動就如跳舞一般。」香香公主拍手笑道：「那一定很好看。」霍青桐道：「臨敵殺人也能這樣就好啦。」

陳家洛一聽，頓時呆了。《莊子》這部書他爛熟於胸，想到時已絲毫不覺新鮮，這時忽被一個從未讀過此書的人一提，真所謂茅塞頓開。「庖丁解牛」那一段中的章句，一字字在心中流過：「方今之時，臣以神遇，而不以目視，官知止而神欲行，依乎天理，批大郤，導大窾，因其固然……」再想到：「行為遲，動刀甚微，謋然已解，如土委地，提刀而立，為之四顧，為之躊躇滿志。」心想：「要是真能如此，我眼睛瞧也不瞧，刀子微微一動，就把張召重那奸賊殺了……」霍青桐姊妹見他突然出神，互相對望了幾眼，不知他在想什麼。

陳家洛忽道：「你們等我一下！」飛奔入內，隔了良久，仍不出來，兩人不放心了，一同進去，只見他喜容滿臉，在大殿上的骸骨旁手舞足蹈。……霍青桐聽他在舉手投足之中勢俠勁風，恍然大悟，原來他是在鑽研武功，拉著妹子的手道：「別怕，他沒事，咱們在外面等他吧！」……

陳家洛真的練成了這「庖丁解牛掌」，並以此新功，終於將張召重打敗。從而標誌著他的武功真正進入了超一流高手的境界。

以上所引的這一段文字，看似新奇之至，但卻一點兒也不荒唐，因為其中有道可循。其一，《莊子》一書，一向被認為是文學與哲學的經典，當然沒有人會當作「武學」的「秘笈」，這主要是因為我們多半將《莊子》的哲學思想與學術僅僅當成是一種認識論。例如陳家洛所介紹的「莊子叫人達觀順天，跟武功全不相干」云云。其實《莊子》一書中不僅包含了他的人生觀、世界觀等等認識論的內容，同時也包含了十分豐富、深刻而又獨特的「方法論」的內容。《莊子》中許許多多的寓言，在一定的意義上說來，正是其方法論乃至認識論的奧妙之所在。諸如我們所熟悉的「佝僂承蜩」等等即是。其中「技進乎藝，藝進乎道」就是一種極深刻的方法論思想，豈止意在承蜩而已？

具體到這篇「庖丁解牛」，其藝其道，又豈止於一般的「解牛」呢？其中「依乎天理……因其固然」等等思想，對於世界上萬事萬物都有著方法論的意義。天理也好，固然也罷，其實都是自然之道。庖丁解牛的訣竅，無非是遵循天理固然，向自然學習，從而能做到「臣以神遇，而不以目視，官知止而神欲行」，進而能無不因便施巧，合乎音樂節拍（亦自然節奏）舉動美妙自然如舞蹈一般。

把這種方法論引入武學之中，不僅完全可以說得通，甚而可以說是為武學開闢了一個嶄新的天地、嶄新的境界。其中的道理，雖較難以言傳，然應可以意會，因為《莊子》的許多寓言是能適應和指導各種領域、多種技藝的，武功既然是一種技藝，其道理必然與「庖丁解牛」的道理相通。

其二，正如書中所寫，「《莊子》這部書他爛熟於胸，想到時已絲毫不覺新鮮，這時忽被一個從未讀過此書的人一提，真所謂茅塞頓開。」這種現象看起來很是奇特，但生活之中卻實在是屢見不鮮。牛頓的地球引力定律，就正是從蘋果掉到地上這一最普通的現象中悟出。類似的事情每一個人都有可能見過，何以只有牛頓才引申出萬有引力定律來呢？這只是因為我們過於凡俗，見怪不怪，越是日常現象，我們就越是胸有成見，越是不會去為之動腦筋想。所以現在有人說：越是我們所熟悉的東西，我們所知越少。原因無他，乃在於我們不向日常的和熟悉的事物中去求知。一部《莊子》對陳家洛這樣的讀書人而言，正如落地的蘋果那樣毫無新鮮之感，早已爛熟於胸，自然就不會異想天開。這一道理，正如周仲英、周綺、駱冰等人第一次見到「百花錯拳」而感到驚訝一樣。這些人對擒拿手、鷹爪功、查拳、綿掌、太極拳、八卦掌……等等無不熟悉，然而正因為對此太熟悉了，就無法理解由此組合而成的新奇功夫「百花錯拳」。

所以，在小說中，這套「庖丁解牛功」的首創之功歸於伊斯蘭民族的勇士和智者，這是極有道理的。漢人書生固然熟讀《莊子》，然正因為熟便讀「流」了，決不會有異想。再則漢人的「守成」之心遠大於「開創」之志。具體到陳家洛悟出這套功夫，也有多種因素，既有古人批示「破敵秘訣，都在這裡」在先，又有霍青桐的「臨敵殺人也能這樣就好啦」啟發在前，更有屢被張召重戰敗的羞辱在心中，必然無時無刻不在想報復之計、取勝之道……如此機緣湊巧，這才悟出了神功，看起來神乎其神，想起來卻是合情合理的。

其三，陳家洛雖然悟出了這套功夫，作品中卻沒將他進行神化，也沒有將這套功夫進行神化。陳家洛不僅機緣湊巧，有霍青桐一言提醒，這才茅塞頓開，更有古伊斯蘭勇士們的遺骸在那裡標示著動作招式的規範，這樣，在理論上既已想通，而形式上又有標本，習練這套武功，當非極難之事。再則，「庖丁解牛」中有「合乎音樂節拍」一句，陳家洛與人對打時，居然要余魚同在一旁吹笛子打節拍，看起來是很奇很妙，實際上則只不過望文生意，徒得其形而未得其神。只能說是奇而不神妙而不達。如若真正領會到了這一個寓言的精神實質，懂得了真正的依乎自然的道理，就大可不必真的要音樂來伴奏。這樣做不僅刻板，而且十分做作。當然，這也在一定的程度上反映了陳家洛的性格。也許，作者本人在寫作此處女作時，其武學尚未通玄，功夫尚未絕頂，不能真正的自然而然，依乎天理，而總是要留下一些人為的刻板的痕跡。

這種人為的痕跡到了第二部小說《碧血劍》中就大為減少了。

金庸小說中有道可循的武功描寫，遠不止於「庖丁解牛掌」這一處，雖不能說俯拾即是，但只要我們有心捉摸，還是能找到許多的例證。

小說《碧血劍》的第七回〈破陣緣秘笈，藏珍有遺圖〉中，寫袁承志大破溫氏五老的威力無比的「五行陣」外加一個輔佐有「八卦陣」，神乎其神，從此名震江湖。其破陣所「緣」的秘笈並非由他自己所創，而是由金蛇郎君夏雪宜所傳。——書中對此作了交代：

……原來金蛇郎君當日與五老交手，中毒被擒，得人相救脫險之後，躲在華山絕頂反覆思量昔日惡鬥的情境，自忖其時縱使不服「醉仙蜜」，筋骨完好，內力無滯，終究也攻不破五行陣，只不過多撐得一時三刻而已。

他將五老的身法招術逐一推究，終於發現這陣法的關竅，在於敵人入圍之後，不論如何硬闖巧閃，五老必能以厲害招術反擊，一人出手，其餘四人立即綿綿而上，不到敵人成死或擒，永無休止。五老招數互為守禦，步法相補空隙，臨敵之際，五人猶似一人。金蛇郎君於五老當日所使的招術，心中記得清清楚楚，越想越覺得這陣式實是不可摧破，窮年累月的苦思焦慮，各種各樣古怪的方法策略都想到了，但推究到終極，總覺難以收效。……

……一日早晨，他在山間閒步，忽見一條小青蛇在草叢遊走。聽得人聲立即蜷盤成圈，昂起了頭，略不動彈。

他所以得了金蛇郎君這外號，固因他行事滑溜，狠毒凶險，卻也因他愛養毒蛇，擠取毒液來調製暗器藥箭。當年溫氏兄弟中溫方祿的妻子中他藥箭立時斃命，箭頭上所餵的便是蛇毒。他熟知蛇性，知道打圈昂首，是等敵人先行動手進攻，然後乘虛而入，從敵人破綻中反擊，敵人若是不動，蛇類極少先攻。蛇身蜷盤成團，係隱藏己身所有弱處，昂首蓄勢，係以己身最強的毒牙伺機出擊。如果貿然竄出噬敵，蛇身極長，弱點甚多，不免為敵所乘。此乃蛇類自保的天性。這些行動，金蛇郎君往昔也不知見過幾千百次了，從來不以為意，但此刻他正潛心思索攻破五行陣的訣竅，突然之間，腦海中靈光一閃，登時喜得大叫大跳，破五行陣的策略就此制定，那就是「後發制人」四字。

武學中本來講究的是料敵機先，這「後發制人」卻是全然反其道而行，根本方略一定，其餘手段迎刃而解，不到一個月功夫，已將摧破五行陣的方法全部想定，詳詳細細的寫入了「金蛇秘笈」。

這一段同「庖丁解牛」一樣，都是有道可循的。

首先，金蛇破陣之法，正如「庖丁解牛」一樣是師法自然所得。世界上萬事萬物，都在物競天擇的歷史中鍛煉出其生存和發展的本能。蛇類攻敵自保之法，正如上述所寫。強處弱處，皆一一分明，這正是人類需要學習和可以學習的。當然，不只是向蛇類學，而是向自然界的一切生物學。我國古人華佗首創「五禽戲」的武術體操，便是由此而來。後更有「仿生學」一門，在武術界亦有多種多樣的「象形拳」。在「象形拳」中亦有蛇拳一路功夫。在小說中雖是以此破陣，看來神乎其神，但是其理可通。想已不必多說。

其次，此「金蛇破陣之法」唯有金蛇郎君創出，才格外使人信服。因為這位金蛇郎君常常與蛇為伍，對蛇性極為熟悉，換了其他的人恐怕就會視若無睹，決然想不到破陣方法上去。正如蘋果落地這種現象，只有心中存有注意的牛頓才能從中發現道理一樣。這一段文字不僅僅使得「金蛇破陣法」讓人信服，即書中的金蛇劍、金蛇錐等等按照蛇形蛇性仿製出來的兵器也都使人信服了。因此這一段交代，需要我們舉一反三。當然它所舉出的道理，也確實是能夠說得通的。

再次，即為金蛇郎君，對此破陣之法，也沒有一下子就迎刃而解。苦思苦慮之下，偶見蛇形，這才靈光一閃，破陣之法豁然貫通，這也是符合人的思維狀況的。文章天成，妙手偶得的例子很多。長期積累，一朝得之的例子亦多，非其人而不可能得，非其時其境亦不可得也。其中道理正如陳家洛悟到「庖丁解牛掌」及張三丰創造「倚天屠龍書法神功」一般無二。作家寫小說，評論家寫文章乃至科學家作試驗搞發明，大約也會常常如此的。小說中這樣寫，可決不僅僅是天命如此，或奇人奇緣的老套，因而不會使一些想吃天上掉下餡餅的朋友異想天開。因為金蛇郎君不僅聰穎機靈，而且與蛇為伍、更兼深仇大恨，這才種種原因湊成一處，「金蛇破陣之法」乃成。

總之，這一套「破陣之法」看似神奇莫測，一旦揭穿卻又使人恍然大悟。正所謂「意料之外」又在「情理之中」，這與一般武俠小說的胡編亂造，一味的離奇怪誕，是有著天壤之別的。

這樣的例子，我們在金氏其他的作品中能見到許多。例如小說《飛狐外傳》的第十一章〈恩仇之際〉中寫胡斐救了苗人鳳，但卻又不想承認自己是胡一刀的兒子，因為傳說中的乃父胡一刀是被苗人鳳所殺。苗人鳳雙目失明之際，聽出了胡斐的刀法是自己極為熟悉的胡家刀法，奈何胡斐不承認是胡家後代，也只得如此如此，因而就有了以下一段苗人鳳演試胡家刀：

……只見他步法凝穩，刀鋒回舞，或閒雅舒徐，或剛猛迅捷，一招一式俱是勢挾勁風。胡斐凝神觀看，見他所使招數，果與刀譜上所記一般無異，只是刀勢較為收斂，而比自己所使，也緩慢得多。胡斐只道他是為了讓自己看得清楚，故意放慢。

苗人鳳一路刀法使完，橫刀而立說道：「小兄弟，以你刀法上的造詣，勝那田歸農是綽綽有餘，但等我眼睛好了，你要和我打成平手，卻尚有不及。」

胡斐道：「這個自然。晚輩怎是苗大俠的敵手？」苗人鳳搖頭道：「這話錯了，當年胡大俠以這路刀法，和我整整鬥了五天，始終不分上下。他使刀之時，可比你緩慢得多，收斂得多。」胡斐一怔，道：「原來如此？」苗人鳳道：「是啊，與其以主欺客，不如以客犯主。嫩勝於老，遲勝於急。纏、滑、絞、擦、抽、截，強於展、抹、鉤、剁、砍、劈。」

原來以主欺客，以客犯主，均是使刀之勢，以刀尖開砸敵器為「嫩」，以近柄處刀刃開砸敵器為「老」，磕托稍慢為「遲」，以刀先迎為「急」，至於纏、滑、絞、擦等等，也都是使刀的諸般法門。

苗人鳳收刀還入，拿起筷子，扒了兩口飯，說道：「你慢慢悟到此理，他日必可稱雄武林，縱橫江湖。」

……胡斐扒了幾口飯，伸筷到那盤炒白菜中挾菜，苗人鳳的筷子也剛好伸出，輕輕一撥，將他的筷子擋了開去，說道：「這是『截』字訣。」胡斐道：「不錯！」舉筷又上，但苗人鳳的一雙筷子守得嚴密異常，不論他如何高搶低撥，始終伸不進盤子之中。

胡斐心想：「動刀子拼鬥之時，他眼睛雖然不能視物，但可聽風辨器，從兵刃辟風的聲音之中，辨明了敵招的來路。這時我一雙小小的筷子，伸出去又無風聲，他如何能夠覺察？」

兩人進退邀擊，又拆了數招，胡斐突然領悟，原來苗人鳳這時所使的招數，全是用的「後發制人」之術，要待雙方筷子相交，他才隨機應變，這正是所謂「以客犯主」、「遲勝於急」等等的道理。

胡斐一明此理，不再伸筷搶菜，卻將筷子高舉半空，遲遲不落，雙眼凝視著苗人鳳的筷子，自己的筷子一寸一寸的慢慢移落，終於碰到了白菜。那時的手法可就快捷無倫，一挾縮回，送到了嘴裡。苗人鳳瞧不見他筷子的起落，自是不能攔截，將雙筷往桌上一擲，哈哈大笑。

胡斐自這口白菜一吃，才真正踏入了第一流高手的境界，回想適才花了這許多力氣才勝得田歸農，霎時之間又是喜歡，又是慚愧。

何以說胡斐這口白菜一吃，才真正踏入了第一流高手的境界？其道理已在上述一段文字之中。

看到這裡，讀者朋友想必都為之歡喜不盡，心懷大暢。前述的「庖丁解牛」或許太虛了些，而金蛇破陣又或許太神了些，似不若這一段苗人鳳論胡家刀法（**刀是我們較為熟悉的**）以及「胡斐吃白菜」（**吃白菜我們每個人都吃，更為熟悉**）更能使人感到有道可循。

胡家刀法究竟如何神奇，有些什麼路數，小說中沒做具體描寫，好在這並非問題的關鍵所在，因為武俠小說並非武功圖譜，關鍵的是「以客犯主」勝於「以主欺客」以及

「嫩勝於老」、「遲勝於急」等等道理是看得見、想得通的。而「後發制人」、「隨機應變」則可以說更是技擊中的重要原則，決不僅僅是適用於刀法而已，甚至也不僅僅是適用於武學。我們完全可以將此看成是一種哲學。

在小說中，苗人鳳號稱「打遍天下無敵手」，取此稱號雖是有其具體的原因，但苗人鳳經歷了千百次戰鬥而多能立於不敗之地，其武功之高固不必說，而經驗之豐富也是可想而知的。再加上他又曾與胡斐之父胡一刀打鬥了五天五夜而成平手，對胡家刀法可謂是瞭然於胸。所以無論從哪方面來說，他都是胡斐的最合適的老師。胡斐雖然年輕聰明，又有一冊家傳的神奇刀譜，練成了相當不低的武功，然而離真正的第一流武功高手的距離還相當不近。為此，小說中安排了趙半山這樣一位武功高強而又經歷豐富的武學大師教了胡斐一番道理（那一段也是精彩文章，有道可循。因篇幅有限，這裡不引，請讀者朋友自己去看），使胡斐的武功見識提高到一個新的境界。然而因那是胡斐少年時事，加之趙半山為暗器名家，對胡家刀法並無瞭解，所以要讓胡斐成為真正的第一流高手，非得苗人鳳這樣一位明師不可。小說中如此安排可謂是煞費苦心，令人心服。倘非如此，胡斐之成才得道，便有些令人懷疑了。

由此可見，金氏小說中的武功技擊，看上去與其他小說作家作品似是毫無二致，然而實際上卻是有明顯不同的，不僅新奇美趣，富有藝術感染力；更難得的是有道可循，更增強了作品的思想深度。

九／絕頂功夫如常形

「出奇制勝」這四個字常被武術家奉為圭臬，技擊之道，似乎非出奇而不能制勝。這當然是有一定的道理的。不少的武俠小說家——包括金庸先生在內——於是都在這奇字上下功夫。武功、俠客，其人其技，無奇不有，非奇不傳。武俠小說稱之為傳奇，大約就是這個原因吧。

可是凡事總得有一定的限度。一味的誇張神飾，常常會過猶不及。誰掌握得了其中的藝術分寸，誰才能成為大家。

如前所述，金氏的傳奇，有道可循，奇而至真，正是他的超人一等的明證。

金庸小說的武學不但奇而有道，更有反其道而行之。做到平中見奇，這才真正是通透了傳奇之三味。達到了一個讓人眼界大開的全新境界。

金庸小說中有不少平中見奇的例子。最突出的例子之一，是《碧血劍》這一部書中所寫到的袁承志華山拜師的第一課。袁承志幼年跟著「山宗」的幾位叔叔

（按，他父親當年部下）學武修文，已練成了勇鬥猛虎的技藝。但碰到李自成軍中的武士崔秋山，他學的武藝可以說不值一哂。崔秋山的一套「伏虎掌」才真正是神奇的功夫。然而這崔秋山竟然也不足稱道，這套「伏虎掌」乃是從華山掌門神劍仙猿穆人清那兒學來的。而穆人清只不過指點了崔秋山一路功夫，認為崔秋山沒有資格做他的徒弟。由此可見穆人清的武功達到了何等崇高的境界。

小說中也寫到了，穆人清的武功已經是當世無敵，甚至連他的徒子徒孫都已是江湖上的一流高手。那麼，穆人清的武功高到什麼程度呢？書中從不正面敘述。只有袁承志拜師之後的第一課可見一斑。小說的第三回〈經年親劍鋏，長日對楸枰〉中如此寫道：

……穆人清道：「好，現下咱們便來練功夫。你崔叔叔因時間匆促，把一套伏虎掌一古腦兒的傳給了你。這套掌法太過深奧繁複，你年紀太小，學了也不能好好地用，我先教你一套長拳十段錦。」

袁承志道：「這個我會，倪叔叔以前教過的。」穆人清道：「你會？學得幾路勢子就算會了麼？差得遠呢！你要是真的懂了長拳十段錦的奧妙，江湖上勝得過你的人就不多了。」袁承志小臉兒脹得通紅，不敢再說。

穆人清拉開架式，將十段錦使了出來，式子拳路，便和倪浩所使的一模一樣。袁承志暗暗納罕，心想這有什麼不同了？

穆人清道：「你當師父騙你是不是，來來來，你來抓我衣服，只要碰得到我一片衣角，算你有本事。」袁承志不敢和師父賭氣，笑著不動。穆人清道：「快來，這是教你功夫啊！」

袁承志聽說是教功夫，便搶上前去，伸手去摸師父長衫後襟，眼見便可摸到，衣襟忽然一縮，就只這麼差了兩三寸。袁承志手臂又前探數寸，正要向衣襟抓住，師父忽然不見，在他頭頸後輕輕揑了一把，笑道：「我在這裡。」

袁承志一個「鷂子反身」雙手反抱，哪知師父人影又已不見，急忙轉身，見師父已在兩丈以外。他甚覺有趣，心想：「非抓住你不可。」縱上前去扯他袖子。

穆人清大袖一拂，身子盈了開去。

袁承志嘻嘻哈哈地追趕，一轉身，忽見啞巴在打手勢，要他留神，袁承志心中一動，暗想：「師父使的果然都是十段錦身法，但他怎能如此快法？」

當下一面追趕，一面注視師父身法，十段錦他練的本熟，然見師父進退趨避，靈便異常，同樣一招一式，在他使出來，卻另有異常巧思。袁承志追趕之際，暗學訣竅，過不多時，在追趕之中竟也用上了一些師父的縱躍趨避之術，果然登時迅捷了許多。穆人清暗暗點頭，深喜孺子可教，這時袁承志趕得緊，穆人清也避得快，兩人急奔疾趨，廣場上只見兩條人影，飛來舞去。袁承志早忘了嬉笑，全神貫注地追趕師父。

忽然穆人清哈哈大笑，一把將他抱了起來，笑道：「好徒弟，乖孩子！」袁承志見這一套十段錦中，竟有如許奧妙，不由得又驚又喜。穆人清道，「好啦，這些已夠你練啦。」把他放下地來，叫他複習幾遍，自行入內。

以上這一段，我們在剛開始之際，大約也會像袁承志一樣，感到有些莫名其妙，甚至不無失望。因為以穆人清名聲之大，武功之強，想來一定有十分奇妙的功夫教他新收的徒弟。連崔秋山都教他一套「伏虎掌」，穆人清豈不應該有更神奇的武功相授？沒想到居然教一套極為平常的長拳十段錦。須知這長拳十段錦在武林之中是實際存在的功夫，而且是極為平常的功夫。幾乎凡是學武之人，差不多都會這一套粗淺的功夫。以袁承志之年幼，即已熟練這套功夫，即可知它的平常與普遍。誰知穆人清這樣一代武術宗師，其授徒第一課竟以此拳相授。這就難免袁承志以及一般的讀者感到有些失望，進而又莫名其妙了。

可是接著往下看，我們的感受又會像袁承志那樣來一番徹底的改變。

穆人清之所以教袁承志這一套長拳十段錦的功夫，想來有以下幾方面的原因。一是袁承志年方十歲，雖練過武功，畢竟年幼識淺。崔秋山一來時間匆忙，二來見識畢竟沒有穆人清高，所以竟以伏虎掌這樣較為高級的複雜武功相授。這在穆人清看來顯然是有些操之過急了，要知要想成為真正的武學高手，基礎的扎實至關重要，倘若基礎不夠扎實，往後的功夫就難以登峰造極。這道理如同蓋樓房一般，地基不牢豈能讓高樓大廈屹立不倒？這種對學徒基礎扎實的要求，不僅學武之人是這樣，學其他知識專業的也同樣需要基礎扎實，所以穆人清這位名師才真正懂得這一點，而袁承志以及一般的讀者則顯然是操之過急了，而欲速則不達，可見金庸這樣寫，是極符合教育學的道理的。正如小學、中學基礎不實，僅學一點大學專業，不可能成為真正優秀人才一般道理。

其二，也許我們大家都不太注意的一點是，「要是真的懂了長拳十段錦的奧妙，江湖上勝得過你的人就不多了。」大凡見識不多之人都好高騖遠，以為只有掌握高級（新奇）的武功才能真正地成為江湖高手，沒想到像長拳十段錦這樣的極普通極平凡的功夫當中，也同樣包含了極深的克敵制勝的奧妙。沒想到「同樣的一招一式，在他使出來卻另有異常巧思」。所以大凡半通不通的練武之人，總想尋求神功秘笈以便一朝練成聞名天下，全然不知在最平常的功夫之中往往就包含了最深的奧妙。那些一心專求秘笈的人，正如我們生活中的那些不學真知而專門尋些時髦新詞來唬神弄鬼的人一樣，固然能混世一時，但決不可能長久。決不可能真正地變成武學高手或真正的學問家。

這種道理，看起來似乎非常簡單，實際上不是三言兩語所能說得清楚的。古人云「道生一，一生二，二生三，三生萬物」，看起來萬物比三要複雜，三比二複雜，二比一複雜，一比道複雜……實則恰恰相反，越是簡單的概念，它的涵蓋面就越大，越是看起來簡單的東西，它的奧妙往往越深，即以武功而論，真正地能掌握長拳十段錦奧妙的能有幾人？只有真正的武學大師才能做到。反之，誰能真正地領會了這一簡單拳法的真正的奧妙，誰就已能達到武學大師的水準，誰就能卓然成家了。

其三，金庸之所以會寫這一段，之所以要這樣寫，自然是因為作者真正明白其中的奧妙，而不只是簡單的反其道而行之。

如果上述《碧血劍》中，袁承志學藝的內容尚不能夠使我們完全明白和信服其中的道理——因為那一段牽涉到了一個給新學徒打基礎的問題，很容易使人忽略第二層次的問題——那麼，我們可以在《天龍八部》這部書關於蕭峰武功的描寫中更清楚地看出來。

先看一段書，即第二卷第十九回〈雖萬千人吾往矣〉，寫蕭峰明知中原群齊集聚賢莊，但因要求薛神醫給阿朱治傷，所以只得冒死前往，這是他與中原群雄第一次不得已的正面衝突。這也是一場驚心動魄的戰鬥。其精彩之處實在難以口述。這裡只能錄一段蕭峰與少林派第一流高手玄難的交手情形：

……喬峰（**按，這時蕭峰尚未肯定自己是契丹人，故未改姓蕭**）見他攻到，兩隻寬大的衣袖鼓風而前，便如是兩道順風的船帆，威勢非同小可，大聲喝道：「袖裡乾坤，果然了得！」呼的一掌，拍向他衣袖。玄難的袖力廣被寬博，喬峰這一掌卻是力聚而凝，只聽得嗤嗤聲響，兩股力道相互激蕩，突然間大廳上似有數十隻灰蝶上下翻飛。

群雄都是一驚，凝神看時，原來這許多灰色的蝴蝶都是玄難的衣袖所化，當即轉眼向他身上看去，只見他光了一雙膀子，露出瘦骨棱棱的兩條長臂，模樣甚是難看……

這麼一來，玄難既無衣袖，袖裡自然也就沒有「乾坤」了。他狂怒這下，臉色鐵青，喬峰只此一掌，便破了他的成名絕技，今日丟的臉實在太大，雙臂直上直下，猛攻而前。

眾人盡皆識得，那是江湖上流傳頗廣的「太祖長拳」。宋太祖趙匡胤以一對拳頭，一條杆棒，打下了大宋的錦繡江山。自來皇帝，從無如宋太祖之神勇者，那一套「太祖長拳」和「太祖棒」，當時是武林中最為流行的武功，就算不會使的，看也看得熟了。

這時群雄眼見這位名滿天下的少林高僧所使的，竟是這一路眾所周知的拳法，誰都為之一怔，待見他之拳打出，各人心底不自禁的發出讚嘆：「少林派得享大名，果非幸致。同樣的一招『千里橫行』，在他的手底下竟有這麼強大的威力。」群雄欽佩之餘，對玄難僧袍無袖的怪相再也不覺古怪。

本來數十人圍攻喬峰的局面，玄難這一出手，餘人自覺在旁夾攻反而礙手礙腳，自然而然的逐一退下，各入團團圍住，以防喬峰逃脫，凝神觀看玄難和他決戰。

喬峰眼見旁人退開，驀地心念一動，呼的一拳打出，一招「衝陣斬將」，也正是「太祖長拳」中的招數。這一招姿勢既瀟灑大方已極，勁力更是剛中有柔，柔中有剛，武林高手畢生所盼望達到的拳術完美之境，竟在這一招中表露無疑。來到這英雄宴中的人物，就算本身武功不是甚高，見識也必廣博，「太祖拳法」的精要所在，可說無人不知。喬峰這一招打出，人人都情不自禁的喝了一聲彩！

這滿堂大彩之後，隨即有許多人覺得不妥，這聲喝彩，是讚譽各人欲殺之而甘心的胡虜大敵。如何可以長敵人志氣，滅自已威風？但彩聲已經出口，再也縮不回來，眼見喬峰第二招「河朔立威」一般的精極妙極，比之他第一招，實難分辨哪一招更為佳妙，大廳上仍有不少人大聲喝彩。只是有些人驀然驚覺，自知收斂，彩聲便不及第一招時那麼響亮，但許多「哦」「哦」「哦」！「呵，呵！」的低聲讚嘆，欽服之忱，未必不及那大聲叫好。喬峰初時和各人狠打惡鬥，群雄專顧禦敵，只是懼怕他的兇悍厲害，這時暫且置身事外，方始領悟到他武功中的精妙絕倫之處。

但見喬峰和玄難只拆得七八招，高下已判。他二人所使的拳招，都是一般的平平無奇，但喬峰每一招都是慢了一步，任由玄難先發。玄難一出招，喬峰跟著遞招，也不知是由於他年輕力壯，還是行動加倍的迅速，每一招都是後發先至。

> 這「太祖長拳」本身只有六十四招，但每一招都是相互克制。喬峰看準了對方的拳招，然後出一招恰好克制的拳法，玄難焉得不敗？這道理誰都明白，可是要做到「後發先至」四字，尤其是對敵玄難這等大高手，眾人若非今日親眼得見，以往連想也從未想到過。……

看這一段精彩絕倫的武功打鬥，正如看到一篇精美絕倫的大好文章。只有真正的大好文章，才能有如此「濃後之淡，巧後之樸」，只有真正的文章高手，才能夠做到「發纖濃於簡古，寄至味於淡泊」。其實文、詩、詞章、繪畫、音樂等藝術，都是一般的道理，武功打鬥也正是如此。難怪當代文學大師巴金先生總是強調「文學的最高技巧，便是無技巧」，如今信且服矣。要做到這樣的無技巧，只有修養見識才華靈思都達到了返樸歸真的絕頂境界才能做到，而一旦達到了這種返樸歸真的境界，一切奇技淫巧在方家眼中，都變得像雕蟲之技不值一哂。

《天龍八部》的這一段武功打鬥的描寫，其精妙絕倫處，亦正在於它的平平無奇。以玄難和喬峰這兩位當世超一流的高手，什麼樣的奇技都是不足為奇的。因而雙方都打出大家都熟、人人都會的極平凡極普通的「太祖長拳」**（按「太祖長拳」正如前述的「長拳十段錦」都是真實存在的武術套路）**這才真正見出他們的非凡之處。達到一般武士連夢想也不能達到的境界。

這是一場真實的打鬥。如果說前面關於穆人清教袁承志「長拳十段錦」的場面，容易使人誤會為袁承志年幼、且是師徒見面第一課，而忽視它的「最高的技巧便是無巧技（或不見技巧）」以及「精妙絕倫處便是平平無奇處」的真義。那麼，在這一段兩位當世高手的生命拼鬥中，我們便再不會有任何誤會與懷疑了。這兩位高手無疑都使出了自己最高的絕技，發揮出了自己最高的水準，且如此生死拼鬥再不像師父說教那般可信可不信了吧。

以上這一段文字，也是金庸小說中描寫武功打鬥最精彩、最有代表性的文字段落。從中我們應該能夠悟出一些學術方法及藝術境界方面的道來。

值得注意的是，蕭峰其人可以說乃是金庸筆下的第一條英雄好漢。這當然主要是由他的形象、性格以及轟轟烈烈的人生所組成。同時，小說中對這一人物的武功的描寫，也顯然有著非同一般的講究。蕭峰師承少林高僧玄苦大師，而後又從丐幫前幫主汪劍鬍那兒學會了丐幫的鎮幫絕技「降龍十八掌」和「打狗棒法」。蕭峰武藝高強是毫無疑問的。在小說中，蕭峰的武功顯然遠遠地高出了乃師玄苦大師或汪幫主，上述蕭峰與玄苦的師弟玄難的拼鬥便可見一斑（玄苦、玄難的武功差別不會太大）。這已不是一般的「青出於藍而勝於藍」的問題，而是一種「天生武勇」，蕭峰無疑地是一位真正的武學天才（書中有這方面的描寫，或以為與他的出生契丹族有關）。小說中對這樣一位真正的英雄好漢、武學天才、絕頂高手武功的描寫，便極少寫他如何使用「降龍十八掌」等高強的武功招式或使用「打狗棒法」等奇巧的功夫。簡單地說，書中極少對他的武功的招式進行描寫，多半只用「一拳」、「一掌」之類的最平凡的字眼來寫，再則就像上述文中那樣，寫他以一套最為平凡的拳法戰勝當世的絕頂高手。正因如此，反而給人造成了一種真正的「第一條好漢」的深刻印象。

對「長拳十段錦」的描寫，對「太祖長拳」的描寫，對蕭峰的天生武勇的無技巧武功境界的描寫，道理都是一樣。這正是中國傳統哲學與智慧的一種價值取向：返樸歸真，方為絕頂功夫。

順便說一句，金庸小說中寫練武人物的功力可從眼中、太陽穴等看出，越強的內功眼光越是有神，太陽穴也鼓得更高，這是有一定的道理的。然而最強的、有絕頂的功夫的人，卻又與平常人沒有分別，甚至與沒練武的人一樣的眼光，一樣的太陽穴，這就更有其「道」其理。

以上正是金氏的藝術哲學，也正是領悟了、發揚了東方哲學的精髓，非如此，寫不出如此美妙絕倫的文章。非如此，亦難以看出這平平無奇的功夫中的真正精妙絕倫的奧妙。把握了這樣一種奧妙，自然也就能夠真正地把握好傳奇的藝術分寸。從而使得其筆下的武功文藝真正有味而又有道。

以上兩段文章中的武功之妙，不僅有著巧後之樸、奇後之平的哲學境界的問題，而且也還有一個「運用之妙，存乎一心」的方法論問題，也許又不僅僅只是方法論問題，同時也牽涉到自身的功力的問題。

所謂巧後之樸、奇後之平，說起來容易，做起來極難。那一套「長拳十段錦」如果沒有穆人清那樣的大宗師在一旁指導，又怎知它的奧妙所在？就算知道和承認它有奧妙，在哪裡呢？那一套「太祖長拳」由玄難大師使出已使人讚嘆不已，由蕭峰使出更使人有連想也想不出的美妙。說到底，這與各人的修養、見識、功力有關。正是他們的修養、見識和功力在起著決定性的作用。

所謂「運用之妙，存乎一心」也就是這個意思了。同樣一個招式，同樣一套武功，由不同功力、水準的人使出來，便有完全不同的效應。穆人清的長拳十段錦與袁承志的長拳十段錦固是不可同日而語，而玄難的「太祖長拳」碰到蕭峰的「太祖長拳」亦高下立判。

《碧血劍》的第六回，袁承志藝成下山，來到江南。這時他自然已完全明瞭長拳十段錦的奧妙，並且頗能舉一反三，成為最年輕的超一流高手。這一次他的大師兄黃真帶著憨直魯莽的徒弟崔希敏來溫家莊討回被劫的金子，適逢眼高於頂的江南武學高手呂七先生也來要這一批金子。呂七先生看到崔希敏武功既淺，人又魯莽，更加不放在心上，突然拔起身子，站到了兩塊金條之上，右手中的旱煙袋點著另一塊金條，說道：「不論你拳打腳踢，只要把這三塊金條從我腳底下弄了開去，所有這些金條都是你的。」此言一出，眾人都覺得他過於狂妄。崔希敏更是氣他不過，運力右足，一個掃堂腿橫踢過去。

書中寫道：

……眼見崔希敏一腿將到，呂七先生煙管突然一晃，在他膝彎裡一點。崔希敏一條腿登時麻木，踢到中途，便即軟垂，膝蓋一彎，不由自主地跪了下來。呂七先生連連拱手一陣怪笑，說道：「不敢當！小兄弟何必多禮？」

書中又接著寫袁承志道：

……袁承志點點頭，走上一步，向呂七先生道：「我也來踢一腳，好不好？」呂七先生與眾人都感愕然，心想剛才那粗豪少年明明吃了苦頭，怎地你還不知死活。

……袁承志也和崔希敏一模一樣，走上三步，提起右足橫掃過去。崔希敏看得著急，叫道：「小師叔，那不成，老傢伙要點穴！」

眾人眼光都望著袁承志那條腿。黃真銅筆交在左手，準擬一見袁承志失利，立即出手，先救師弟，再攻敵人，只見袁承志右腿橫掃，將要踢到金條，呂七先生那支煙袋又是快如閃電般伸出，向他腿上點去，豈知他這一腿踢出卻是虛招，對方手臂剛動，早已收回。呂七先生一點不中，煙袋乘勢前送。袁承志右腿打了半個小圈，剛好避開煙袋，輕輕一挑，已將金條挑起，右足不停，繼續橫掃……

這可能算不上什麼武功，只是「提起右足橫掃過去」，恐怕不會武功的人也能做到的。然而，只這「右足一掃」，也能分出高下，同樣存在著一個「運用之妙，存乎一心」的問題。雖然大家都會右足一掃，但崔希敏的一掃與袁承志的一掃卻有著完全不同的結果。這道理正如每個人都會寫字，但卻不一定都能成為書法家。袁承志的武功修為、見識功力，比之崔希敏自是不可同日而語，不用比試，只這右足一掃，便將袁承志、崔希敏、乃至呂七先生等三人的武功高低刻畫得活靈活現。這決不只是一個藝術問題，更包含了一個學術問題。

絕頂的武功往往平平無奇。

但平平無奇的武功卻並不一定都是絕頂的功夫。

要懂得其中的奧妙，只怕要花上數十年的時光。有些人，只怕一輩子也不一定能夠懂得。

十／

太極無招信如神

上面一節引述評論的中心意思，無非是中國古人的一句話，即大巧若拙。這一句話很不容易理解，但卻還不是最難理解的。

中國古人還有兩句話，叫做「大音稀聲，大象無形」。比之「大智若愚，大巧若拙」來，這兩句話要難理解得多。

即以武功而論，「大巧若拙」總還有一個「拙」的形式，正如穆人清將武功之「大巧」運用於長拳十段錦這樣平凡的套路，玄難和蕭峰將其「大巧」運用於「太祖長拳」的普通招式之中。這雖然不易解透，總還有種形可以把握，有一種套路，一些招式——即便是平平無奇的拙的招式——可供運用。那「大音稀聲，大象無形」的意思便難以捉摸了。

不過，我們在金庸的小說中，同樣能找到合適的例證。

小說《倚天屠龍記》第二十四回〈太極初傳柔克剛〉，敘述蒙古郡主趙敏帶著一批武功十分高強的人馬前來武當山示威挑釁，要掃平武當。其時武當派的宋遠橋、俞蓮舟等高手都已被趙敏設計下毒擄去，而復設計將張三丰擊傷，武當山上只剩下傷了的張三丰與殘廢了的俞岱岩。幸而張無忌及時趕到，用新學會的太極拳將對方兩大高手打敗，剩下的一位化名阿大的劍術高手，原號「八臂神劍」，是丐幫前長老，劍術通神，且手中所握，正是鋒利無匹的神兵倚天劍：

……張無忌暗暗發愁，這口倚天寶劍鋒銳無匹，任何兵刃碰上即斷，惟一對策，只有以乾坤大挪移法空手奪他兵刃，然而伸手到這等鋒利的寶劍之旁，只要對方的劍招稍奇，變化略有不恻，自己一條手臂自指尖以至肩頭，不論哪一處給劍鋒一帶，立即削斷，如何對敵，倒是頗費躊躇。忽聽張三丰道：「無忌，我創的太極拳，你已學會了，另有一套太極劍，不妨現下傳了你，可以用來跟這位施主過過招。」張無忌喜道：「多謝太師父。」轉頭向阿大道：「這位前輩，我劍術不精，須得大師父指點一番，再來跟你過招。」

那阿大對張無忌原本暗自忌憚，自己雖有寶劍在手，占了便宜，究屬勝負難知，聽說他要新學劍招，那是再好不過，心想新學的劍招儘管精妙，總是不免生疏。劍術之道，講究輕翔靈動，至少也得練上一二十年，臨敵時方能得心應手，熟極而流。他點了點頭，說道：「你去學招吧，我在這裡等著你，學兩個時辰夠了嗎？」

張三丰道：「不用到旁的地方，我在這兒教，無忌在這兒學，即炒即賣，新鮮熱辣。不用半個時辰，一套太極劍法便能教完。」

他此言一出，除了張無忌外，人人驚駭，幾乎不相信自己的耳朵，均想：就算武當派的太極劍法再奧妙神奇，但在這裡公然教招，敵人瞧得明明白白，還有什麼秘奧可言？

……張三丰道：「老道這路太極劍法能得八臂神劍指點幾招，榮寵無量。無忌，你有佩劍麼？」小昭上前幾步，呈上張無忌從趙敏處取來的那柄木製假倚天劍。張三丰接在手裡，笑道：「是木劍？老道這不是用來畫符捏訣，作法驅邪麼？」當下站起身來，左手持劍，右手捏個劍訣，雙手成環，緩緩抬起，這起手式一展，跟著三環套月、大魁皇、燕子抄水、左攔掃、右攔掃……一招招地演將下來，使到五十三式「指南針」，雙手同時畫圓，復成第五十四式「持劍歸原」。張無忌不記招式，只是細看他劍招中「神在劍先，綿綿不絕」之意。

張三丰一路劍法使完，竟無一人喝彩，各人盡皆詫異：「這等慢吞吞、軟綿綿的劍法，如何能用來對敵過招？」轉念又想：「料來張真人有意放慢了招數，好讓他瞧得明白。」

只聽張三丰問道：「孩兒，你看清楚了沒有？」張無忌道：「看清楚了。」張三丰道：「都記得了沒有？」張無忌道：「已忘記了一小半。」張三丰道：「好，那也難為了你。你自己去想想吧。」張無忌低頭默想。過了一會，張三丰問道：「現下怎樣了？」張無忌道：「已忘記了一大半。」

周顛失聲叫道：「糟糕！越來越忘記得多了。張真人，你這路劍法很是深奧，看一遍怎能記得？請你再使一遍給我們教主瞧瞧吧。」

張三丰微笑道：「好，我再使一遍。」提劍出招，演將起來。眾人只看了數招，心下大奇，原來第二次所使，和第一次使的竟然沒有一招相同。周顛叫道：「糟糕，糟糕！這可更加叫人糊塗啦。」張三丰畫劍成圈，問道：「孩兒怎樣啦？」張無忌道：「還有三招沒有忘記。」張三丰點點頭，收劍歸座。

張無忌在殿上緩緩踱了一個圈子，沉思半晌，又緩緩踱了半個圈子，抬起頭來，滿臉喜色，叫道：「這我可全忘了，忘得乾乾淨淨的了。」張三丰道：「不壞，不壞！忘得真快，你這就請八臂神劍指教吧！」說著將手中木劍遞了給他。張無忌躬身接過，轉身向方東白道：「方前輩請。」周顛抓耳搔頭，滿心擔憂。

看到這裡，書中的情勢已鋪排到了極點，也緊張到了極點。讀者的擔心到了極點，不解也差不多到了極點。有許多原因和理由使我們擔心，同時也使我們不解。

其一，張無忌的劍法本來就平常。他所學的功夫，包括七傷拳、九陽真經、乾坤大挪移的功夫都非劍術功夫，再則在小說的前面也交代了張無忌與滅絕師太的倚天劍相鬥時的窘態。最後雖然僥倖得勝，但並不是以劍術取勝，而是以輕功和搶攻取勝的。

其二，劍術一道，沒有多少年苦練談何容易！俗話說「百日練刀，千日練劍」，而要將劍術練得可與八臂神劍方東白這樣的高手對敵，沒有幾十年的功夫則多半是休想取勝的。如若張無忌以己之長（**諸如乾坤大挪移**）攻敵之短，或許還有幾分得勝的把握，雖倚天劍鋒銳無匹，碰上就有斷手斷臂之災，但緊急關頭卻也說不得只有如此了。誰料書中張三丰居然要突兀地教張無忌一路新創出來的、尚未使用過的太極劍。這不能不說是冒了天大的風險。

其三，張無忌現學現賣，勢不能熟極而流已是冒了極大的風險。誰知張三丰竟又要將此緊張的情勢又向前推進步，方東白明明要回避，以便他們教劍學劍，張三丰居然要「當面指教」。這樣一來，又使讀者的最後一種希望也破滅了，原本以為這「太極劍」或有什麼奇絕的怪招，乘敵不備之際，以奇巧取勝，像陳家洛的「百花錯拳」那樣。誰料張三丰要當著所有的人教劍，這還有什麼秘密可言？一切奇巧均談不上了。實習已談不上，熟練談不上，奇巧的路子又被自己堵死了。這不能不令人更緊張、也更加不解。再則，方東白開出價來，慷慨地給了他們兩個時辰的時間——這方東白成竹在胸，也就樂得故做大方慷慨，兩個時辰又能將一路劍法教學得怎樣呢——可張三丰又偏偏說只須用半個時辰的時間。這不是自己與自己過不去麼？

其四，教劍也好，學劍也好，鬥劍也好，手裡總應該有一把劍才是道理，誰料小說在這裡也要拿捏一把，偏偏讓小昭遞上一柄木頭劍來。試想木劍如何與鐵劍對敵？假倚天劍碰到真倚天劍，如之奈何?!這不能不讓人頭上冷汗一層又加一層。

其五，大凡劍法，總是以輕翔靈動、鋒利快捷為特點，誰料張三丰使出來的太極劍，不僅慢吞吞、而又軟綿綿，與劍術之道，完全是背道而馳。這已不能不叫人擔心。這叫什麼劍法呀?!以此劍法，如何取勝？

其六，更絕的是，凡劍法總應該是一招一式，結構嚴謹，層次分明。這招式練得越準確無誤，對敵時的勝機就越多。可是張三丰當眾重施第二遍太極劍時，居然與第一遍的招式大不一樣，幾乎無一招一式相同。這就不僅讓人擔心，緊張而已，實在是叫人如入五里霧中，丈二金剛摸不著頭腦。難怪武藝不低的周顛要大呼「糟糕」，無論如何也不能明白。

其七，軟綿綿、慢吞吞已是叫人擔心，第二遍的招式與第一遍完全不一樣更加一層擔心。最擔心的是，張三丰不問張無忌將劍招記住了多少，卻問「忘掉了多少」。而張無忌居然答道「已忘了一半」，進而「已忘了一大半」，進而「只有三招沒有忘記」，而最後竟是「這可全部忘記了」……如此，又一次，也是最後一次與常理常情背道而馳。大凡使劍總要將劍法記得清清楚楚，使得熟極而流，這才有克敵制勝之機會，怎麼可以連記都記不得呢？而張三丰偏偏正是在張無忌將劍招全部忘記的時候叫他與八臂神劍動手過招！這一下將周顛以及讀者的最後一點點指望都全部摧毀了，將最後一點信心都弄沒了，剩下的只能是徹頭徹尾的糊塗，徹裡徹外的不解，緊張擔心，無以復加。

以上七點，分明都是敗勢，毫無取勝之理，試看張無忌如何對付、又如何取勝？須知這可不是鬧著玩的，武當山眾人性命全繫於此，武當一派的根基聲譽也全繫於此，張無忌及張三丰自己的性命交關更不必說，除非神仙前來救駕。

若是一般的武俠傳奇之書，或者不會如此鋪排，將人逼上死路；或者既如此鋪排，則只能出現神仙救駕的奇蹟。除此兩途，也實在叫人想不出還有什麼妙法來。

可是金庸卻偏偏又一次出人意料，既沒有任何神仙救駕的奇蹟出現，張無忌居然還是取得了勝利。請往下看：

……張無忌左手劍訣斜引，木劍橫過畫個半圓，平搭在倚天劍的劍脊之上，勁力傳出，倚天劍登時一沉。

這兩把兵刃一是寶劍，一是木劍，但平面相交，寶劍和木劍實無分別，張無忌這一招乃是以己之鈍，擋敵之鋒，實已得了太極劍法的精奧。要知張三丰傳給他的乃是「劍意」，而非「劍招」，要他將所見到的劍招忘得半點不剩，才能得其神髓，臨敵時以意馭劍，千變萬化，無窮無盡。倘若尚有一兩招劍法忘不乾淨，心有拘囿，劍法便不能鈍。這意思楊逍、殷天正等高手已隱約懂得，周顛卻終於遜了一籌，這才空自憂急了半天。

這時只聽得殿中哧哧之聲大盛，方東白劍招凌厲狠辣，以極渾厚內力，使極鋒銳利劍，出極精妙招術，青光蕩漾，劍氣瀰漫，殿上眾人便覺有一個大雪團在身前轉動，發出蝕骨寒氣。張無忌的一柄木劍在這團寒光中畫著一個個圓圈，每一招均是以弧形刺出，以弧形收回，他心中竟無半點渣滓，以意運劍，木劍每發一招，便似放出一條細絲，要去纏在倚天寶劍上，這些細絲越積越多，似是積成了一團團絲綿，將倚天劍裹了起來。兩人拆到二百餘招之後，方東白的劍招漸見澀滯，手中寶劍倒似不斷地在增加重量，五斤、六斤、七斤……十斤、二十斤……偶爾一劍刺出，真力運得不足，便被木劍帶著轉運幾個圈子。

方東白越鬥越是害怕，激鬥三百餘招而雙方居然劍鋒不交，那是他生平使劍以來從所未遇之事。對方便如撒出了一張大網，逐步向中央收緊。東方白連換六七套劍術，縱橫變化，奇幻無方，旁觀眾人只瞧得眼都花了。張無忌卻始終持劍畫圓，旁人除了張三丰外，沒一個瞧得出他每一招到底是攻是守。這路太極劍法只是大大小小、正反斜直各種各樣的圓圈，要說招數，可說只有一招，然而這一招卻永是應付不窮。猛聽得方東白朗聲大嘯，鬚眉皆豎，倚天劍中宮疾進，那是竭盡全身主力的孤注一擲，乾坤一擲……！張無忌一驚，左手翻轉，本來捏著劍訣的食中兩指一張，已挾住倚天劍的劍身，右手半截劍向他右臂斫落。劍雖木

> 製，但在他九陽神功運使之下無殊鋼刃。方東白右手運力回奪，倚天劍被對方兩根手指挾住了，猶如鐵鑄，竟是不動分毫，當此情景之下，他除了撒手鬆劍，向後躍開，再無他途可循。……

這一仗竟是張無忌大獲全勝。原本是張無忌擔心倚天劍鋒利無匹，怕方東白將自己的手臂砍下，誰料結果恰恰相反，竟是張無忌用手中的木劍將方東白提著倚天寶劍的右手臂斫了下來。

以上結局可以說完全在意料之外，細思之下卻仍然是在情理之中。作者竟將這「不可能」的情勢轉為了「可能」，竟爾又變可能而成事實，且居然天衣無縫，使人不得不信服。

張無忌的取勝之道，有幾條明顯的理由，是我們所能理解的。

一是張無忌乃是張翠山之子，對武當一派的武學精髓，從小就浸淫其中，最初學武便是以武當武功紮下根基，所以以後學起武當派的功夫來，自是比他人容易百倍。

其二，張無忌經歷奇遇，已學會了幾種當世奇功，諸如九陽真經、乾坤大挪移等等，這不僅使他的功力遠遠超過他人，同時也使他的武學修養與見識非一般人可比。從而使他學起新的武功來，自然而然地就會事半功倍。看起來在這場鬥劍中，張無忌沒有使出九陽真經、乾坤大挪移等奇功，然而有了這些奇學作為基礎，身手自然不凡，這是毫無疑問的。

其三，正在鬥劍之前，張無忌剛剛學會了太極拳，不僅拳理明白，而且經過兩番搏鬥，可以說已將太極拳的精髓掌握在心，而且能得心應手。在他用太極拳與人相鬥之際，張三丰更進一步教他以「用意不用力，太極圓轉，無使斷絕。當得機得勢，令對手其根自斷。一招一式，務須節節貫穿，如長江大河，滔滔不絕」的精妙拳理，這才使他關鍵處一點便透，登時便已領悟、明白了太極圖圓轉不斷，陰陽變化之意。而太極拳、太極劍同為太極功夫，招式有別，其理相通，其意相同。張無忌既已學會了太極拳的拳理與精義，對太極劍自然也就觸類旁通了。

以上是幾點我們能夠在事後推想出來的原因。這幾種原因可以說是相當明顯的，用不著多費心思就能明白。除此之外，張無忌的取勝當還有更深刻、更重要的原因。這些原因恐怕就不是那麼容易理解，尤其不是一看便知的原因了。然惟其如此，這才見出金氏武學思想的深刻精髓，才見出金氏學武之道來。

其四，張無忌雖武功高強，但劍術不精，這是事實。而學劍之難，沒有數十年的勤學苦練不能熟極而流，成為此中高手，這也是事實。然而，關鍵在於這太極劍與前此我們所知遭的一切劍法都是完全不同的，甚至是反其道而行之。一般劍法都講究輕翔靈動，而太極拳則講究圓轉不斷；一般劍法都講究鋒銳剛猛，而太極劍則是以柔克剛，渾然一體；一般劍法都講究招式精妙繁複，機巧變化，而太極劍則「只是大大小小、正反斜直各種各樣的圓圈，要說招術，可說只有一招，然而這一招卻永是應付不窮。」如此奇異的劍法，自必有其奇異的功能。張無忌即便是原先的劍術不高，也並不大礙，相反倒正是歪打正著了。在使太極拳時，張無忌在一開始雖已頗得太極三昧，只因他原來的武功太強，拳招中稜角分明，反而有傷於太極拳那「圓轉不斷」之意。如今學這太極劍，倒恰因為原先劍術不強而學得更加迅速而無障礙了。

其五，張三丰之所以敢於當眾教劍，當著敵手要張無忌學劍，根本原因即在於他們要傳的並非「劍招」，而乃「劍意」。周顛等人以及大部分讀者朋友，始終都是從劍招上去想，當然不可能懂得張三丰及太極劍的武學的高深之處，從而白白地擔了半天心事。

太極劍法的奧妙之處也正在此，它不以劍招取勝，而以其「圓轉不斷、節節貫穿」的劍意取勝，要他將所見到的劍招忘得半點不剩，才能得其精髓，臨敵時以意馭劍，千變萬化，無窮無盡，倘若尚有一二招劍法忘不乾淨，心有所囿，劍法便不能鈍。

這道理看似玄奧，卻並非不通，古人有「得意忘形」之說，此之謂也。即如學習小說創作，真正得道之人，決不會僅從技巧（**招式**）著手，除了剛學作文的中小學生，寫作之時總要想到如何開篇如何結局，真正文章高手則只需立意深刻，則無招無式亦能使文章自成。一心拘泥於文章技巧，只能反會使文章落入下乘。過去的「八股文」最是講究章法、招式，「起、承、轉、合」，一股一式，都要有所規範，結果只能是使文章有形無神，陳腐不堪，害人不淺。如今這太極劍，正如高手文章，不思技巧，僅是立意鮮明，感情充沛，便能如行雲流水、任意所之、又能像長江大河、節節貫穿，不斷不絕，滔滔滾滾，其勢恢宏，人莫能擋。

其六，張無忌拿著一柄假倚天劍，一柄木劍，而他的對手方東白則拿著一柄真正的鋒銳無匹的倚天寶劍，看起來優劣已判，金可剋木。然而，世界萬物，變化無窮，運用得妙，未始不能以鈍擋鋒、以柔克剛。木劍與鐵劍固是不能硬碰硬削，但「平面相交」則了無分別。甚而木劍之柔，可以避其鋒銳，更可以發揮出太極劍的無比威力來。如此，小昭遞上一柄木劍，非但不是不巧，相反正是巧之極矣！

如此，張無忌的「取勝之道」就再也沒有多少可以懷疑的了。早知如此，也就不會為此多擔心事，也不會產生不必要的胡思亂想。

以上所言，正是「大音稀聲，大象無形」的道理。這是中國道家的學術思想，其中也正包含了極深的道。

瞭解太極拳、太極劍的朋友看到上面的文字，大約更會產生共鳴。

中國古代哲學中，常有以「太極——八卦」來象徵和涵蓋天下萬事萬物，包括天地自然、社會人生、文武百業、生老病死、吉凶禍福……等等。有道是：

太極生兩儀，
兩儀生四象，

四象生八卦。

這太極、兩儀、四象、八卦乃是中國古人用來表明天下萬物的根本道理的四個層次的概念。以「八卦」取象於天下萬物——真正象徵天下萬物的其實是「八八六十四卦」（如《易經》）——而四象比八卦更概括，兩儀又比四象涵蓋面更大，太極則是在此一切之上，涵蓋一切，象徵一切，混沌如一，為大道之源。

其他道理，我們不必在此多說。這裡我們還是來談武學。我們既知太極為大道之源，而且又是混沌如一的，正如太極圖（太極雙魚圖）中雙魚實是一而二，二而一，陰陽和合變異，不斷旋轉，以涵蓋天地。所以太極的功夫，可以說正是一種根本的功夫，同時又是一種無招無式的功夫，根本的功夫正是無招無式，如陰陽變異，天地混同，以應萬物。由此可見，金庸的這一段文章，並不是胡編亂造，而是有根有據的。只是其中所含道理之深，一般作者與讀者望而卻步，不容易往這上面去想，不容易往這方面去寫，也不容易往這一方面去看罷了。

無招的武功，以及傳劍時只傳「劍意」不傳「劍招」之說，看似神奇，實則正是高明所在。武功方面的招式，有點像詩詞的格律與文章的章法，有格律規定，寫詩者注意平仄對仗，填詞者注意音韻節奏，作文者注意起承轉合，這在一定的程度上是必需的。也有不少精妙的格律詩，也有不少千古不朽的古詞曲。然而正因其「招式」嚴謹，限制和拘束了詩人的才思情感，所以亦有不少的詩人為其所限，為其所傷。賈島孟郊之流，咬文嚼字，推敲數日，固然有佳話傳世，然而「郊寒島瘦」又怎及得上太白飄逸，有如詩仙？相較於孟郊賈島諸人的「推敲」，李白之詩可以說是「無招」之詩。亦是更高明的詩，不可學的詩，真正的詩。所以近代以來，詩歌自由式的發展，代替了格律詩的興盛，正是減少了不少拘束，正是向「無招」方面進了一大步。再如作文，前面已說到「八股」之弊，以及中小學生的章法雖是必需，卻不可與創造、創作同日而語。一旦進入了創作的層次，這些章法往往就成了一種障礙。正如現代小說藝術大師魯迅先生在談其創作經驗時說到重要的一條，乃是「不看談小說技法之類的書」。這也是無招，或不為招式所囿的意思吧。

由此看來，張三丰果不愧為一代武術宗師，才能一反常規、因材施教，只傳劍意，而不傳劍招，這不但是高明的武學，也是極高明的教育方法。

如今的大學教師、研究生導師們若能如此，則天下幸甚！

十一／風師說劍理分明

無獨有偶。說到「無招」之劍，除了太極劍外，還有「獨孤九劍」。說到高明的教學方法，除了《倚天屠龍記》中的張三丰，還有《笑傲江湖》中的風清揚。

在《笑傲江湖》一書中，風清揚藝高絕世，然已心灰意冷，神情蕭索，早已歸隱。正是天外神龍，見首不見尾。這一日看到華山新秀令狐冲與田伯光鬥劍，喜其靈活聰穎、一片赤子衷腸，所以才將他視為傳人。傳他劍道與劍法——劍法是「獨孤九劍」，劍道則是他本人的學武心得。見於小說第十回〈傳劍〉。

這一回剛開始，風清揚走出來就給令狐冲出了一個大難題，要他將「白虹貫日」、「有鳳來儀」、「金雁橫空」、「截劍式」……等等三十招華山劍法連在一起。這三十招招式令狐冲都曾學過，但出劍的腳步和方位，卻無論如何也連不在一起。令狐冲無法做到，風清揚便說出一番話來：

「唉，蠢才，蠢才！無怪你是岳不群的弟

子，拘泥不化，不知變通。劍術之道，講究如行雲流水，任意所之。你使完那招『白虹貫日』，劍尖向上，難道不會順勢拖下來嗎？劍招中雖沒這等姿勢，難道你不能別出心裁，隨手配合麼？」

只這一番話，就將令狐冲的武功修養提高到了一個嶄新的境界。令狐冲果然得益匪淺，不僅將本來連不起來的招式「隨手配合」地連在了一起，而且還學會了別出心裁、任意所之的精妙方法。由此可見令狐冲果真是聰穎靈活，悟性超人，風清揚沒有看錯人。至於罵他是蠢才，則實是罵「無怪你是岳不群的弟子，拘泥不化，不知變通」。

說起來，這一點兒也不能怪令狐冲，而只能怪岳不群。岳不群教徒弟練劍，講究一絲不苟，一板一眼，標準無誤，當然也就拘泥不化，不知變通了。令狐冲雖天性靈活，聰穎過人，無奈他是華山一派的大師兄，是一眾弟子的班長領袖，不能不做出「三好學生」的表率來，因而即便是死板教條違背他的天性，埋沒了他的靈性，也只能如此。正如中學生、小學生中多少才俊、多少靈性，無奈中考、高考都要按照標準答案來。無怪乎高分低能大有人在，他們的老師也只能無可奈何。更有沒頭腦的老師，反倒以為這拘泥不化、不知變通的死記硬背是學到了真功夫。這一話題牽涉太廣，這裡暫不多說。

且說令狐冲將華山劍法的三十招連在一起，與田伯光對敵，果然支撐了三十招而未敗。但此時畢竟功力不如，田伯光將令狐冲的長劍打脫，一氣之下，扼住了令狐冲的喉頭，使令狐冲滿臉紫脹。這時風清揚又出言指點：

……「蠢才！手指便是劍。那招『金玉滿堂』，定要用劍才能使嗎？」

令狐冲腦海中如電光一閃，右手五指疾刺，正是一招「金玉滿堂」，中指和食指戳在田伯光胸口的「膻中穴」上。田伯光悶哼一聲，委頓在地，抓住令狐冲喉頭的手指登時鬆了。

令狐冲沒想到自己隨手這麼一戳，竟將一個名動江湖的「萬里獨行」田伯光輕輕易易地便點倒在地……

直到這時，令狐冲對風清揚才真正佩服到了極點，正式認了這個只知其名、未見其面的太師叔。因為這位風清揚太師叔隨便指點幾句，便使他的功力修養見識都翻了幾番，到達了一個全新的境界。要說「手指就是劍」這句話雖是簡單之極，然而在一向拘泥成規，不會變通的人心目中，卻無異於異想天開之難。正如兒童雖知道八加一等於九，卻並不一定知道四加五等於九，和三加六等於九，更不知十減一等於九，尤其不知「三乘三等於九和廿七除以三等於九。一旦明白了這些，便是學會了變通之道，又何須去死記硬背?!

令狐冲本是一塊大好材料，卻讓乃師岳不群教得變成了蠢牛木馬，以至於只知手指是手指，劍法是劍法，卻想不到危急關頭，手指也可以當成劍使出來。難怪風清揚要大罵「岳不群那小子，當真是狗屁不通」了。令狐冲從師練劍十餘年，每一次練習，總是全心全意的打起精神，不敢有絲毫怠忽，岳不群訓徒極嚴，眾弟子練拳使劍，舉手提足間只要稍離了尺寸法度，他便立加糾正，每一個招式總是要練得十全十美，沒半點錯誤，方能得到他點頭認可。沒料到風清揚教劍卻全然相反。對此，寫得書中寫得清清楚楚，精妙非常：

……風清揚指著石壁上華山派劍法的圖形，說道：「這些招數確是本派劍法的絕招，其中泰半已經失傳，連岳……岳……嘿嘿……連你師父也不知道。只是招數雖妙，一招招的分開來使，終究能給旁人破了……」

令狐冲聽到這裡，心中一動，隱隱想到了一層劍術的至理，不由得臉現狂喜之色。風清揚道：「你明白了什麼？說給我聽聽。」令狐冲道：「大師叔是不是說，要是各招渾成，敵人便無法可破？」

風清揚點了點頭，甚是歡喜，說道：「我原說你資質不錯，果然悟性極高。這些魔教長老……」

……風清揚又道：「單以武學而論，這些魔教長老們也不能說真正已窺上乘武學之門，他們不懂得，招數是死的，發招之人卻是活的。死招數破得再妙，遇上了活招數免不了縛手縛腳，只有任人屠戮。這個『活』字，你要牢牢記住了。學招時要活學，使招時要活使。倘若拘泥不化，便練熟了幾千幾萬手絕招，遇上了真正高手，終究還是給人家破得乾乾淨淨。」

令狐冲大喜，他生性飛揚佻脫，風清揚這幾句話當真說到了他心坎裡去，連稱：「是，是！須得活學活使，」

風清揚道：「五嶽劍派中各有無數蠢才，以為將師父傳下來的招數學得精熟，自然而然便成高手，哼哼，熟讀唐詩三百首，不會吟詩也會吟！熟讀了人家詩句，做幾首打油詩是可以的，但若不能自出機抒，能成大詩人麼？」……

……風清揚道：「活學活使，只是第一步。要做到出手無招。那才是真正踏入了高手的境界。你說『各招渾成，敵人便無法可破』，這句話還只說對了一小半，不是『渾成』，而是根本無招。你的劍招使得再渾成，只要有跡可尋，敵人便有隙可乘。但如你根本無招式，敵人如何來破你的招式？」

令狐冲一顆心怦怦亂跳，手心發熱，喃喃地道：「根本無招，如何可破？根本無招，如何可破？」陡然之間，眼前出現了一個生平從所未見，連做夢也想不到的新天地。

風清揚道：「要切肉，總得有肉可切，要斬柴，總得有柴可斬；敵人要破你劍招，你須得有劍招給人家來破才成。一個從未學過武功的常人，拿了劍亂揮亂舞，你見聞再博，也猜不到他下一劍要刺向哪裡，砍向何處。就算是劍術至精之人，也破不了他的招式，只因並無招式，『破招』兩字，便談不上了。只是不曾學過武功之人雖無招式，卻會給人輕而易舉的打倒。真正上乘的劍術，則是能制人而決不能為人所制。」

……風清揚微笑道：「沒有錯，沒有錯。你這小子心思活潑，很對我的脾胃。只是現下時候不多了，你將這華山派的三十四招融會貫通，設想如何一氣呵成，然後全部將它忘了，忘得乾乾淨淨，一招也不可留在心中。待會便以什麼招數也沒有的華山劍法，去跟田伯光打。」……

……風清揚道：「一切須當順其自然，行乎其不得不行，止乎其不得不止，倘若串不成一起，也就罷了，總之不可有半點勉強。」

以上風清揚老師說劍論武，清楚明白，層次分明，深入淺出，字字珠璣。想來大家都是能看得懂的，不必再做任何多餘的解釋。

這一段風師說劍，正可與張三丰教劍互釋互詮。「太極無招」的道理在《倚天屠龍記》中也許尚不能完全清楚明白。看了風清揚對令狐冲的這段說劍，對「無招勝有招」的道理應該是懂了。

風清揚對令狐冲的這段話，與其說是劍術，不如說是武學。進而，與其說是武學，更不如說是在武學之上的學習方法論。

風清揚談劍說武言學，其根本點只一個「活」字。無論是風清揚教令狐冲將不可連的招式隨手配合地連在一起，還是要令狐冲在非常情況下以手代劍，這都在一個「活」字。

「活學活用」固是劍術、武學的關鍵性方法原則，又何嘗不是一切學術的方法原則？向來民間有「熟讀唐詩三百首，不會寫詩也會吟」的說法，常使人奉為圭臬，以為這就是學藝之道，不想竟在這裡被風清揚所批駁。想一想也確實如此，先是熟讀人家的詩句，倘若不能融會貫通而自出機抒，確實至多只能做幾首打油詩出來，決不可能成為真正的詩人，尤其不可能成為真正的大詩人。

「活學活用」的反面便是拘泥成法，不會變通，死記硬背，或者說是「本本主義」或「教條主義」。其危害之處不消細說。學習任何知識、專業都是如此，用風清揚的話說，便是「學招時要活學，使招時要活使。倘若拘泥不化，便練熟了幾千幾萬手絕招，遇上了真正的高手，終究還是給人家破得乾乾淨淨。」學武是如此，學文、學理也是如此，若只會死記硬背，又怎樣創造發明成為有用之才？

「活學活用」的精髓正是「得其劍意，忘其劍招」，亦就是「得其意而忘其形」；在武學上，只有這樣，才能做到無招，才能使人無法看出破綻，從而別人破招便無從破起。這種克敵制勝的方針，運用到其他的學業上，道理也是一樣的。在科學史上，曾有過一段傳奇故事（當然是編造的段子），發明家愛迪生要招發明研究所的研究人員，科學家愛因斯坦得到一張考卷。愛因斯坦的答案非常獨特，在許多題目後面不是填上直接的答案，而是寫上「可查×××辭典」。結果愛因斯坦當然不可能被錄取，但他說了一句很有意思的話，即「我的腦子裡不記那些可以在辭典中查到的東西」。他當然更不會記那些沒有用的東西了。這一段傳奇故事不論真假，大抵上與「得其劍意、忘其劍招」一樣的道理。

風清揚老師最後的幾段話，即如「你將這華山派的三十四招融會貫通，設想如何一氣呵成然後全部將它忘了，忘得乾乾淨淨，一招也不可留在心中。待會便以什麼招數也沒有的華山劍法。去跟田光伯打。」這句話看起來有些難以理解，甚至看些矛盾，如什麼叫「什麼招數也沒有的華山劍法」？看起來費解，實際上卻正符合人類學習的階段性、人類記憶的層次性等等根本特性。

第一階段層次是學招，這需要一招一招地學，一招一招地記。

第二個階段層次則是要將各招之間連成一氣，連成一個整體或者體系結構，這時一招一式本身的意義與作用就不是那麼大了。體系的意義才是關鍵，如果還是拘泥於一招一式，那便難以融合貫通。若能一氣呵成融會貫通，那麼一招一式的知識就會慢慢地被遺忘。

第三個階段層次也就正是建立在這「必要的遺忘」的基礎上，因為只有將這些招式忘掉，才能達到一種自由創造的境界，才能夠發揮其整體的作用、體系與結構的作用，所以這對一招一式的遺忘乃是一種必要的遺忘。一般人只懂得「必要的記憶」這句話，卻不懂得「必要的遺忘」這句話，那不是真正會學習的人。因為他們不真正瞭解人類大腦記憶與運行的規律。

第四階段層次便已進入創造與使用階段，這也是一個嶄新的層次。如《倚天屠龍記》一書中所寫，「要他將所見到的招式忘得半點不剩，才能得其精髓，臨敵時以意馭劍，千變萬化，無窮無盡。倘若尚有一兩招劍法忘不乾淨，心有拘囿，劍法便不能鈍」。也可以說，這正是我們學習的目的。

風清揚的最後一段話可視為他說劍論武的「總綱」，即「一切須當順其自然。行乎其不得不行，止乎其不得不止，倘若串不成一起，也就罷了，總之不可有半點勉強。」這才是「活」的目的，也是「活學活用」的具體方法原則。倘若能做到順其自然，行乎其不得不行止乎其不得不止，這就真正達到了自由的境界，亦正是「活」的精髓。

關於風師說劍以及「活學活用」，我們還要做最後的一點補充。即，風清揚老師說劍，恐怕只能說給大學本科以上的研究生聽。他只適合給研究生上課，而不一定適合給中等水準的學生上課，尤其不能給中、小學生上課。

《笑傲江湖》一書中的風清揚是「華山劍宗」的代表人物，而「華山劍宗」在書中是有些邪氣的。至少在「華山氣宗」的岳不群等人眼裡看來是這樣。氣宗與劍宗的區別是

「以氣為主」與「以劍為主」的區別；還有一個區別是氣宗主張穩紮根基，甚至不惜拘泥成法而不求靈活。劍宗則相反，一意求奇求巧，以招術取勝，這樣不免其內功基礎不夠扎實。這兩派的不可調和的矛盾，我們在以後的章節中再說。這裡只說風清揚教令狐冲使劍，大罵岳不群「不是東西」當然有他的道理。但風清揚是否想到過，倘若不是岳不群讓令狐冲一板一眼地扎扎實實地打了十餘年的基礎，令狐冲又怎能靠一味的「活」字來進入一流境界？

結合《碧血劍》中穆人清教袁承志「長拳十段錦」我們就會明白，扎實基礎與活學活用是應該同時提倡，不可偏廢的，走入任何一個極端都不可能進入一流的境界。像岳不群的弟子那樣拘泥不化、不知變通固然可惜而又可怕，但若是一味的靈活，乃至變成無根基的無招，豈不更是可怕而又可惜。當今之世，拘泥不化死記硬背的人固然很多，然而不學無術卻滿口新詞的人卻也不少。所以都應引以為戒。若是要在這二者之間找一個折衷的辦法，那就只能讓岳不群去教「中學」初級班，而讓風清揚去教大學高級研究生班。這樣兩相結合，才不至於偏廢。

總而言之，喜歡令狐冲也喜歡風清揚的朋友，切不可以為令狐冲在見到風清揚之前的十幾年中的一招一式的勤學苦練不僅全是白練，甚而還有害。實際上不完全是那樣的。若不是有那十幾年的苦練的扎實基礎，令狐冲想要「忘其劍招」也無從「忘」起。要忘掉一種東西，首先你要曾經記住過。這才有意義，才會發生作用。倘若從來不曾記得過什麼，那又怎麼可能成為真正的一流人才呢。

說到「獨孤九劍」，其實只是一種藝術的渲染，而沒有多少學術的價值，〈傳劍〉這一回雖說主要是寫風清揚將一套「獨孤九劍」傳給令狐冲，從而使令狐冲真正進入超一流高手。然而真正「說劍」的內容其，學術理論部分在具體傳授獨孤九劍之前就已完成了，即我們上面的引文中雖然還沒提到獨孤九劍，卻已將獨孤九劍的理論全部剖析交代明白。

小說中提到獨孤九劍的第一招「總訣式」有三百六十種變化，諸如「歸妹趨無妄，無妄趨同人，同人趨大有。甲轉丙，丙轉庚，庚轉癸，子丑之交，辰巳之交，午未之交，風雷是一變；山澤是一變，水火是一變，乾坤相激，震兌相激，離巽相激。三增而成五，五增而成九……」云云，只不過從古書《周易》中抄來，略加變化，裝神弄鬼而已。「歸妹」「無妄」「大有」等，是《易》六十四卦中的三個方位。其餘內容亦由此隨手配合而成。這《周易》一書的精髓，只是言一變字，即易也。作者既選出「獨孤九劍」，又說其「總訣式」中有三百六十種變化，就來一段《易》的內容，極言其變。如此而已。

至於這「獨孤九劍」的九招即「總訣式」、「破劍式」、「破刀式」、「破槍式」、「破鞭式」、「破索式」、「破掌式」、「破箭式」、「破氣式」，都是「徒有其名」而已，其「實」則是一種大膽的藝術想像，需要讀者去配合完成。

不過，風清揚在說劍的過程中，也還是夾帶了許多「學理」的內容。「獨孤九劍」可以是藝術虛構，但其中的一些學理卻也是值得我們三思的。

例如風清揚在詳言「破刀式」時說到「這第三招『破刀式』講究以輕禦重，以快制慢」，令狐冲便總結出「料敵機先」四字訣，深得風清揚的歡心。又如令狐冲問及「何以這種種變化，盡是進手招數，只攻不守？」風清揚道：「獨孤九劍，有進無退！招招都是進攻，攻敵之不得不守，自己當然不用守了。創制這套劍法的獨孤求敗前輩，名字叫做『求敗』，他老人家畢生想求一敗而不可得，這套劍法施展出來，天下無敵，又何必守？」……這些談論，對話中，也都或多或少地包含了一些合理的內容，而不純是藝術的虛構與誇張。

「獨孤九劍」的原則之一是料敵機先，之二則是有進無退，是一種積極攻擊型的劍法。與「太極劍」的後發制人及以守為攻的原則恰好相反。這正是此有此文章，彼有彼道理，更需要活學活用，不可拘泥。世間本無絕對的真理，亦無絕對正確的唯一有效的方法原則。究竟是應料敵機先，還是應後發制人，是應有進無退，還是以守為攻，那就要看具體場合、具體的人（**包括持劍者本人及對手雙方**）情況而定了。正如風清揚所說：「人使劍法，不是劍法使人」劍法是死的，人是活的，活人不可給死劍法所拘。倘若不能人使劍法活學活用，再高明的劍法也會變成無用的劍法、死劍法。反之亦然。

在教完這套「獨孤九劍」之後，風清揚即將離去，小說中如是寫道：

……令狐冲越是學得多，越覺這九劍之中變化無窮，不知要有多少時日，方能探索到其中全部奧妙，聽太師叔要自己苦練二十年，絲毫不覺驚異，再拜受教，說道：「徒孫倘能在二十年之中，通解獨孤老前輩當年創制這九劍的遺意，那是大喜過望了。」

風清揚道：「你倒也不可妄自菲薄，獨孤大俠是絕頂聰明之人，學他的劍法，要旨是在一個『悟』字，決不在死記硬記。等到通曉了這九劍的劍意，則無所施而不可，便是將全部變化盡數忘記，也不相干，臨敵之際，更是忘得越乾淨徹底，越不受原來劍法的拘束。你資質甚好，正是練這套劍法的材料。何況當今之世，真有什麼了不起的英雄人物，嘿嘿，只怕也未必。以後好好用功，我可要去了。」

這一段對話是「說劍」一回的總結。說完一席話後，風清揚便再度銷聲匿跡了，誰也不知其所終，因此，上一段話，是他留給令狐冲的最後一段話，值得大家格外仔細的品味。

十二／獨孤遺旨在劍墳

金庸創造了許許多多奇異的人物，使人一見難忘，也許最令人難忘的人物並非是活著的人，而竟是幾位死了的人。《射鵰英雄傳》中五絕之首，當時公認的天下第一高手、全真教主「中神通」王重陽是一個，《碧血劍》中亦正亦邪、亦狂亦俠、武功高絕的「金蛇郎君」夏雪宜是一個；《神鵰俠侶》、《笑傲江湖》兩部書中都提到的打遍天下無敵手、一生求敗而不得的「劍魔」獨孤求敗又是一個。

在上一章節中，我們通過風清揚「說劍」，論及的「獨孤九劍」，正是那「劍魔」獨孤求敗所創。這是一種包羅萬象且聰明絕頂的武功。只可惜風清揚（亦可說是作者金庸）語焉不詳，我們無法一睹那奇異的「獨孤九劍」的全部內容，那是作者故意如此的，因為「獨孤九劍」乃是一種藝術，要留著給讀者去想像。

遺憾的是，風清揚說劍傳劍，都只是口傳心授，「獨孤九劍」也只聞其名而不見其面，我們只能得到一番藝術感受，卻不能得到其劍譜秘笈，以供研究。從而無法明瞭獨孤求敗這一絕世高手的武學的真正學術秘奧。

不過，《神鵰俠侶》中的楊過在無意之中發現了獨孤求敗的埋劍處即「獨孤劍塚」，其中有獨孤大俠留下的遺旨數條，無心的讀者也許會當面錯過，不以為意。有心的讀者則能在此劍塚遺刻之中，發現獨孤大俠的武學的若干耐人尋味的內容。且恭錄如下：

……只見大石上「劍塚」兩個大字之旁，尚有兩行字體較小的石刻：

「劍魔獨孤求敗既無敵於天下，乃埋劍於斯。」

「嗚呼！群雄束手，長劍空利，不亦悲夫！」

楊過又驚又羨，只覺這位前輩傲視當世，獨往獨來，與自己性子實有許多相似之處，但說到打遍天下無敵手，自己如何可及……瞧著兩行石刻出了一會神，低下頭來，只見許多石塊堆著一個大墳。這墳背向山谷俯仰空闊，別說劍魔本人如何英雄，單是這座劍塚便已占盡形勢，想見此人文武全才，抱負非常，但恨生得晚了，無緣得見這位前輩英雄……

……但見神鵰雙爪起落不停，不多時便搬開塚上石塊，露出並列著的三柄長劍，在第一、第二兩把劍之間，另有一塊長條石片。三柄劍和石片並列於一塊大青石上。

楊過提起右首第一柄劍，只見劍下的石上刻有兩行小字：

「凌厲剛猛，無堅不摧，弱冠前以之與河朔群雄爭鋒。」

再看那劍時，見長約四尺，青光閃閃，確是利器。他將劍放回原處，拿起長條石片，見石片下的青石上也刻有兩行小字：

「紫薇軟劍，三十歲前所用，誤傷義士不祥，乃棄之深谷。」

楊過心想：「這裡少了一把劍，原來是給他拋棄了。不知如何誤傷義士，這故事多半永遠無人知曉了。」出了一會神，再伸手去拿第二柄劍，只提起數尺，嗆啷一聲，竟然脫手掉下，在石上一碰，火花四濺，不禁嚇了一跳。

原來那劍黑黝黝的毫無異狀，卻是沉重之極，三尺多長的一把劍，重量竟自不下七八十斤，比之戰陣上最沉重的金刀大戟尤重數倍。楊過提起時如何想得到，出乎不意的手上一沉，便拿捏不住，於是再俯身拿起，這次有了防備，拿起七八十斤的重物自是不當一回事。見那劍兩邊劍鋒都是鈍口，劍尖更圓圓的似個半球，心想：「此劍如此沉重，又怎能使得靈便？何況劍尖鋒口都不開口，也算得奇了。」看劍下的石刻時，見兩行小字道：

「重劍無鋒，大巧不工。四十歲前恃之橫行天下。」

楊過喃喃念著「重劍無鋒，大巧不工」八字，心中似有所悟，但想世間劍術，不論那一派的變化如何不同，總以輕靈迅疾為尚，這柄重劍不知怎生使法，想懷昔賢，不禁神馳。

過了良久，才放下重劍，去取第三柄劍，這一次又上了個當。他只道這劍定然猶重前劍，因此提劍時力運左臂。哪知拿在手裡卻輕飄飄的渾似無物，凝神一看，原來是柄木劍。年深日久，劍身劍柄均已腐朽，但見劍下的石刻道：

「四十歲後，不滯於物，草木竹石均可為劍。自此精修，漸進於無劍勝有劍之境。」

他將木劍恭恭敬敬的放於原處，浩然長嘆，說道：「前輩神技，令人難以想像。」心想青石板之下不知是否留有劍譜之類遺物，於是伸手抓住石板向上掀起，見石板下已是山壁的堅岩，別無他物，不由得微感失望。

「劍塚」是地地道道的劍塚，只有幾柄劍，幾條遺刻，如此而已，並沒有劍譜秘笈及其他武學的秘本，難怪楊過見此要不由得微感失望。恐怕大多數讀者的心情正與楊過此時的心情差不多。

但獨孤求敗實際上還是給我們留下了深刻的武學秘訣或學武的啟示。這啟示正是由那幾柄劍、幾條石刻所組成。

一般都認為，要想獲得武學的訣要，最直接的辦法是獲得神功秘笈，其次則是聽武學高手論武說法；其次是「名師出高徒」，最次也要看人家動手過招，以便從中或學或悟到那麼一招半式。這些當然都是不錯的，一般的書中也都是這麼寫的，前面的文章章節中也正是按照這種路子來的。

極少有人想到從武士的兵刃上（比如劍）能感悟到什麼。

只有金庸另闢蹊徑，常常在武學的敘述描寫之中別開生面。

這一獨孤求敗的劍塚便是一個鮮明的例子。

這一劍塚之中所埋的何止是幾柄劍？它所埋葬的是一位絕世高手一生習武的歷史。弱冠（二十歲弱冠之年）之前如何如何；三十歲之前如何如何；四十歲之前如何如何，四十歲之後又如何如何……獨孤求敗的一生的經歷、感想、嘆息都埋在劍塚之中。因為他是「劍魔」，正是為劍而生。劍就是他的靈魂，也是他生命的寄託，只有一個愛劍勝於自己的生命的人，才能夠去為了劍道而去「求敗」；只有一位將劍看得比生命還重的人，才能將劍珍藏在這俯仰空闊的山巔，而他自己的遺體卻不知所終。同時，也只有這樣的一位「劍魔」才能夠研盡「劍道」獲得劍道的最深的秘奧，因此，他所說的「劍魔獨孤求敗既無敵於天下，乃埋劍於斯」以及「嗚呼！群雄束手，長劍空利，不亦悲夫！」這話是真正可信的。他之「悲夫」是真的悲哀，這不僅是求敗而不能的悲哀，更是因天下無敵從而也就失去了生命的價值的悲哀，這是一種到達生命與劍道的絕頂之境的悲哀，是一種絕對的孤獨的悲哀……因之，這樣的人留下的一切都是值得我們萬分珍惜的。這樣的人留下的遺刻，是比一切神功秘笈都更寶貴也更深刻的。

這劍塚中所埋藏的不僅是劍，也不僅僅是獨孤求敗愛劍成魔的一生輝煌而又孤獨寂寞的歷史。這劍塚中——劍塚的獨孤遺刻——也展示了獨孤求敗對自己的劍道的心得總結，展示了學劍及學武的各種不同的階段，不同的層次以及不同的境界。

——第一柄劍：「凌厲剛猛，無堅不摧，弱冠前以之與河朔群雄爭鋒。」這一柄劍代表了一個時代（二十歲之前），也代表了一種劍藝的層次與境界：凌厲剛猛，無堅不摧。

——第二柄劍：「紫薇軟劍，三十歲前所用誤傷義士不祥，乃棄之深谷。」這柄劍也同樣代表了一個時代（三十歲前），也代表了一種劍藝的新層次與新境界，此劍既名「紫薇軟劍」，可知不會是主「凌厲剛猛」，而是主軟，主其光滑靈動、主其柔與巧。

——第三柄劍：「重劍無鋒，大巧不工。四十歲前持之橫行天下。」同樣，這又是一個時代，也是一種全新的劍藝境界，曰：「重劍無鋒，大巧不工。」這是對柔軟靈巧的一種反駁與昇華的境界。

——第四柄劍：「四十歲後，不滯於物，草木竹石均可為劍。自此精修，漸進於無劍勝有劍之境。」這同樣是一個時代，且是一種最高的絕頂境界，曰返樸歸真，曰不滯於物，曰無劍勝有劍。

好一個獨孤求敗！真不愧稱「劍魔」，如同神人一般，相比之下，令狐冲之流，乃至風清揚之輩何足道哉。被風清揚、令狐冲視為圭臬至寶的「獨孤九劍」簡直不值一哂。由以上劍塚遺刻推之，「獨孤九劍」至多是獨孤求敗在二十歲至三十歲之間所創的劍法。「獨孤九劍」亦不過凌厲剛猛、無堅不摧（有進無退）與柔軟機巧、靈動異常（活學活用、有招無招）之間而已，遠未達到「重劍無鋒，大巧不工」的境界；至於「不滯於物，草木竹石均可為劍」以及「無劍勝有劍之境」，那是連想也不能想到的。

確實，凡人學劍，多半只求其凌厲剛猛、無堅不摧而已。若有人能達到由剛轉柔、以柔克剛、機巧靈動，那已是世間少有的絕頂功夫了，後面的兩重境界，至多只能想像意會而已，有些人則連想像也無法企及。

也正因如此，劍魔才稱得上是神人，獨孤求敗才稱得上是當世無敵。他所創下的這四重境界的歷史紀錄，將成為武士劍客的理想目標，會永遠激勵晚生後輩刻若磨練。苦海無涯，劍藝無窮，凡夫俗子，井底之蛙，焉知海闊天空，學無止境。

獨孤求敗雖早已逝世，但他一生學藝所開創的四重境界卻並非神話。劍塚尚存，重劍尚存，遺刻尚存、神鵰尚在，《神鵰俠侶》的主人公楊過在獨孤求敗故友神鵰的幫助之下，將劍魔當年學藝的境界一一經歷，被作者金庸清清楚楚地記在書中。

楊過的性格與獨孤求敗大約確有幾分相似。少年楊過，年輕氣盛，寧折不彎，正是凌厲剛猛的脾氣。在桃花島與武氏兄弟鬥毆時已可見一斑，而在終南山全真教中罵師叛教，更給人留了深刻的印象。彼時楊過的武功實不足一哂，但其剛猛凌厲之氣卻已初見端倪，勢不可擋，無堅不摧。

在活死人墓中師承小龍女，成為古墓派傳人之後，楊過進入了紫薇軟劍的時代。雖依然是性情偏激，卻已然聰慧發露，學習了至靈至巧至美至柔的古墓派武功，步入江湖，已足夠獨當一面，讓人側目而識。有趣的是，為報殺父之仇，他險些錯殺郭靖，險些「誤傷義士」，幸而懸崖勒馬、恍然有大悟，這才避免了當年獨孤求敗誤傷義士的終身遺憾。至此，楊過的經歷還不算太過神奇。

自從結識神鵰，發現獨孤求敗的劍塚之後，楊過開始步入他習武學藝的第三層境界，開始了悟「重劍無鋒，大巧不工」的妙諦。書中如是寫道：

……他俯身提起重劍，竟似輕了幾分。便在此時，那神鵰咕的一聲，又是展翅擊了過來。

……楊過無意中叫了那句「你不能當我是獨孤大俠」，轉念一想。此雕長期伴隨獨孤前輩，瞧牠撲啄趨避間，隱隱然有武學家教，多半獨孤前輩寂居荒谷，無聊之時便當牠是過招的對手。獨孤前輩屍骨已朽，絕世武功便此湮沒，但從此鵰身上，或能尋到這位前輩大師的一些遺風典型，想到此處，心中轉喜，站起身來，叫道：「鵰兄，劍招又來啦！」重劍疾刺，指向神鵰胸間，神鵰左翅橫展擋住，右翅猛擊過來。

……如此練劍數日，楊過提著重劍時，手上已不如先前沉重，擊刺揮掠，漸感得心應手。同時越來越覺以前所學劍術變化太繁，花巧太多，想到獨孤求敗在青石上所留「重劍無鋒，大巧不工」八字，其中境界，遠勝世上諸般最巧妙的劍招。他一面和神鵰搏擊，一面凝思劍招的去勢回路，但覺越是平平無奇的劍招，對方越難抗禦。比如挺劍直刺，只要勁力強猛，威力遠比玉女劍法獸變幻奇妙的劍招更大。

因神鵰而學絕藝、得重劍、悟大道，這看起來似乎離奇，也果然離奇。不過卻又奇而至真，楊過這番經歷雖然不無奇巧，但他的感悟卻是真實的。至後來雨中練劍、溪中練劍、雪中練劍，雖然表面離奇誇張，內裡的「道」卻是真實可信的。如書中所寫：

……當晚他竟不安睡，在水中悟得了許多順刺、逆擊、橫削、倒辟的劍理，到這時方始大悟，以此使劍，真是無堅不摧，劍上何必有鋒？但若非這一柄比平常長劍重了數十倍的重劍這門劍法也施展不出，尋常利劍只須拿在手裡輕輕一抖，勁力未發，劍刃便早斷了。

其時大雨初歇，晴空一碧，新月的銀光灑在林木溪水之上。楊過瞧著山洪奔騰而下，心通其理，手精其術，知道重劍的劍法已盡於此，不必再練，便是劍魔復生，所能傳授的劍術也不過如此而已。將來內力日長，所用之劍便可日輕，終於使木劍如使重劍，那只是功力自淺而深，全仗自己修為，至於劍術，卻至此而達止境……

楊過的這番感慨，果然不錯。只是「達於止境」，卻又未必。到達這重境界之後，楊過帶著重劍，縱橫江湖，一劍將金輪法王師徒壓在地上，應該是到了無敵的境地。可是，小說卻仍不止於此，在小龍女跳入深潭之後，楊過再赴深谷，被神鵰引入海邊，又開了一種練習武功的新天地。書中寫道：

……他站在海邊石上，遠眺茫茫大海，眼見波濤洶湧，心中憂喜交集，過不多時，耳聽得遠潮隆隆，聲如悶雷，連續不斷。他幼時曾在桃花島上住過，知道海邊潮汐有信，每日子午兩次各漲一次，這時紅日當空，想來又是潮漲之時。潮聲愈來愈響，轟轟發發，便如千萬隻馬蹄同時敲打地面一般，但見一條白線向著海岸急沖而來，這一股聲勢，比之雷震電轟更是厲害，楊過見天地間竟有如斯之威，臉上不禁變色。

一轉瞬間，海潮已沖至身前，似欲撲上岩來。楊過縱身後躍，實覺背心一股極大的勁力推到，正是神鵰展翅撲擊。他身在半空，不由自主，撲通一聲，跌入滔天白浪之中，但覺口中一鹹，喝下兩口海水。

此時處境甚危，幸好在山洪之中習劍已久，當即打個「千斤墜」，在海底石上牢牢釘住身軀。海面上波濤山立，海底卻較為平靜。他略一凝神，已明其理：「原來鵰兄引我到海畔來，要我在怒濤中練劍。」當下雙足一點，竄出海面，勁風撲臉，迎頭一股小山般的大浪當頭蓋下。他右臂使勁在水中一按，躍過浪頭，急吸一口長氣，重又回入海底。

如此反覆換氣，待狂潮消退，他也累得臉色蒼白。當晚子時潮水又至，他攜了木劍，躍入白浪中揮舞，但覺潮水之力四面八方齊至，渾不如山洪般只是自上沖下，每當抵禦不住，便潛入海底暫且躲避。

似此每日習練兩次，未及一月，自覺功力大進，若在旱地上手持木劍擊刺，隱隱似有潮湧之聲。此後神鵰與他撲擊為戲，便避開木劍正面，不敢以翅相接。

……春去秋來，歲月如流，楊過日日在海潮之中練劍，日夕如是，寒暑不問。木劍擊刺之聲越練越響，到後來竟有轟轟之聲，響了數月，劍聲卻漸漸輕了，終於寂然無聲。又練數月，劍聲復又漸響，自此從輕而響，從響而輕，反覆七次，終於欲輕則輕，欲響則響，練到這地步時，屈指算來在海邊已有六年了。

這時候楊過手仗木劍，在海潮中迎波擊刺，劍上所發勁風已可與撲面巨浪相拒，神鵰縱然力道驚人，也已擋不住他木劍的三招兩式，這時他方體會到獨孤求敗暮年的心境：「以此劍術天下還有誰人能與抗乎？無怪獨孤前輩自傷寂寞，埋劍空谷。」……

以上這段文字，我們只能想像而意會。楊過種種練劍的方式，都是對獨孤求敗當年不同境界的一種體驗。「境界」這東西，只能意會中體驗與感悟，很難分析與言傳，至於練武之人能否真的像獨孤求敗、楊過這樣在大雨、山洪、雪花、海潮中練劍，我們無法去追究，也完全沒有必要去追究。神鵰、蛇膽之說，顯是傳奇家言，但在小說之中應景應情，也未嘗不可以信其象徵。楊過在海潮之中——海潮之說極言其大、廣、重、猛、難。練劍，且能夠丟掉重劍而以木劍與海潮相擊，這顯然已到了獨孤求敗的「不滯與物，草木竹石皆可為劍」的境界。而後又「自輕至響，自響至輕，終於達到了欲輕則輕，欲響則響」的程度，則已真正地到達了「以無劍勝有劍」的境地。正如武俠小說中向有內功極致，能夠做到「飛花摘葉，傷人立死」的傳說，大約正是對這種境地的描述。這當然是一種想像和誇張，人類的「內力」無論如何也不能飛花摘葉、傷人立死的。然而，這又是一種深刻的寓言和生動的象徵。

所有的這些，其實都只能從其象徵意義上去理解了悟。而不能僅從表面的可能性上去懷疑或否定，當然也不能就相信了小說中的表面文章。

上述獨孤求敗的四柄劍代表了四種劍術的境界，同時也表示了他的四種年齡階段，亦表示著他的四種人生境界。只有將劍藝的境界與人生的境界聯繫起來，我們才能真正地領會小說中的人物形象的真義。

同時，只有將二者聯繫起來，我們才能夠真正地領悟其劍藝的不同境界。因為這不僅是劍的境界，更是人的境界。因為一個真正的劍士的生命與人生是與劍完全結合在一起，須臾不可分離的。

獨孤已逝，楊過尚在，我們從楊過的人生經歷與武學境界的緊密契合中，能更深地領會書中的真義，參悟人生與劍術合一的至高的境界。當楊過練成「重劍」，其時人已獨臂，滿心孤苦，依然性情偏激孤傲。只是其言其行大有重劍無鋒之勢，已經不再似剛離古墓時那般花巧。而一旦練成了木劍，進而「無劍勝有劍」之後，楊過的人生及其性格真正地徹底改變了。自小說的第三十三回〈風陵夜話〉開始，楊過已完全不似已往的偏激、機巧、佻脫，而是本色、謙恭、將世間不平盡皆鏟去，卻始終不留姓名，只以「神鵰俠」名之，甚至連自己的真姓名、真形象也不多露……這些對楊過來說可謂是徹頭徹尾的改觀，只因他的劍藝與他的人生都已到了頂峰極境的「孤獨」之界。

只有獨孤求敗和楊過這樣的人才能夠練成武功的極境，因為他們將劍視為自己的生命的寄託。「熱愛是最好的老師」，「為伊消得人憔悴，衣帶漸寬終不悔。」這是他們的最根本的奧秘。

至於從「剛猛凌厲」而至「柔軟機巧」進而「大巧不工」進而「不滯於物」進而「無劍勝有劍」這種種境界，都只能在熱愛的前提之下，才能真正理解，進而真正達到。

如前所述，這不僅僅是劍術的幾種境界，也可以是文章與學術的境界。

這不僅僅是書中人獨孤求敗與楊過的人生境界，也可以是每一位讀者的人生境界的圖示。

十三／

功分正邪上下乘

武俠小說的敘述模式中，正邪之分（包括善與惡、俠與盜、好人與壞人）是最基本的一條敘事原則和情節線索。

一般說來，人物的正與邪只是人的性格品質的分野，與其所學的武功並無多大的關係。例如《書劍恩仇錄》中的張召重，雖是一位人所共憤的反派人物，可他的武功卻出自正派名門的武當派，與馬真、陸菲青、余魚同、李沅芷等同門並無差異，只是水準更高，這是正派武功被壞人利用而做惡的例子。再如《碧血劍》中的袁承志，不僅學了華山派及木桑道長的正派武功，而且也學了邪派人物「金蛇郎君」夏雪宜留下的《金蛇秘笈》中的邪派武功，袁承志以此行俠，在溫家大敗五行陣等等，可見邪派武功被正派人物利用，也可以行俠為善的。這樣的例子很多很多，不用細說。

正邪在人而不在其技，這道理誰都能懂得的。

可是金庸的小說往往有出人意外之處。即以武功而論，也常常分為正邪兩途，互不調和，涇渭分明。

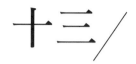

具體又有兩種情況。

一種是「武如其人」的藝術創作原則所致。金庸小說中的不少武功專為其人而設，其人正則其武功亦正，其人邪則其武功亦邪。正派人固不屑去學邪派的武功，邪派的人也學不了正派的武功。

例如《天龍八部》中，丁春秋的「化功大法」與《笑傲江湖》中的「吸星大法」一樣，都是為人所不齒的邪派武功，正派中人是誰也不會去學的。再如《射鵰英雄傳》中西毒歐陽鋒的蛤蟆功、靈蛇拳、施毒功夫等等也都帶著一種邪氣……等等，這樣的例子也很多。這種情況沒什麼更多的道理可說，因為作者將武功人性化、甚至人格化了。不僅好人與壞人的武功不同，好人與好人之間也因其性格不同，其武功也不相同。當然這種情況與正邪在人不在武並不矛盾。只是進一步說明武功也可以分出正邪而已。

如果要探究其中的道理，恐怕只有一條，即正派俠義道上的人不僅講究光明正大，而且還講究有所不為，所以有些功夫是絕對禁止不用的，從而保持其正氣。而邪派人物則不管不顧，沒什麼有所不為的。為了達到目的可以無所不為、無惡不作，無所不用其極。因此邪派人物所使用的武功之所以也帶有邪氣，那是因為他們沒有任何顧忌，什麼樣的功夫陰毒、厲害，就用什麼樣的功夫。損人利己、傷風敗俗、陰險毒辣、卑鄙無恥等等武功，只要有用，他們都會無所顧忌地使用。因此，久而久之，不僅他們的人邪而為惡，而他們的武功也就邪了。

武功分為正邪的第二種狀況及第二種原因卻要複雜得多，這種情況也更值得研究。下面我們要說的就是指這一種情況，即藝術要求之外的學術考察。

如果說前一種情況是武如其人所致，功夫因人邪而邪、因人正而正，那麼我們以下所要說的卻多半是「人如其武」，人因功夫正而正、又因功夫邪而邪。世界上果真有邪派功夫麼？有的。且還不是像「化功大法」、「腐屍功」等臭名昭著的功夫那樣明顯，甚至不注意的人還看不出來。

小說《笑傲江湖》中的華山一派武功分為「氣宗」、「劍宗」二支，二者互不相讓，皆以為只有自己這宗才是正宗，而另一宗自然就是旁門、外道，甚至是邪派。小說的第九回，華山（氣宗）掌門人岳不群終於對其眾弟子揭開了這個秘密：

……岳不群在石上坐下，緩緩地道：「二十五年之前，本門功夫本來分為正邪兩途。」……岳靈珊道：「爹爹，咱們所練的，當然都是正宗功夫了。」岳不群道：「這個自然，難道明知是旁門左道功夫，還會去練？只不過左道的一支，卻自認是正宗，說咱們一支才是左道。但日子一久，正邪自辨，旁門左道的一支終於煙消雲散，二十五年來，不復存在於這世上了。」岳靈珊道：「怪不得我從來沒聽見過，爹爹，這旁門左道的一支既已消滅，那也不用理會了。」

岳不群道：「你知道什麼？所謂旁門左道，也並非真的邪魔外道，那還是本門功夫，只是練功的著重點不同，我傳授你們功夫，最先教什麼？」說著眼光盯在令狐冲臉上。

令狐冲道：「最先傳授運氣的口訣，從練氣開始。」岳不群道：「是啊。華山一派功夫，要點是在一個『氣』字，氣功一成，不論使拳腳也好，動刀劍也好，便都無往而不勝，這是本門練功正途，可是本門前輩之中另有一派人物，卻認為本門武功要點在『劍』，劍術一成，縱然內功平平，也能克敵制勝。正邪之間的分歧，主要便在於此。」

岳靈珊道：「爹爹，女兒有句話，你可不能著惱。」岳不群道：「什麼話？」岳靈珊道：「我想本門武功，氣功固然要緊，劍術也不能輕視。單是氣功厲害，倘若劍術練不到家，也顯不出本門功夫的威風。」岳不群哼了一聲，說：「誰說劍術不要緊了？要點在於主從不同，到底是氣功為主。」岳靈珊道：「最好是氣功劍術，兩者都是主。」岳不群怒道：「單是這句話，便已近魔道。兩者都為主，那是說兩者都不是主。所謂『綱舉目張』，什麼是綱，什麼是目，務須分得清清楚楚。當年本門正邪之辨，曾鬧得天覆地翻。你這句話如在三十年前說了出來，只怕過不了半天，便已身首異處了。」

……岳不群嘆了口氣，緩緩地道：「三十多年前，咱們氣宗是少數，劍宗中的師伯、師叔占了大多數。再者，劍宗功夫易於速成，見效極快。大家都練十年，定是劍宗占上風；各練二十年，那便是各擅勝場，難分上下；要到二十年之後，練氣宗功夫的才漸漸地越來越強；到得三十年時，練劍宗功夫的便再也不能望氣宗之項背了。然而要到二十餘年之後，才真正分出高下，這二十餘年中雙方爭鬥之烈，可想而知。」

岳靈珊道：「到得後來，劍宗一支認錯服輸，是不是？」

岳不群搖頭不語，過了半晌，才道：「他們死硬到底，始終不肯服輸，雖然在玉女峰上大比劍時一敗塗地，卻大多數……大多數橫劍自盡。剩下不死的則悄然歸隱，再也不在武林中露面了。」

在此之前，為一派聲名計，華山氣宗將此消息瞞得滴水不漏，一眾弟子皆不知其事。而到岳不群揭開此秘密的時候，華山氣宗與劍宗之爭還未結束，劍宗的封不平、成不憂、叢不棄等人這一年又捲土重來，要與岳不群爭奪掌門之位，兼論正宗旁門。

這實在是一個極其複雜的問題。在討論這一問題之前，我們必須將一些附加的因素除去，並確立我們討論該問題的基本點。

首先，我們必須說明，這裡的「邪」只是一個學術方法的概念，而不是道德、倫理方面的概念，也不涉及到意識形態，連岳不群也說「所謂旁門左道，也並非真的邪魔外道」，這裡的正與邪是一種學術上的分野。

其次，對華山派氣宗與劍宗孰正孰邪的分析和判斷，有兩個難點；一是華山的氣宗與劍宗的功夫都是同一門派的功夫，而且又都受到同一部武學秘笈《葵花寶典》的影響，只是各取其一半。而我們知道這部《葵花寶典》本身可以說是一部邪派功夫的經典（**對此我們將要在以後進行專門討論說明**）。那麼，是不是可以說氣宗、劍宗都不是正派功夫呢？其二是，我們所見到的「劍宗」的代表人物如封不平、叢不棄、成不憂等人固然都不是什麼好人，可是我們知道氣宗掌門人雖一直有「君子劍」的美稱，道貌岸然，最後則更成了江湖人物所不恥的敗類。那麼，這是否又影響我們對氣宗、劍宗兩派武功的評價呢？我想，我們還是應該避開這兩點。《葵花寶典》固是邪派功夫的經典，但華山派岳肅、蔡子峰師兄弟取其部分而化入自己已有的武功之中，發展成新的一宗武功，這本身不應該成為問題的。至於岳不群的人品低下，是一個偽君子，這也不能夠說他的武功及武學思想都一無是處了。當然，這兩個問題的出現，無疑大大地增加了我們判斷和分析氣、劍兩宗武功的困難與複雜的程度。

其三，是否可以說，氣、劍兩宗，各執極端，都有不是之處呢？像前引文中岳靈珊所說的那樣，且不說兩種武功的源頭是一部邪派的典籍《葵花寶典》，即便是一派正宗的經典，被氣宗與劍宗這樣各執一端，也會變成旁門左道的。這一疑問的答案極難做出。因為確實存在這種可能性，尤其是對向有調和折衷的文化傳統的我們來說，這氣、劍兩宗顯然都未免失之偏頗，不過，我們也要知道，這兩宗雖一崇氣而一崇劍，但卻並非將它絕對化。氣宗之中也強調劍術的練習，劍宗中也有氣功的修練，只不過主次不同，綱目不同而已。小說後來曾出現過令狐冲與封不平鬥劍，形成了「氣宗徒兒劍術高，劍宗的師叔氣功好」的奇異局面，由此可見一斑。因此，將氣、劍二宗各打五十大板的方法顯然失之於簡單。

其四，小說中還出現了一個特殊的人物風清揚，他是劍宗的代表人物，也是氣、劍兩宗爭雄的唯一的未參加者。可是他非但不邪，且傳授一套「獨孤九劍」給令狐冲，至使令狐冲進入了一個嶄新的境界，且小說借風清揚之口大罵岳不群「蠢才」。這是否說明「劍宗」反而比「氣宗」更高明也更正確呢？這又是一個極為複雜的問題。不過我們寧可將風清揚看成是一個超然物外的人物（**他本來就已超然物外，當了隱士，不介入氣劍之爭了**），這樣更有助於我們對問題的分析與認識。當然，在前面的章節中我們也曾經提及過，風清揚畢竟是劍宗的人物，他的觀念與方法顯然還帶著些劍宗的特點，並將一個「活」字傳給了令狐冲。這在岳不群等氣宗人眼中看來就已是「邪道」了，我們說他是指點「高級研究生」，這才調和了這一問題，儘管在某種程度上它依然存在，並沒有因為我們的調和而改變。但我們將風清揚看成是「獨孤九劍」的傳人，那他就超出了「氣劍之爭」了。

以上我們將影響到華山氣、劍之爭的一系列問題都作了一些簡單的分析。下面我們避開上面的那些干擾因素，將氣宗、劍宗之爭當成一種純粹的學術問題來討論。即把兩宗之爭當成一個純粹的方法論問題來看。

這一問題有點像「練武（技）」與「練功」（體質體能等）之爭，中國武林向有「練武不練功，到老一場空」之說，同時又有「練功不練武，到老白辛苦」之說。二者孰對孰錯，是始終難有一個標準答案的。這也可以延伸到對一切體育運動中的「體能」與「技能」之爭。這同樣也不是一句話能簡單說得清楚的。

不過，我們還可以將這一問題更進一步地引申為所有學習領域的「內功」與「技能」之分，即「知識修養見識體能」與「具體專業的技巧能力」之分，這樣一來，我們的結論就不難做了。即，顯然是前者比後者更重要。亦即「內功」是「綱」是「首要」是「基礎」，而「外功」則是「目」是「次要」是基礎上的「建築」。因此，岳不群的那一段話不僅是可信的，而且是值得借鑒的：「大家都練十年，定是劍宗占上風，各練二十年，那是各勝擅場，難分上下；要到二十年之後，練氣宗功夫的才漸漸地越來越強，到得三十年時，練劍宗功夫的便再也不能望氣宗之項背了。」這一段話其實可以視為氣、劍之爭的總結。即，在方法論的論爭中，氣宗應為正宗，劍宗則應為旁門。

劍宗之重視劍術，將它強調到超過氣功的程度，這相當於一個足球隊只進行技巧訓練，而不進行體能訓練一樣，在短時間內，技巧訓練可以立見神效，但時間一長就會露了馬腳。進行體能訓練的隊則相反，一開始看不出體能強對足球訓練究竟有什麼好，但時間越長，它的優勢的顯露就會越充分，因為體能強的隊員們可以在技巧的訓練中事半功倍而且不易疲倦。而這一點對於一個球隊來說是至關重要的，沒有體能的技巧像無本之末，它是不可能達到頂峰境界的，華山劍宗並沒有出什麼特殊的頂尖人物即是例證。如前所說，風清揚雖出身劍宗，但卻是「獨孤九劍」的傳人，從而已脫離了「葵花寶典」的「氣劍之爭」的範疇，再說風清揚的武功境界與獨孤求敗的「重劍無鋒大巧不工」的境界是無法相比的。至於「不滯於物」的內功勁力，則更是風清揚所不能望其項背。令狐冲恐怕也正是如此，幸而小說中先是安排他誤打誤闖地修練了「吸星大法」從而意外地「內力陡增」，而最後又讓他修練了少林派的正宗秘笈「易筋經」，這才使得他的內力氣功基礎能真正承受他的「獨孤九劍」，並將此發揚光大。否則恐怕是要不堪設想的。

邪派功夫，作為一種錯誤的方法論思想，其根本的一點乃在於它想急欲求成、想走捷徑，從而治其表而不治其裡，治其末而不治其本。在短時間內，似乎不僅看不出來有什麼差別，甚至好像還比正確的基礎學習更有成效。然而時間越長，這種方法的弊病與危害就會越來越明顯，也越來越大。

這道理就像速成學校與基礎教育之比。當今之世，亦有許許多多諸如此類的速成學校與速成班，或快速成才之類的名目，這都是建立在人類的一種急欲求成，想走捷徑的心理基礎之上，夢想「忽如一夜春風來，千樹萬樹梨花開」，其實這樣的梨花開得也快，謝得也快。除了得一張文憑之名目，於人的知識修養乃至見識技能本身的建設是不可能有真正的實際作用的。這也正像兩個想寫小說或曰從事文學創作的青年，一個人從人論、社會學、心理學、歷史學……等等人文基礎知識入手，一個則直接從讀小說創作技法或怎樣寫文學作品等書入手，其利與弊，不難知之。因為從「小說技法」入手是不可能得到文學的真諦的。須知「世事洞明皆學問，人情練達即文章」。古人云「文以氣為主」，說句笑話，文章文學都要以「氣功」為正宗，更何況乎劍術武學?!

總而言之，旁邊左道邪派的宗旨妄想乃在於力求一步登天，而這實質上是不可能的，這一點要特別提醒青少年朋友注意，武俠小說中的不少人物都是經歷一番奇遇之後技藝大進，甚而卓然成家，這可能使得我們心嚮往之。然而我們只能是看一看，而不能真的照此去做，夢想一步登天，那可就墜入邪道上去了。這也是筆者寫這一章文字的原因。

關於華山派氣、劍之爭孰正孰邪，我們就說到這裡，應承認氣宗為正宗，因為它注重真正的基礎。至於岳不群使他的學生泥古不化、死記硬背、不會變通，盡學標準答案，則是另一回事。那是他這位教師不稱職，或是他這種教育體制不合理，而並非教育大綱或教科書出了毛病。岳不群後來成了壞蛋，那也不能因人廢言。他想當政治家而不想做一名教師，這是他自己的事。

修練、學習方法的正、邪之分，在金庸小說中還有很多的例子。如《射鵰英雄傳》中有一部至高無上的武學秘笈，名為《九陰真經》，這是宋徽宗時期大儒黃裳從五千四百八十一卷道家之書中悟道而創，應該說是一部正氣有道的武學經典。但若是修行練習的方法不妥，便會至使武功變異，由正而邪。小說的第四回〈黑風雙煞〉中，作者解釋道：

……黑風雙煞這一來累得眾同門個個受了無妄之災，但是依著《九陰真經》中的秘傳，也終於練成了一身武林中罕見罕聞的功夫。這《九陰真經》中所載本是上乘的道家正派武學，但陳、梅夫婦只盜得下半部，學不到上半部中修習內功的心法，而黃藥師的桃花島一派武學又是別創蹊徑，與道家內修外煉的功夫全然不同。黑風雙煞生性殘忍，一知半解，但憑己意，胡亂揣摩，練的便都是些陰毒武技。

這一段說得非常明白，黑風雙煞因為得不到經書的上半部內功心法的基礎，只從下半部中胡亂揣摩，從而將一部道家正派武學，練成了「九陰白骨爪」與「摧心掌」這樣陰毒殘忍的功夫。這可以說是邪到家了。到後來梅超風不僅因此而致殘，而終於雙雙慘死。溯其根源，與其方法有關。

無獨有偶，這部《九陰真經》到了「射鵰三部曲」的第三部《倚天屠龍記》中，為周芷若所得，周芷若功力大進，終於在少林寺天下群雄集會之時連敗武當派俞蓮舟、殷梨亭二俠，從而至使「天下英雄莫能當」，大大的出足了風頭。然而，書中又寫道：

……周芷若取得在倚天劍中的《九陰真經》後，生怕謝遜和張無忌知覺，只是晚間偷練，而時日迫促，無法從根基的功夫中循序漸進，因此內力不深，所習均為真經中落入下乘的陰毒功夫。

如果說《射鵰英雄傳》中的「黑風雙煞」夫婦只因「得其一半（下半）」而致使所修功夫落入下乘，那麼《倚天屠龍記》中的周芷若則是求其速而得其表。書中緊接著寫了一段，以戒此類人：

……張無忌隨手翻閱《九陰真經》，讀了幾頁，只覺文義深奧，一時難解，然決非陰毒下流的武學，說道：「這經上所載武功，其實極是精深，依法修練一二十年之後，相信成就非同小可，若是只求速成，學得一些皮毛，那就害人害己了。」頓了一頓，又道：「那位身穿黃衫的姊姊，武功與周姑娘明明是一條路子，然而招數正大光明，醇正之極，似乎便也是從這九陰真經中而來。」

除了黑風雙煞練一半，周芷若練其表以求其速從而陷入邪道之外，這部《九陰真經》還被一個邪派大人物練過。那就是《射鵰英雄傳》中的西毒歐陽鋒。他是「逆練九陰真經」，結果看似逆有逆路，竟也被他練成了，且似乎變得功力奇高，然而也正在此時，他徹底地瘋了。問「誰是歐陽鋒？我是誰？」……此中教訓，觸目驚心，亦更應該思悟汲取。

以上幾段，我們都可以從不同的角度，看出「邪門」學習方法的表現、原因及其後果，僅是《九陰真經》一部武學經典，就產生了如此之多的故事，讓我們引以為戒。

若說黑風雙煞等人走入邪門，我們都還可以理解，一來黑風雙煞人品本來就不怎樣，而歐陽鋒則更是西毒邪魔，二來周芷若雖不是壞人，但她的政治野心太大，不僅想做女強人，甚至要讓天下英雄莫敢當，進而還做著嫁給張無忌做皇后的美夢。此人生於漁家，一朝得志卻自我膨脹，墜入邪門，也不難理解。

最奇怪的是，書中還寫了一段《倚天屠龍記》中的主人公張無忌「入邪」的故事。小說第三十八回〈君子可欺之以方〉中寫道：

……他尚不知自己所使武功有小半已入魔道，而三僧的「金剛伏魔圈」卻正是以佛力伏魔的精妙大法。旁人只見他越鬥越精神，其實他心靈中魔頭漸長，只須再鬥百招，不免全然處於三僧佛門上乘武功的克制之下，不由自主地狂舞不休。三高僧不須出手，便讓他自己致了自己死命。明教被世人稱為「魔教」，本來亦非全無道理，而這路古波斯武功的始創者「山中老人」，更是個殺人不眨眼的大惡魔。張無忌初時照練，倒也不覺如何，此刻乍逢勁敵，將這路武功中的精微處盡數發揮出來，心靈漸受感應，突然間哈哈哈仰天三笑，聲音中充滿了邪惡奸詐之意。

這一段看似突如其來，又覺似是荒誕不經。然而細細思之，並將張無忌習此武功的前因後果都細看一遍，就會發現以上這段實有真義深意在焉。由於篇幅所限，這裡不作具體分析，將此問題留給讀者諸君去想。

在金庸小說中，正邪武功最為涇渭分明的，要算《笑傲江湖》中的「獨孤九劍」與「辟邪劍法」（又名《葵花寶典》）。我們說「獨孤九劍」乃是孤獨者之劍，是隱士之劍；而那「辟邪劍法」實在是邪門劍法，是權奸之劍。這兩種劍法一正一邪，分明對壘，其理何在？

一言以蔽之，「辟邪劍法」和「葵花寶典」自其第一關「欲練自功、揮刀自宮」便已走入了邪路，因為它不僅改變人的性別，更改變了人的心理，從而破壞了人性，扭曲了人性，所以是邪，甚至是惡。而相比之下，獨孤九劍則恰恰相反，它保全了人的個性氣質、聰穎靈秀，也保全了人的自由與完整，從而保全了人性，故是正派之術。

此中問題頗多，我們只能以此小結。

十四／

胸無成見得真經

世人都知胸有成竹之妙，卻不知「胸無成見」亦有其妙。

人類智慧的發展及對真理的尋求，往往存在著一個極隱密然而又極深刻的「兩難問題」，即要想發展智慧並且探尋自然世界的真理奧秘，一方面是非具備一定的科學文化知識不可，然而這科學文化知識卻並不一定是真理，而只是對真理的一些現有的「猜想或反駁」。只是通往自然世界的真理奧秘的一些已有的路標它所指示的途徑與方向是否正確，卻要後來者即學習者去辨明去探尋……於是問題就來了：我們是應該相信這些呢？還是應該不相信（懷疑、否定）這些？

知識文化是通往真理的路標，卻同時又是一種路障。

正確的知識路標固然可以將我們帶往真理的天國，然而不正確的知識往往又會使我們與真理尺咫天涯、乃至背道而馳。進而，必要的正確知識與不必要的知識一同被我們吸收之後，固然使我們豐富、使我們胸有成竹，但同時亦會使我們混亂，使我們胸有成見。

誰來證明這「成見」是對還是錯呢？

沒有誰。還是要靠人類自己。

如此等等，正是人類自古至今都在探討而又無法解決的兩難命題。哲學家、宗教家、語言學家，東方人、西方人，古人、今人……都在探討。

到了二十世紀，這一問題可以說是當今世界最熱門也最複雜的哲學：語言哲學問題。

這是一個極淺顯極簡單而又極深奧極複雜的問題。

中國古代的哲學家所謂「道可道，非常道：名可名，非常名」（老子）是討論這一問題的。所謂「物莫所指，指非指」（公孫龍）也是討論這一問題的。佛家所謂「身如菩提樹，心如明鏡臺，經常勤拂拭，莫使惹塵埃」以及「菩提本非樹，明鏡亦非臺，本來無一物，何處惹塵埃」……等等亦都與此問題有關。至於現代西方哲學中我們可以列舉出諸如《猜想與反駁》、《語言論》、《邏輯哲學論》……等一系列汗牛充棟的新著，都是討論與探索這一問題的。

有人會問，這與武俠小說、與金庸及其小說的武學奧秘有什麼關係？

當然，這一問題本身與我們的話題關係不是很直接，我們當然不會在此討論這一如此純粹的哲學問題。只不過，這一問題與其他人的武俠小說一點關係也沒有，但與金庸的武俠小說卻是很有些關係的。

比如說《俠客行》這部書。

小說《俠客行》的故事，雖看上去千頭萬緒、錯綜複雜、緊張神秘、曲折多變，但實則很清楚，也很簡單。書中故事、人物、事件，多半與俠客島及其賞善、罰惡二使有關。中原武林無分善惡正邪、高手低手，對俠客島都是談虎色變。這才有了書中各式各樣的人物與故事。只因為這俠客島每隔十年就要派出賞善、罰惡二使來大陸武林邀客赴宴。若不去赴宴或被邀請而公然拒絕者，則多半慘遭滅門之禍，幾乎無一倖免。若是欣然前往，則有去無回，數十年間被邀赴宴的武林高手已逾數百人，都是一去無蹤影，竟無一人生還，如此這般，難怪武林之中，視俠客島為畏途，視二使為鬼怪，視十年一屆的邀客赴宴之期為武林奇禍。所以武林中人就要想出各式各樣的點子來避免這一奇禍。

小說主人公石破天便是被長樂幫請來做替罪羊的。誰知在小說的最後部分，當我們隨著石破天一道緊張兮兮地走上俠客島之後，謎底揭開，竟是啼笑皆非。原先對俠客島的種種猜測全是大謬不然。被二使所殺之人皆為惡多端，這且不說。而歷屆被邀赴宴的武功好手無一人生還大陸，竟然是自覺自願地留在島上鑽研武林奇學而樂不思蜀。並沒有任何人逼迫，更沒有被人殺害。

如此，大大地吊起了我們的胃口：這俠客島二十四窟中所珍藏的《俠客行》——唐代大詩人李白的一首詩，共二十四句——中究竟包含了怎樣的武林奇學，居然能使這數百位武學高手如此入迷？這《俠客行》的奇功絕學又是怎樣的深奧，以至於集武林中數百位精英高手窮數十年之時間功力而竟無一人通解其中奧秘？這部小說渲染了又渲染，鋪排了又鋪排，其最後的謎，就是這有關《俠客行》一詩中所藏隱的武學之謎。三十多年的時間。二三百名武林中頂尖的高手（**若不是能夠獨創新功或一門一派之掌門這樣的頂尖高手，是沒資格應邀前來的**）居然無一人能夠解通這一武學奧秘！因由何在？且聽「俠客行」武學圖解之窟的發現者之一、該島島主龍島主細說根由：

……龍島主微笑點頭，說道：「……我們依著圖中所示，在島上尋找了十八天，終於找到了武功秘訣的所在。原來那是一首古詩的圖解，含義極是深奧繁複，我二人大喜之下，便即按圖解修習。

「唉！豈不知『福兮禍所倚』，我二人修習數月之後，忽對這圖解中所示武功生了歧見，我說該當如此練，木兄弟卻說我想法錯了，須得那樣練。二人爭辯數日，始終難以說服對方，當下約定各練各的，練成之後再來印證，且看到底誰錯？練了大半年後。我二人動手拆解，只拆了數招，二人都不禁駭然，原來……原來……」

他說到這裡，神色黯然，住口不言。木島主嘆了一口長氣，也大有鬱鬱之意。過了好一會，龍島主才又道：「原來我二人都練錯了！」

……只聽龍島主道：「我二人發覺不對，立即停手，相互辨難剖析，鑽研其中道理。也是我二人資質太差，而圖解中所示的功夫又太深奧，以致再鑽研了幾個月，仍是疑難不解。恰在此時，有一艘海盜船飄流到海島上，我兄弟二人將三名盜魁殺了。對餘眾分別審訊，作惡多端的一一處死，其餘受人裹脅之徒便留在島上。我二人商議，所以鑽研不通這份古詩圖解，多半在我二人多年練武，先入為主，以致把練功的路子都想錯了，不如收幾名弟子，讓他們來想想。於是我二人從盜夥之中，選了六名識字較多，秉性聰穎而武功低微之人，分別收為徒弟，也不傳他們內功，只是指點了一些拳術劍法，便要他們去參研圖解。

「哪知我的三名徒兒和木兄弟的三名徒兒參研得固然各不相同，甚而同是我收的徒兒之間，三人的想法也是大相徑庭，木兄弟的三名徒兒亦復為此。我二人再仔細商量，這份圖解是從李太白的一首古詩而來，我們是粗魯武人，不過略通文墨，終不及通儒學者之能精通詩理，看來若非文武雙全之士，難以真正解得明白。於是我和木兄弟分入中原。以一年為期，各收四名弟子，收的或是滿腹詩書的儒生，或是詩才敏捷的名士。」

他伸手向身穿黃衣和青衣的七八名弟子一指，說道：「不瞞諸位說，這幾名弟子若去應考，中進士、點翰林是易如反掌。他們初時來到俠客島，未必皆是甘心情願，但學了武功，又去研習圖解，卻個個死心塌地的留了下來，卻覺得學武練功遠勝於讀書做官。」

群雄聽他說：「學武練功遠勝於讀書做官。」均覺大獲我心，許多人都點頭稱是。

龍島主又道：「可是這八名士人出身的弟子一經參研圖解，各人的見地卻又各自不同，非但不能對我與木兄弟有所啟發，議論紛紜，反而讓我二人越來越糊塗了。」……

這俠客島的龍、木二位島主為了這一套武功圖譜真可謂煞費苦心。以上這段還只是一個小小的引子，試想以龍、木兩位島主的武功，不說已是天下無敵，至少也是已達到了絕頂的境界，他二人的徒弟賞善、罰惡二使的武功在中原已是少有對手，龍、木島主本人的武功可想而知了。連他們倆都練錯了，可見此武功之難之深之奧。龍島主所說「所以鑽研不通這份古詩圖解，多半在我二人多年練武，先入為主，以致把練功的路子都想錯」，這一見識已經是卓絕超凡，靠近了真相。然而他們決定收徒弟，進而去找「或是滿腹詩書的儒生，或是詩才敏捷的名士」來一同鑽研卻又想得左了。最終結果居然是「反而讓我二人越來越糊塗」。看來，這一武學秘笈實在是深奧到了極點，所以他倆決定將當世中原武林中兩位武學泰斗請來一同鑽研，這就是少林寺的妙諦大師和武當山的愚茶道長。書中，龍島主繼續說道：

……「妙諦大師嫺熟少林諸般絕藝，愚茶道長劍法通神，那是武林中眾所公認的兩位頂尖兒人物。他二位一到島上，便去揣摩圖解，第一個月中，他兩位的想法尚是大同小異，第二個月時便已歧見叢生。到得第三個月，連他那兩位早已淡泊自甘的世外高人，也因對圖解所見不合，大起爭執，甚至……甚至，唉！竟爾動起手來！」

以上是俠客島之「秘密」的全部來龍去脈。龍、木二島主將數百位當世名門大派的頂尖高手全部邀到島上，雖然邀客的方式不無可議之處，然而究其目的，乃是一片丹心為武學因而格外的可欽可仰。這龍木二位島主差不多已是為「俠客行武學」成立了一個專門的研究院。他二人是院長，而從中原請來的各位則做了院士與研究員。只不過，無論請了多少高手來，無論請了多少院士與研究員來，卻都無法得到一個相同的通解。幾乎每個人都有各自的解釋，各個人都有各人的方法，各人有各人的心得。

書中借石破天這一人物之眼，介紹了一些人鑽研此功的具體情形：

……只見兩人拆了數招，便即罷鬥，一個白鬚老者說道：「老弟，你剛才這一劍設想雖奇，但你要記得，這一路劍法的總綱，乃是『吳鉤霜雪明』五字，吳鉤者，彎刀也，出劍之時，須念念不忘『彎刀』二字，否則不免失了本意。以刀法運劍，那並不難，但當使直劍如彎刀，直中有曲，曲中有直，方是『吳鉤霜雪明』這五個字的宗旨。」

另一個黑鬚老者搖頭道：「大哥，你卻忘了另一個要點。你瞧壁上的注解說，鮑照樂府：『錦帶佩吳鉤』，又李賀詩云：『男兒何不帶吳鉤』。這個『佩』字，這個『帶』字，才是詩中最要緊的關鍵所在。吳鉤雖是彎刀，卻是佩帶在身，並非拿出來使用。那是說劍法之中隱含吳鉤之勢，圓轉如意，卻不是真的彎曲。」那白鬚老者道：「然而不然，『吳鉤霜雪明』，精光閃亮，就非入鞘之吳鉤，利器佩帶在身而不入鞘，焉有是理？」

石破天不再聽二人爭執，走到另外二人身邊，只見那二人鬥得極快，一個劍招凌厲，著著進攻，另一個卻是以長劍不住畫著圓圈，將對方劍招盡數擋開，驟然間錚的一聲響，雙劍齊斷，兩人同時向後躍開。

那身材魁梧的黑臉漢子道：「這壁上的注解說道：白居易詩云『勿輕直折劍，猶勝曲金鉤。』可見我這直折之劍，方合石壁注文原意。」

另一個是個老者，石破天認得他便是上清觀的掌門人天虛道人，是石莊主夫婦的師兄。石破天心下凜凜，生怕他見了自己便會生氣，哪知他竟似沒見到自己，手中拿著半截斷劍，只是搖頭，說道：「『吳鉤霜雪明』是主，『猶勝曲金鉤』是賓。『喧賓奪主』必非正道！」

石破天聽他二人又賓又主的爭了半天，自己一點不懂，舉目又瞧西首一男一女比劍。

這男女兩人出招十分緩慢，每出一招總是比來比去，有時男的側頭凝思半晌，有時女的將一招劍招使了八九遍猶自不休，顯然二人不是夫婦，便是兄妹，又或是同門，相互情誼極深，正在齊心合力的鑽研，絕無半句爭執。

石破天心想：「跟這二人學學，多半可以學到些精妙劍法。」慢慢的走將過去，只見那男子凝神運氣，挺劍斜刺刺到半途，便即收回，搖了搖頭，神情甚是沮喪，嘆了口氣，道：「總是不對！」

那女子安慰他道：「遠哥，比之五個月前，這一招可大有進境了。咱們再想想這一條注解：『吳鉤者，吳王闔盧之寶刀也。』為什麼吳王闔盧的寶刀，與別人的寶刀就有不同？」那男子收起長劍，誦讀壁上注解道：「《吳越春秋》云：『闔盧既寶莫邪，覆命於國中作金鉤，令曰：能為善吳鉤者，賞之百金。吳作鉤者甚眾。而有人貪王之重賞也，殺其二子，以血釁金，遂成二鉤，獻於闔盧。』倩妹，這故事甚是殘忍！為了吳王百金之賞，竟然殺死了自己的兩個兒子。」那女子道：「我猜想這『殘忍』二字，多半是這一招的要訣，須當下手不留餘地，縱然是親生兒子，也要殺了。否則壁上的注釋文字，何以特地注明這一節？」

石破天見這女子不過四十來歲年紀，容貌甚是清秀，但說到殺害親子之時，竟是全無淒惻之心，不願再聽下去。……

以上這一段，只是第三座石窟中的一些情形，也即是《俠客行》一詩中的第三句「吳鈎霜雪明」的各種注釋、理解、討論情況。

《俠客行》一共二十四句詩，想來其他各句的注釋及紛爭大約也同這一句一樣。窺一斑而知全豹，這些人，有些年紀已老，儼然皓首窮經，爭論不休，了無定論。有的則更從「殘忍」二字著眼，觀之使人發怵。

數十年來，數百名武學頂尖高手就是如此吵嚷、爭論、研究、辯駁的。這種情形，看起來有些讓人怵目驚心！或覺得過於離奇，使人難以理解。然而，孰不知這種情形正是人類探討真理知識時的最普遍、最正常的情形。試將世界上任何一個專業的科學家、學者都集中到一起來研究本專業的學問，讓他們開會、研究，其情形非像《俠客行》一書中上述情形不可。決無例外的可能。人類探討知識學問總是像妙諦和愚茶這二位高手一樣相同相通的少，相異相背的多，甚至會因見識不同，學派不同而至揮動老拳……。

總之，上述的情況非但可以理解，一點也不奇怪，亦正是人類探討任何領域的真理的情景的一種普遍的象徵。是一種本質真實的寫照。中國《春秋》一書，傳為孔子編定，是一部史書，居然也還有著名的《春秋公羊傳》、《春秋穀梁傳》和《左氏春秋》三家不同的學派。由此以下，紛爭二千年之久，何嘗不像俠客島上武林群雄一樣紛爭不息，了無定見？

上述情形並不奇怪。奇怪的是，這一套極為深奧豐富的武功圖解，居然由石破天這一目不識丁、武藝不精且並無此心的人破解了。

或許，這才是「石破天驚」？書中寫道：

石破天……舉目向石壁瞧去，只見壁上密密麻麻的刻滿了字，但見千百文字之中，有些筆劃宛然便是一把長劍，共有二三十把。

這些劍形或橫或直，或撇或捺，在識字之人眼中，只是一個字中的一筆，但石破天既不識字，見到的卻是一把把長長短短的劍，有的劍尖朝上，有的向下，有的斜起欲飛，有的橫掠欲墮，石破天一杷劍一把劍的瞧將下來，瞧到第十二柄劍時，突然間右肩「巨骨穴」間一熱，有一股熱氣蠢蠢欲動，再看第十三柄劍時，熱氣順著經脈，到了「五里穴」中，再看第十四柄劍時，熱氣跟著到了「曲池穴」中。熱氣越來越盛，從丹田中不斷湧將上來。

又寫道：

他心中一喜，再細看圖形，見構成圖中人身上衣褶、面容、扇子的線條，一筆筆均有貫串之意，當下順著氣勢一路看下去，果然自己體內的內息也依照線路運動。尋思：「圖畫得筆法與體內的經脈相合，想來這是最粗淺的道理，這裡人人皆知。只是那些高深武學我無法領會，左右無事，便如當年照著木偶身上線路練功一般，在這裡練些粗淺功夫玩玩，等白爺爺領會了上乘武學，咱們便可一起回去啦！」

當下尋到了圖中筆法的源頭，依勢練了起來。這圖形的筆法與世上書畫大不相同，筆劃順逆頗異常法，好在他從來沒有學過寫字，自不知不論寫字畫圖，每一筆都該自上面下、自左而右，雖然勾挑是自下而上，曲撇是自右至左，然均係斜行而非直筆。這圖形中卻是自下而上、自右向左的直筆甚多，與書畫筆意往往截然相反，拗拙非凡。他可絲毫不以為怪，照樣習練。換作一個學寫過幾十天字的蒙童，便決計不會順著如此的筆路存想了。

如此這般，石破天歪打正著，將《俠客行》二十四句、二十四窟中的圖譜一一修煉完畢。這真是：有心栽花花不發，無意插柳柳成行。

世事之巧，竅通成運，大約都莫過於此吧。

更有意思的是，石破天雖然將二十四窟武學圖譜一一連成，但他自己卻並不知道這就破解了這套至深至秘的武學之謎。他之所作所為的意義和價值，自己仍然是莫名其妙。書中寫道：

木島主道：「你不識字，卻能解通圖譜，這……這如何能夠？」龍島主道：「難道冥冥中真有天意？還是這位石幫主真有天縱奇才？」

木島主突然一頓足，叫道：「我懂了，我懂了！大哥，原來如此！」龍島主一呆，登時也明白了。他二人共處數十年，修為相若，功力亦復相若，只是木島主沉默寡言，比龍島主少了一分外務，因此悟到其中關竅之時，便比他早了片刻。兩人四手相握，臉上神色又是悽楚，又是苦澀，又帶了三分歡喜。

龍島主轉頭向石破天道：「石幫主，幸虧你不識字，才得解破這個大疑團，令我兄弟死得瞑目，不致抱恨而終。」

石破天搔了搔頭，問道：「什麼……什麼死得瞑目？」

龍島主輕輕嘆了口氣，說道：「原來這許許多多注釋文字，每一句都在故意導人誤入歧途。可是參研圖譜之人，又有哪一個肯不去鑽研注釋？」石破天奇道：「島主你說那許多字都是沒用的？」龍島主道：「非無用，而且大大有害。倘若沒有這些注釋，我二人的無數心血，又何至盡數虛耗，數十年苦苦思索，多少總該有些進益吧！」

木島主喟然道：「原來這篇《大玄經》也不是真的蝌蚪文，只不過……只不過是一些經脈穴道的線路方位而已。唉，四十年的光陰，四十年的光陰！」龍島主道：「『白首太玄經』！兄弟，你的頭髮也真的雪白了！」木島主向龍島主頭上瞧了一眼，「嘿」的一聲。他雖不說話，三人心中無不明白，他意思是說：「你的頭髮何嘗不白？」

龍木二島主相對長嘆，突然之間顯得蒼老異常，更無半分當日臘八宴中的神采威嚴。

石破天仍是大惑不解，又問：「他在石壁上故意寫上這許多字，教人走上錯路，那是為什麼？」

龍島主搖頭道：「到底是什麼居心，那就難說得很了。這位武林前輩或許不願後人得之太易，又或許這些注解是後來另外有人加上去的。這往昔之事，誰也不知道了。」木島主道：「或許這位武林前輩不喜讀書人，故意布下圈套，好令像石幫主這樣不識字的忠厚老實之人得益。」龍島主嘆道：「這位前輩用心深刻，又有誰推想得出？」

有誰推想得出？一部小說完成了，小說中的俠客島的秘密揭開了，「俠客行」武學的秘密也讓主人公石破天破解了。然而石破天為何能破解這套武學圖譜的秘密？或者說，這套武學的秘密怎麼會是這樣的？

這一問題仍會留在書裡、也留在讀者的心中，結成一個大大的謎團，讓我們索解思悟。

我們都知道，金庸就是那位創制這一套武學圖譜的「前輩高人」。小說中的一切機關一切圖譜都是由他創作出來的。那麼，金庸先生為什麼要這樣寫呢？

對這一問題大約會有各種不同的回答。

最常見的一種回答想必是「反正都是鬧著玩的」。這些朋友的意思是，武俠小說中的一切都是作者虛構的，尤其武功一事，更是作者的胡思亂想而得。看了覺得熱鬧也就罷了，哪裡還有什麼門道？又何須問什麼「為什麼」？《俠客行》只不過是一首詩罷了，何嘗有什麼武學秘密？不是發「呆」之人，何必多想?!

第二種意見也較常見，答曰巧合而已，書中的一切無非顯示了作者的構思十分精巧。把一個虛構的情節弄得曲折跌宕又天衣無縫。石破天純粹是歪打正著。這就是書中巧妙之處。

第三種意見大約與木島主相近，表明創作者「不喜讀書人」，故而要讓石破天這樣「不識字的忠厚老實人得益」。這也是中國古代道家之祖老子的思想，要「棄聖絕智」。

第四種意見與第三種大致相近又略有不同，認為書中如此寫來，重點不在於「棄聖絕智」，而在於寫石破天這一人物「赤子衷腸」。這也是作者的一種人生與學術的理想。只有具備真正的赤子衷腸的人，才能破解天地文武之秘，成為天下頂尖的高手。

以上幾種意見自然各有各的道理。或許還會有其他種種意見答案，這都是極正常的。因為小說的真義本就是要讓人「仁者見仁，智者見智」的。

筆者自己的意見，在《金庸小說賞析》及《金庸小說之謎》二書的有關章節中曾從不同的角度論及。歸納起來有以下幾點。

一是《俠客行》這首詩包含武功之真假已不重要，只要我們信以為真，就能看出這段故事本身乃是一種寓言。

其二，真理無文。真理是質樸的，是赤裸裸的。不是以文字記載下來的那種形式。古人云「物莫所指，指非指」以及「名可名，非常名」就都揭示了人類語言——文字的根本局限。如果按照文字之「形」去理解真理，而不到一切學術著作的「字裡行間」去把握它的真義（正如石破天那樣）就會拘泥表面，不能究竟。縱然皓首也不能窮經。

其三，一切的注釋，都只是一種成見。這些成見的真偽深淺且不說，而種種成見加在一起就有了兩面性，一方面幫助我們理解原文真義；而另一方面則又容易使人墜入迷途。縱觀中國的經典，幾乎都被注家弄得面目全非，是好是壞，或好多壞少，或壞多好少，真是難說得很。

其四，也是最關鍵的一點，石破天所以能夠歪打正著，決不僅是巧合，也絕不只是作者的玩笑。其根本的原因乃在於石破天質樸無文且胸無成見。沒有佛家所謂的「所知障」。——人類的所知與成見，常常會成為探討真理的障礙，即「所知障」。石破天赤子衷腸、質樸忠厚，可是決不傻，也不是無知。他的靈性只不過尚未開發，他的武功基礎以大悲老人的「木偶經脈圖」為主，具備了必要的知識基礎，然而又不恃此技而固執己見，真正能做到虛心二字。

綜上種種，石破天破解真經，不僅是熱鬧好玩，而且有門道深意在，不僅是巧妙安排，而且有必然性規律在。簡而言之，便是：胸無成見得真經。

第三卷

學藝與成才

十五／高手未必出名門

一部《射鵰英雄傳》之所以會引起經久不衰的轟動，將金庸的名聲推向極盛，從此成為獨一無二的武林至尊，最根本的原因，在於它敘述了郭靖這一尋常百姓子弟歷盡艱辛，學藝成才的故事。

《射鵰英雄傳》為武俠小說的創作開了一個生面，創了一個新的境界，劃出了一個新的時代。它不僅使武俠小說這種通俗的文學類型成了一種關乎世運人生的藝術，而且還寫出了主人公學藝過程的真實的曲折艱辛，透示了極深刻的「人才學」的道理玄機。不僅有很高的藝術價值，而且有很深的人才哲學的意義。

因此，我們從「學藝與成才」這一角度去看《射鵰英雄傳》以及全部的金庸武俠小說作品，是一件極有意義的事情。這樣做的必要性和可能性，是建立在金庸的武俠小說為我們提供了足夠豐富的學藝與成才的範例這一基礎之上的。金庸小說的一個最與眾不同的突出特徵，就在於它不僅僅從學藝與成才這一思路去結構他的作品，而且也確實在小說中寫進了他自己在現實世界之中奮鬥成才的成功經驗、寫進了他對祖國文化中學藝成才這部分寶貴經驗的體驗與感悟、也寫進了他本人關於學藝與成才這一個人生重要課題的深刻的思考。

讀金庸的武俠小說，如果缺少這樣一個角度的考察或品味，那將無疑是一個很大的遺憾，亦不亞於深入寶石之山而僅識鋪路的頑石。

然而，話又說回來，寶石亦石，頑石亦石，一般的讀者誰又能分得如此清楚。武俠小說之為通俗文學，無非打打鬥鬥、恩恩怨怨、曲曲折折、熱熱鬧鬧、如此而已，誰又能想到學藝與成才這樣一個十分嚴肅的題目上去呢？

一來，金庸以外幾乎所有的武俠小說都沒有過這方面的實踐。在金庸之前是如此，在金庸之後仍是如此。

二來，在武俠小說中看其人物的學藝與成才，這對於嚴肅認真慣了的讀者來說未免有些異想天開。武俠小說之武，並非真的像武術及體育那樣，是一種實實在在的專業，小說中的武功技擊多半是作者即興想像與隨手創制的，再則武俠小說中的人物故事亦是傳奇曲折，巧合虛構的。總之是其業也不真，而其人則更假，如此的人怎樣去認真對待，看其學藝與成才的思想與經驗？要想看學藝與成才的故事，可以去看科學家等名人的傳記；要想看學藝與成才的理論與方法，可以去看哲學、心理學以及有關學科的書。又何苦到武俠小說中尋什麼學藝與成才的故事或方法理論？看武俠小說僅求一樂，而大部分武俠小說亦只聊供一樂。如此足矣，豈有他哉?!

在沒有讀過《射鵰英雄傳》之前，在沒有認真、仔細地品味過金庸的武俠小說之前，我們也是這樣想。大家都會這樣想。

而在認真地閱讀過《射鵰英雄傳》及其他的金庸小說之後，就不能不作學藝與成才這方面的如是觀。

金庸之外的武俠小說，也有很多寫其人物學藝的故事的。「上山學藝，下山報仇」的故事，可以說是武俠小說世界的最常見的一種模式。然而這一類的故事是不能作學藝與成才方面考察的。只因為，其一，其學藝僅為報仇之引子、手段、陪襯；其二，其學藝過程多半簡而又短、匆匆帶過，便即「藝成下山」，報仇雪恨去也；其三，訪師的過程倒比學藝過程本身更長也更引入注目；其四，其學藝過程並無作者深刻的思想見識及豐富的人生奮鬥的體味經驗可言。如此不必多說。

即便是金庸的小說，在《射鵰英雄傳》之前，也不很明確和重視這一方面的內容和思路的。其處女作《書劍恩仇錄》的主人公陳家洛登場伊始便已藝成滿師，卓然成才，不須再學。唯乃師袁士霄創「百花錯拳」而「遍訪海內名家，或學師，或偷拳，或挑鬥踢場而觀其招，或明槍暗奪而取其譜，將各家拳術幾乎學了個全」云云，也只是一般概論，泛泛而談。

《碧血劍》的主人公袁承志在開卷之時還是個孩子，所以該作品寫他學藝的內容要比那《書劍》中的陳家洛多些，但也多得有限。袁承志到第四回便已藝成下山，而前三回中真正寫其學藝的，也只不過第三回〈經年親劍鋏，長日對楸枰〉這一回而已。

《雪山飛狐》又回去了，同《書劍》一樣並無學藝的枯燥寂寞，只有故事與打鬥的曲折緊張。

《飛狐外傳》作為對胡斐故事的補充，寫其小時候的事情占了前四回，而真正寫胡斐的則只有第三章〈英雄年少〉。進而寫到胡斐學藝的內容，只不這在商家堡中聽過一堂趙半山老師關於太極拳的「陰陽訣」與「亂環訣」的講座。後又聽過一節苗人鳳關於「胡家刀」的「嫩勝於老，遲勝於急」綱要輔導課，這就將胡斐學藝的內容交代了，在苗人鳳家，一口白菜一吃，便踏入了一流高手之境。還要補充一句，胡斐成才的根本原因，是他有一部胡家祖傳的武功秘笈，神乎其神，跌打醫生閻基學了前兩頁上的武功便能「開山立櫃」當強盜。至此仍未脫一般武俠小說的老套。

到了《射鵰英雄傳》，金庸的小說進入了一個全新的層次和境界。

首先，這部小說開始，確立了一個以其主要人物成長——成才為中心線索的主要創作模式。真正確立了以人為中心，而不是以故事為中心。在《射鵰英雄傳》中，郭靖的學藝、成長、成才的過程貫穿小說始終，成為小說的敘事中心線索，並未有藝成下山的界線，相反到最後倒是藝成上山——上華山去論劍比武，考排成就名次。

其次，《射鵰英雄傳》的主人公郭靖可以說是一個地地道道的平民子弟、受苦人出身。他父親從山東逃難到江南而後被金兵所殺，他母親則帶他逃到蒙古荒漠，其中辛酸，不必細說。雖說小說第一回中，郭靖之父郭嘯天說他乃是水滸梁山強人郭盛的後人，但那也說明不了什麼，即便是真也年代久遠了。郭靖是一位地地道道的平民，這不像陳家洛，他的父親是當朝閣老，義父是江湖大幫首領，師父是武林第一高手，可以說是出身名門。

《碧血劍》中的袁承志的父親袁崇煥更是大名鼎鼎，且山宗舊部都是「袁少主」之僕，而學藝華山，又拜在當世第一的穆人清的門下，同樣是出身名門。《雪山飛狐》與《飛狐外傳》中的胡斐雖父母雙亡，但畢竟是武林世家，尚有刀譜拳經武學秘笈，學之可以卓然成家。同樣都是名門之後。總之不像郭靖這樣是一位農家子弟又去做了牧人，是一位貧苦老百姓。

其三，郭靖這一主人公的最大的特點是忠厚老實有餘而靈活機動不夠，智力水準大約要算是遲鈍愚蒙一級。這又不像陳家洛文武雙全，袁承志舉一反三，胡斐機智靈活，從而一反武俠小說主人公的性格模式。郭靖這一人物與我們普普通通的性格與智力的人更為接近。對他講武學，只能年年講、月月講、天天講；而他練武的法門，也無非是笨鳥先飛，人家練一朝，我練十日，唯勤學苦練而已。從而使讀者產生共鳴，產生「郭靖能做到的，我也能做到」之感慨聯想。

總之，《射鵰英雄傳》的新穎之處，就在於它一反武俠小說的常規模式，寫了一位尋常百姓的子弟、一位性格智力普通乃至有些愚鈍的主人公學藝成才的故事。他的學藝成才貫穿小說始終，成為敘事主線，從而別開生面，給我們以多方面的深刻啟示。

嚴格地說，《射鵰英雄傳》有兩位男主人公，即郭靖、楊康——他們的名字是全真教名俠丘處機所取，意為「靖康」之恥的紀念。這二人應是結義兄弟，他兩家更是情同手足、通家之好。可是命運弄人，一場禍變使這二人天各一方，走上了完全不同的人生道路。

就學藝與成才而言，楊康的優勢十分明顯，遠非郭靖所能及。一是楊康之母做了金國的王妃，楊康也就成了小王爺，按所謂「窮學文、富學武」的規律，楊康的學習條件顯然不是郭靖所能比的。郭靖母子二人流落草原，牧羊為生，家貧如洗、苦苦度日，延師學藝連想也沒法想，只能是隨遇而安而已。二來，丘處機與江南七怪一場奇異豪賭，要各教一徒，十八年後比武爭勝，這才使郭靖有了學武的機會。然而丘處機與江南七怪這二者也是有區別的。丘處機做了楊康的師父，這使楊康又占了極大的優勢，因為丘處機一人的武功比江南七怪還高，且丘處機出身全真派，是當世武學的正宗名門，其創始人王重陽被推為天下第一，而丘處機則又是王重陽的七位徒弟「全真七子」中武功最強的一位。郭靖的七位師父（實際上只剩了六位，其中五俠張阿生被黑風雙煞打死）則是井市民間的武師，其技駁雜不說，「內功」一樣更與全真派天差地遠。其三，楊康聰明伶俐活潑機智，這與木訥愚鈍、到五六歲才開始學會說話的郭靖更是高明十倍不止。

按照上述三條主客觀的種種因素來看，楊康學武應是成就遠在郭靖之上，然而在小說中卻恰恰相反。郭靖成了「射鵰英雄」，楊康只不過是北宋的一位玩鳥的小紈褲，郭靖成了大鵬，楊康則成了一隻金絲小雀。

如此的結局，應該給予我們某種深刻的啟示，應該促使我們對此做深入的思考。

也許有不少的朋友將此結果歸因於楊康的心術不正，走上邪路。這固然是一個極重要的原因，且這一原因也能使我們得到啟示。然除此之外，肯定還有其他值得思考的原因的。

就算郭靖、楊康學藝優劣，成才高下不同是由於正邪之別，那麼，小說中郭靖與黃蓉的比較又說明什麼呢？與靖、康二人相比，黃蓉的條件更是好得沒法再好。她的父親是當世武學大宗師東邪黃藥師，而她又與郭靖一道拜在另一位大宗師北丐洪七公的門下，可以說是名門中的名門。

再則，她的聰明靈秀，不但郭靖與之有天壤之別，楊康與之相比也是望塵莫及的。洪七公教郭靖一招「亢龍有悔」足足講兩個時辰，郭靖才馬馬虎虎瞭解大概，其中精義還只能先死記硬背下來，留待他日「慢慢地體會」。而洪七公教黃蓉一套（不是一招）「逍遙遊」的武功，「等洪七公一套拳法使畢，她已會了一半。再經他點撥教導之後，不到兩個時辰，一套六六三十六招的『逍遙遊』已全數學會。」難怪洪七公要感慨萬端地對郭靖說道：「這女娃娃聰明勝你百倍！」而郭靖則還兀自在那兒搔頭發怔；「這許許多多招式變化，她怎麼這一忽兒就學會了，卻又不會忘記？我則記得第二招，第一招卻又忘了。」如此，黃蓉的學藝應比郭靖容易百倍，黃蓉的成就應比郭靖高出百倍了，卻又不然。如小說中所寫，郭靖最後的武學成就與境界，是黃蓉所不能企及的。

郭靖與楊康、郭靖與黃蓉在學藝與成才的道路上，出現了如此出乎意料的結局，確確實實有作者一番苦心、一番卓見。要分析其中的原因，我們可以找出很多很多。在這一章節裡，我們只能先著重談其一點，那就是：高手未必出名門。

高手未必出自名門，這是金庸小說中的一個共同的特點。或者說，是一種普遍的規律。也可以說是他的一貫的思想。顯然，這是一種正確的、有深意的思想。

《射鵰英雄傳》中的郭靖是這樣。而這一部書中所寫的當世五大高手，即東邪、西毒、南帝、北丐、中神通這五個人中，大約除了南帝段智興出自大理段氏這一名門之外，大都是自創一格而後卓然成家的。洪七公號為北丐，身分地位與南帝天差地遠，然也能卓然成家，一套「降龍十八掌」一半出自師授，而多一半則自創而成。東邪成家來源於聰明博學，將前人典籍無不一一批判地吸收：西毒歐陽鋒雖為人邪惡，但作為一位武學宗師卻也有他獨闢蹊徑的大智大慧，蛤蟆功、靈蛇拳、毒蛇液等等來源於自然生物博大的教科書，而一部《九陰真經》經他一番「逆練」居然也錯有錯著，足見其功力不凡。而此五人之中功力最高的王重陽，在他開創之前也並沒有什麼全真派這一正宗名門的。

《射鵰英雄傳》之後的作品中，也都貫穿了高手未必出自名門這一思想。在其主人公身上都有鮮明的體現。如《神鵰俠侶》中的楊過就是郭黃所不教、全真派逃徒，歷經曲折艱險，而後卓然成家的。《連城訣》中的狄雲，《俠客行》中的石破天更是如此。《倚天屠龍記》中的張無忌雖其父是武當派中名俠，他自己的武功基礎也有武當派的內功招式，但他卻算不得武當派這一名門之徒的。《笑傲江湖》中的令狐冲是在離開華山派之後，武功修為才進入超一流高手的境界。

值得注意的是，少林、武當兩派向為中國武術史上的兩大正宗名門，所有小說家都不能不承認這一點，也不能不寫到少林、武當領袖武林這一事實。然而，在金庸的小說中，不僅「天下第一」從沒有少林、武當的份，且絕世高手也多不是由此二派所出，這種現象大概可以說是最值得注意的一種例證了。當然，少林派在金庸的小說中曾出過三位堪稱「第一」的人，一是覺遠和尚（《神鵰俠侶》），一是灰衣無名僧人（《天龍八部》）但這二人都不是少林寺中有正式學籍的武僧，而只是打雜役的「無名人」而已，況覺遠熟讀《九陰真經》，武功卻一點也不會，而灰衣僧人內功驚人，但其武功怎樣也不得而知。除此二人之外，還有一人即是少林寺的逃徒張君寶——武當一派的開山祖師張三丰。實際上，張君寶算不上少林派之徒，他的師父覺遠也不會武功。他的武功來源於楊過教了他三招、郭襄送給了他一個少林羅漢拳的機械模子，再就是覺遠有意無意地教給他的殘缺不全的九陰真經。

實事求是地說，這一位承先啟後，繼往開來的大宗師是全靠自修而成的。小說《倚天屠龍記》中寫道：

……張君寶又想：「郭姑娘說道，她姊姊脾氣不好，說話不留情面，要我順著她些兒。我好好一個男子漢，又何必低聲下氣，委曲求全，這對鄉下夫婦尚能發奮圖強，我張君寶何必寄人籬下，瞧人眼色？」

言念及此，心意已決，當下挑了鐵桶，便上武當山去，找了一個岩穴，渴飲山泉，饑餐野果，孜孜不歇地修習覺遠所授的九陽真經。

……十餘年間竟然內力大進，其後多讀道藏，於道家練氣之術更深有心得。某一日在山間閒遊，仰望浮雲，俯視流水，張君寶若有所悟，在洞中苦思七日七夜，猛地裡豁然貫通，領會了武功中以柔克剛的至理，忍不住仰天長笑。

這一番大笑，竟笑出了一位承先啟後，繼往開來的大宗師。他以自悟的拳理、道家沖虛圓通之道和九陽真經中所載的內功相發明，創出了輝映後世、照耀千古的武當一派武功。

要想卓然成家，自創一格，就必須自修自悟。這道理很明白的。真正的大宗師，是誰也教不出來的。

在金庸的小說之中，不僅高手未必出自名門，而且有許多例證表明，名門之後極少成為絕頂高手。相反，在名門之中，倒是常常出現「一代不如一代」的狀況。例如《倚天屠龍記》中張三丰的七位徒弟就無法與乃師相比。而其時少林寺中，自方丈空聞以下如空見、空性之輩，其武功見識胸襟氣度就更是使人失望，《射鵰英雄傳》中，東邪、南帝、中神通、西毒等絕世高手，或是後繼無人，或是後繼之人始終無法達到真正一流高手之境。如「全真七子」便是，唯北丐洪七公的傳人郭靖一人將其武學發揚光大而已。《神鵰俠侶》中東邪的外孫女、郭靖、黃蓉的女兒郭芙的武功始終徘徊於二三流之間，這一例子就更令人感到格外的令人遺憾和震驚。

對此「名門不出高人」及「一代不如一代」的現象，作者在小說《笑傲江湖》中借風清揚之口說出了一個重要的原因，即：「五嶽劍派中各有無數蠢才，以為將師父傳下來的劍招學得精熟，自然而然便成高手，哼哼，熟讀唐詩三百首，不會吟詩也會吟！熟讀了人家的詩句，做幾首打油詩是可以的，但若不能自出機杼，能成大詩人麼？」此中道理，當得晚生後輩切記而深思之。

此外，小說《連城訣》、《俠客行》等等還警示了其他種種複雜原因，有一些我們在上一卷中已經提及，有一些我們還要留待下面的章節再做分析。

對於高手未必出自名門這一論點，我們需要做以下三點必要的說明。

其一，此文中的高手，指的是超一流的高手，或說是絕頂高手。是指那些能夠自創一格、卓然成家的大宗師一類的頂尖人物。而不是指一般的高手，甚至不包括普通的一流人物。若說高手或一流人物，《射鵰英雄傳》中的全真七子等等完全可以算得上的，而《倚天屠龍記》中張三丰的七位徒弟即武當七俠，及少林寺中的空聞、空見、空性等等都可以算得上是一流高手。《笑傲江湖》中的五嶽劍派的五位掌門人都是一流高手、少林寺方丈方證大師，武當派道長沖虛上人更不必說了。其他作品中亦復如此，不必多列。實際上，在金庸的小說中，名門大派除了不出超一流的絕頂高手之外，其他諸如一流二流的高手還是層出不窮的，而且比之別派出得更多些。小說《倚天屠龍記》中對此有一段很好的提示——小說第四十回中，蒙古兵進攻少林寺，張無忌夜讀《武穆遺書》，按「兵圍牛頭山」的戰例設計了作戰方案，要選一批輕功特佳的人物假裝逃亡，引誘敵軍的注意力，結果選出了四百多人。書中寫道：

……張無忌見這四百餘人之中，少林派僧眾占了八九十人，心想：「少林是武林中第一大派，果然名不虛傳。單以輕功一項而論，好手便遠較別派為多。」

張無忌的想法是完全正確的。這也正是作者要提示我們的。少林派等名門大派雖然不一定能出天下第一，但它們的平均成績或平均水準還是要比非名門大派要高得多的。在這一點上，名門大派畢竟非同小可，瘦死的駱駝比馬大。

其二，如果說絕頂高手不一定出自名門大派，就更不會出自旁門左道。這一點是務必要引起注意的。我們不要以為名門正派出不了絕頂的高手，旁門左道反而倒能出超一流的人物。不少小說雖然要寫一些邪派主角的武功與正派主角相差無幾，甚至還要高些（如《書劍恩仇錄》中的張召重、《碧血劍》中的玉真道長、《射鵰英雄傳》中的西毒歐陽鋒、《神鵰俠侶》中的金輪法王……等等）以使正邪兩派的鬥爭更加激烈曲折而引人入勝。但其中緣由卻很複雜，有不少是出自名門正派而為惡的（如張召重、玉真道長等），還有的是邪派人物卻也是智慧過人的武學宗師（如歐陽鋒、金輪法王）另闢蹊徑、卓然成家的。

然而這在金庸的小說中並不成為一種規律，尤其不是學藝與成才的「人才學」規律。關於武功及其練武的「正與邪」及上乘與下乘，我們在上一卷〈藝分正邪上下乘〉一章中已經有過詳細的分析說明，在這裡就不多重複了。名門正派中若是一板一眼、按部就班、拘泥成法、不會變通，固是培養不出絕頂的高手來，然而旁門左道中人一味的急欲求成、想走捷徑、投機取巧，就更不會有真正的大成就，弄得不好，就有走火入魔的危險。《射鵰英雄傳》中的梅超風因走捷徑而至癱瘓，歐陽鋒因其逆練九陰真經而至瘋狂，應該使我們引以為戒。

其三，我們說高手未必出自名門，並不是說高手肯定不會出自名門，這其中是大有分別的。一方面是要想成為真正的高手，就必須有真正扎實的基本功，需要有真正優秀的基本功法——名門的「教材」——郭靖之成才若是沒有全真教的馬鈺道長傳了他幾年扎實的正宗內功是不成的。張無忌也是首先得益於武當派的內功心法，再得益於博大精深、純正深厚的「九陽真經」。楊過修練內功的法門更是走上了師法自然的大道或正道，在雨中雪中，在洪水中、海潮中練功。

再則，要成高手非但不僅需要有名門正派的內功心法打好扎實的基礎，更需要有名師。「名師出高徒」這話是一點也不錯的。試以郭靖為例，江南七怪是無論如何也不可能將他培養成絕世高手的，只因為這幾位怪俠不但其手不夠高，其眼也是不夠高的。即便有了馬鈺所傳的名門正派的內功心法，郭靖的成就也必有限。只有碰到洪七公這樣的名師高手，選擇了「降龍十八掌」這樣適合於他的功夫，再因材施教，這才使郭靖的武功修養、見識、功力登上了一種全新的層次。《笑傲江湖》中的令狐冲若不是碰到了風清揚這樣的名師，《倚天屠龍記》中的張無忌若不經過張三丰一番指教……其結果可想而知。《神鵰俠侶》中的楊過的師父小龍女雖非名師，然而楊過受到過東邪、西毒、北丐等高手名師的指點，與金輪法王切磋技藝，亦如名師一般。《飛狐外傳》中的胡斐即使有武功秘笈一冊在手，若不是聽趙半山的武學講座，再經苗人鳳演武輔導，又怎能踏進超一流高手的境界？

十六／博採百家業方成

《書劍恩仇錄》中的「百花錯拳』其實也可以稱為「百家錯拳」。因為這是袁士霄博採百家綜合而成的。這正是金庸小說中學藝成才的又一指導思想和行為準則。

博採百家，大業方成。正所謂「法乎上者得其中，法乎中者得其下，法乎眾者得其上」。這是我國古人學藝成才的智慧經驗的總結。

看起來這句話似乎簡單，實則不然。

在武俠小說世界中，只有金庸的小說堅持這一法則，並且貫穿在他的全部小說的創作實踐之中。

《書劍恩仇錄》、《碧血劍》、《雪山飛狐》和《飛狐外傳》這幾部金庸早期的小說，雖然並沒有像《射鵰英雄傳》之後的小說那樣以主人公的學藝成才成長為結構主線，但卻從一開始就明確地貫穿了博採眾長、旁徵博引這樣一種方法思想。

如前所述，一套「百花錯拳」乃是袁士霄學遍了百家之拳、博採眾長、別走蹊徑創立而成的，這不僅寫得十分的有理而又可信，而且也奠定了在金庸小說中能夠自創一格、卓然成家者的一條共同的途徑和方法論基礎，沒有人想要躋身超一流高手之境而無須博採眾家之長的。

有意味的是，袁士霄自創武功，成為當世武功第一高手，按說他的徒弟陳家洛也應該青出於藍，天下無敵才是。但在金庸的筆下，陳家洛雖聰明博學，文武雙全，學會了讓人措手不及的「百花錯拳」，已然進入了高手之林，但並沒有成為超一流的高手，離天下無敵的境界更是相差較遠，陳家洛以「百花錯拳」與周仲英對打，勝了一招已屬僥倖，下次若再與周仲英這樣的高手比武，恐怕就不見得能夠取勝了。以此對付功力超群的張召重更是有所不足，因為陳家洛只是學會了這套「百花錯拳」，而本身的功力卻並沒有真正達到袁士霄的境界，這正是「法乎上者得其中」。再說「百花錯拳」的威力全在於「似是而非，出其不意」，一旦對手分清了是與非、熟悉了拳路，那麼這一套拳「百花」固已易敵，「錯」字也就不那麼難當了。因此陳家洛若不設法提高自己真正的武功修為與內力，光靠師傳的這一套奇異的招式——儘管它已包含了「百家之拳」，但陳家洛卻只是當「一家之拳」來學的——是成不了無敵英雄的。儘管陳家洛文才出眾，考得過舉人乃至解元的功名，那也不成。所以，小說中要安排陳家洛學習和妙悟新的功法和新的武學理論，即回疆迷宮中穆斯林武士所習的《莊子》「庖丁解牛神功」。

之所以要安排這一場情節，那是要讓陳家洛成為真正的絕頂高手，進入武學的更高的境界，從而完成他獨鬥張召重而取勝的心願，這樣做也符合他的主人公及紅花會一代幫主總舵的崇高身分。如此可見金庸煞費苦心：陳家洛僅靠「百花錯拳」不能成為一流高手，但他既為袁士霄的徒弟又已當了紅花會的總舵主，顯然又已不能再拜名師，一來袁士霄之外再無名師比之更高；二來袁士霄脾氣古怪，倘陳家洛再拜他人為師學藝顯然會引起他極大的不快；再說這樣既不符合武林的規矩，且與袁士霄差不多少的「名師」只有天山雙鷹夫婦，而此二人又與袁士霄有解不開的疙瘩，陳家洛更是萬萬不能拜在他們門下的。三來陳家洛已做了紅花會十萬英雄的總舵主，若是再拜師父學藝總不成話。他既沒這樣的時間空閒，又失了總舵主乃至全部紅花會群雄的身分面子，如此，就只能讓他「無師自通，妙悟神功」。學習「庖丁解牛掌」。

說他妙悟神功還馬馬虎虎，說他無師自通，卻又未必，因為他是按照穆斯林武士的遺體的各種姿勢來練習，而又是按照《莊子》竹簡中批示的「破敵妙策，全在於此」而感悟的。所以嚴格地說起來，陳家洛學習「庖丁解牛掌」還是有師父的，那就是一眾穆斯林武士，只不過他們不只一人，而且又都是死了的人。陳家洛跟他們學就什麼矛盾也沒有，而且一點也不失面子和身分的——漢族武士最重身分，而漢族的文武雙全的人就更加倍要面子——大家只能說陳家洛「了不起」，因此，這一情節的安排確實比陳家洛另投名師要好得多，除上述「無矛盾、有面子」之外，還有一點就是著重要讓陳家洛自修自悟進入妙境，他不僅有此身分也有此能力，更重要的是通過自修自悟揭示了進入妙境的一個普遍規律與不二法門。若無自修自悟，是再有名師也不能成為高徒的，更進入不了至高的境界。

如此看來，金庸小說中人物的「學藝」與其他武俠小說家的學藝有著根本的不同。一般的武俠小說中的人物學藝，不是得到一部武學秘笈罷了，就是找到一位武功高強的「名師」足矣。作家再也想不出其他的招數來描寫人物學藝的途徑及其艱辛，進而，作者也不願意為此多費一絲心機的。他們相信找到一本秘笈學成一種奇技，便可以無敵於天下了。又或者是拜一位絕頂高手為師即可以在一人之下、萬人之上了……至於其中與事實符與不符，與道與學合與不合，這些作者都是不管的，他們只能想當然耳。說穿了，他們壓根兒就不為人物的學藝與成才當真的費什麼功夫心力。這就足見一般武俠作家作品與金庸小說的一種本質的區別。

在金庸的小說中，不僅《書劍恩仇錄》裡為陳家洛這位主人公學藝成才精心安排，而在金庸其他幾乎所有的作品中，主人公的學藝與成才都得到了極精心、極合理、也極有詩意的安排。這表明作者金庸首先是十分重視這一點，不肯像其他作家作品那樣偷工減料，更不會投機取巧，尤其不會去胡亂編造。

《碧血劍》中主人公袁承志的學藝與成才雖然寫得不多，卻比《書劍恩仇錄》有更多的篇幅，並明顯地進了一步。

袁承志自幼年起就跟著他父親袁崇煥的舊部應松、倪浩等四人學文習武，這在書中已作了交代，到了十歲那年，他已學盡了倪浩等人的武功，幾位老師要張羅著為他另擇名師。這幾個人是頗有自知之明的。擇師之際，適逢崔秋山前來，崔的武功要比倪浩等人高得多了，讀者以為這下可好了，袁承志大約算是找到了名師吧，卻又不然，一來崔秋山在李自成的軍中東奔西走南拼北殺，自己的性命都朝夕不保，也沒有時間去教袁承志這位徒弟。二來，更重要的是，崔秋山也算不上是什麼名師，更算不上是絕頂武功高手。他的那套功夫驚人的「伏虎掌」是華山派的絕技之一，而崔秋山只不過得到華山掌門穆人清個把月時間的指點而已……這真叫山外有山、天外有天。崔秋山已如此了得，那穆人清還用說嗎？

不錯，那華山掌門人神劍仙猿穆人清已功高絕頂，可稱得上是當世第一，再無敵手。袁承志有幸拜在這樣一位絕世高手門下，且更難得的是老師幼徒之間十分的投緣，穆人清對袁承志竟一改常態與之又說又笑，就像慈祥的祖父對自己聰穎頑皮的孫子一般……寫到這裡，一般的作者和讀者肯定以為已是萬事大吉，因而袁承志的學藝與成才的描寫至此也似應該完事大吉了。

如果金庸真是寫到此時此處為止，讀者也不會多想，更想不到有什麼遺憾。然而，金庸之為金庸，確實有他的出人意料處，和他的過人之能。這才在穆人清這樣一位絕世高手、一代宗師之外，又為袁承志安排了另一位師父，即鐵劍門中的木桑道長。華山派的功夫雖是內外兼修，穆人清更是絕頂蓋世沒有敵手，這卻並不能證明天下武功只此而止。華山派及穆人清的武功並不是無所不包。具體地說，華山派及穆人清的武功只是在內功（「混元功」）及外功（「伏虎掌」、「華山劍法」等等）方面有過人之長，難尋敵手而已。而在此內功、外功之外，還有暗器與輕功等技藝。在暗器與輕功方面，華山派及穆人清雖也有不傳之秘，但卻並非特長，與木桑道長相比是顯然有所不及了。所以，袁承志要想成為一個全面發展的真正高手，那就非要在學習華山正宗的內功外功之餘，再學習木桑道長的輕功、暗器之技藝。因而，作者便安排了這一情節。卻又做得自然而然，天衣無縫。

妙就妙在木桑道長並不收徒，自然也不會將穆人清的徒弟占為己有。但這位道長嗜棋如命，棋盤棋子隨身背著，隨時隨地都要下棋的。到華山來，原本是想找穆人清切磋棋藝的，怎奈穆人清無此時間更無此精力與心思，只得讓袁承志相伴。而袁承志雖不會圍棋，但少年天性，豈有不學之理，恰圍棋又是易學難精，全靠妙悟，以袁承志的心機悟性，文武才能自然能夠漸入妙境的。只是如此耽誤了練武，於是木桑道長想要袁承志陪他下棋，就只有博採，以教他輕功，暗器功夫作為補償了……如此不僅天衣無縫，而且又是皆大歡喜。正如小說中所寫：

……木桑道：「劍法拳術，你老穆天下無雙，我老道甘拜下風，這孩子只消能學到你功夫的兩三成，江湖上已難覓敵手。但說到輕功、暗器，只怕我老道也還有兩下子！」

穆人清道：「誰不知你『千變萬劫』花樣百出！」木桑笑道：「『千變萬劫』是指老道棋藝天下無雙，跟武功決計沾不上邊，萬萬不可混為一談。只因你自居一派宗師，事事講究冠冕堂皇氣派風度，於輕功暗器不肯多下功夫，才讓老道能在這兩門上出出風頭。這樣吧，你讓承志每天和我下兩盤棋，我讓他三子。我贏了，那就是陪師伯消遣，算他的孝心。要是他贏得一局，我就教他一招輕功，連贏兩局，輕功之外再教一招暗器。咱們下棋講究博採，那便是采頭了。你說這麼著公不公平？」

穆人清心想這老道當真滑稽，說道：「好，就是這麼辦。我本來怕承志下棋耽誤了功夫，現下既有如此大好處，你們每天下十局八局我也不管。」木桑和袁承志一聽大喜，一老一小又下棋去了。

如此各得其所，皆大歡喜。袁承志不僅學了華山內功、劍法、拳術，又跟木桑學了圍棋、輕功、暗器。到了〈不傳傳百變，無敵敵千招〉那一回，袁承志的各門功夫都已大成了。

然而，《碧血劍》寫袁承志學藝成才之道並未到此為止。一般的作者與讀者，在如此絕頂蓋世的內功、劍法、拳術、輕功、暗器等技藝之外，再也想不出還有什麼可學的了，而金庸卻能別出心裁，於穆人清、木桑的全面周到的正派功夫之外，又寫出了金蛇郎君夏雪宜的邪派功夫來，讓袁承志於「內外兼修」之餘，再來一個「正邪雙修」，這才放袁承志下山去。這時，袁承志才真正能稱得上是藝業大成而且青出於藍而勝於藍。

小說中安排袁承志學怪俠金蛇郎君的武功，又想出了新招，即夏雪宜人雖已逝，但恰巧埋骨華山，幾經奇遇，不僅讓袁承志發現了他的奇門兵刃及《金蛇秘笈》，而且還讓袁承志為之埋藏遺骨，有半師之誼。袁承志在十三歲時就已發現《金蛇秘笈》，但並未將它放在心上，若不是下山前夕碰上石糯派的張春九等二人前來盜書，袁承志大概早已將此遺忘了。如是，時隔七年之後，袁承志武功大成、年已二十，下山前夕才來研讀《金蛇秘笈》，其中也是安排精密、大有深意的。小說第四回中寫道：

……袁承志打開鐵盒，取出真本《金蛇秘笈》放在桌上，翻開閱讀，前面是些練功秘訣以及打暗器的心法，與他師父及木桑道人所授大同小異，約略看去，秘笈中所載，頗有不及自己所學的。但手法之陰毒狠辣，卻遠有過之。心想，這次險些中了敵人的卑鄙詭計，日後在江湖上行走，難保不再遇到險惡的對手，這些人的手法自己雖然不屑使用，但知己知彼，為了克敵護身，卻不可不知，於是對秘笈中所述心法細加參研。

一路讀將下去，不由得額頭冷汗涔涔而下，世上原來竟有這種種害人的毒法，當真是匪夷所思，相較之下，張春九和那禿子用悶藥迷人，可說是毫不足道了。

讀到第三日上，見秘笈所載武功與自己過去所學全然不同，不但與華山派武功無絲毫共通之處，而且從來不曾聽師父說起過，那也並非僅是別有蹊徑而已，直是異想天開，往往與武學要旨背道而馳，卻也自具克敵制勝之妙。他一藝通百藝通，武學上既已有頗深造詣，再學旁門自是一點即會。秘笈中所載武功奇想怪著，紛至遝來，一學之下，再也不能自休，當下不由自主地照著秘笈一路練將下去……

上段文字簡述了袁承志在修練了穆、木兩家正宗武功之後，又修練邪派武功《金蛇秘笈》的過程及其緣由。在這裡，作者也借主人公袁承志之眼，寫出了修習邪派武功的兩點原因或必要性，即一，邪派武功之中自然有不少正派武林人士所不屑使用的招數，但即便不用，學習和熟悉之後，至少可以起到「用革命的兩手，對付反革命的兩手」的作用，即可以做到心中有數，而不至於被邪毒陰險的武功所傷害。其二，更重要的是，邪派武功中除了一些陰毒招式之外，其他也是有不少異想天開而又自圓其說的武學理論與招式的，從而學習它可以做到使正派武士開闊思路，他山之石、可以攻玉，便是這個意思了。這一點正是金庸所要強調的一點。一來，武林的正邪之分主要在人而不在於武功，正派中人可以利用邪派武功而為善；邪派中人亦可以利用正派武功而為惡。二來，邪派之中亦有不少聰明才智之士，在正道之外廣開旁門，雖不能與正道比肩，卻也因別走蹊徑而自成一家，對此，我們顯然沒有必要連同孩子與髒水一起潑掉。一味地不承認邪派武功自有其存在的道理和價值，其實並不是高明的做法。真正的高手不但要內外兼修，而且要正邪雙修。袁承志在修煉成了正派武功之後再修金蛇秘笈，非但沒有壞處，而且好處極多。當然，若是袁承志在十三歲發現「金蛇秘笈」時就開始修練這一派功夫，那又完全不一樣，那會使袁承志的武功走上邪路而達不到真正絕頂的境界，可見作者的安排不僅絲絲入扣，而且又都是深具機心的。其中關竅，一點也錯不得，一點也忽視不得。

可以說，這部《碧血劍》中的袁承志的學藝過程展示了金庸的學藝成才需要博採眾長這一明確而獨到的思想。不僅在正派功夫中可以博採，在邪派功夫中亦可以博採的。這一思想的高明程度，我想不必細說，比之秦始皇的「焚書坑儒」以及「文化大革命」中將「封資修」的文化典籍全部送進「歷史的垃圾堆」的行為，當真不可同日而語。

小說《雪山飛狐》與《飛狐外傳》中，作者沒有為主人公胡斐其人的學藝與成才多費心思。而是用了一個老套，即胡斐有一本記載他家祖傳武學功夫的秘笈，照此練習，勤奮自修也能成才。但就是在《飛狐外傳》裡，作者還感到有些不太妥當，所以要安排，胡斐與趙半山結識，安排趙半山這一太極派高手、內家功夫和暗器技藝蓋世無人以及心劍術、掌法均為打遍天下無敵手的苗人鳳這樣的老師為胡斐開講座、上輔導課，其中苗人鳳不僅講理論而且還演姿勢，不僅講其他的武功，而且還專門地講胡斐家傳的「胡家刀法」。這才使胡斐的學藝有了指導，也使他的成才有了一定的依據。否則，有再好的教材，而無高手名師的指點，靠一個識字不多的兒童是很難做到融會貫通、心領神會的。

再讓我們看看其他的作品中人物的學藝成才，是否都是博採眾家之後藝業方成的。

郭靖的第一批老師是江南六怪（因為張阿生已死），一共是六個人，而且並不是同一門派的六個人；此外，作品中還專門安排了全真教這一名門正宗武學的掌門人馬鈺特意前來傳授郭靖以天下無雙的內功心法。這樣，郭靖在內功方面是全真派的，而在招式方面才是江南七怪所教。此時，郭靖的武功還只能算是剛剛入門，直到他碰到黃蓉，而又與黃蓉一起求得絕世高手洪七公教他「降龍十八掌」這一至陽至剛的功夫，這才使郭靖的武功進入了一個更高的層次。一是「降龍十八掌」至陽至剛，正適合郭靖的資質和性格，二來洪七公一代名師因材施教，從而能使郭靖武功進境一日千里；三來郭靖此前的內功，招式的基礎也是不可忽視的，否則他就不可能一上來就能學「降龍十八掌」。

至此，只不過是郭靖學藝的一個新的階段。直到郭靖來到東邪所居的桃花島上，碰到武學奇人，第一高手王重陽的師弟老頑童周伯通，蒙他與郭靖結拜為兄弟，傳授他七十二路「空明拳」，使他懂得「以柔克剛」的道理，從而能與至剛至陽的「降龍十八掌」相輔相存。周伯通又授以雙手互搏之術，看似玩笑，實則等於給郭靖猛虎添翼。最重要的是周伯通偷偷地傳授了《九陰真經》的全部經文，這才保證了此人從此開始真正地步入超一流高手的層次。隨後又觀東邪、西毒以簫、箏相鬥，復睹東、西、北三大高手的音、氣相拼，後又遇南僧一燈大師，不僅聽他詳細講解了九陰真經的真義，且從南僧的獨門絕技「一陽指」神功之中也悟到了不少的功夫……再說黃蓉出身東邪之門，與郭靖傾心相愛，豈有不在花前月下，路畔湖邊與他講解東邪一派武功精義的道理。縱使郭靖愚魯，不能修習東邪的武功，但他山之石可以攻玉，武學的道理無不可通。這樣，郭靖可以說是學習了當世五大高手門派中的四派功夫：全真教的內功、北丐的十八掌絕技、南僧的一陽指神功、東邪的林林總總，再加上一位不亞於西毒歐陽鋒的高手周伯通教他「空明拳」、「雙手互搏」，以及舉世無雙的九陰真經……可以說郭靖至此，已是於天下武學絕詣精義無所不窺，焉得最後不成大才之理?!

小說的最後，並沒有寫到郭靖在武功上勝了東邪、北丐和西毒，這是有道理的，因為他畢竟年紀尚輕、修為尚淺、雖博學眾長，但資質一般而不可能迅速地戰勝這幾位絕世的高手。可是他以如此年紀，能與東邪、北丐這樣至巧或至剛的高人拼三百招而不敗，便足以預見他在武學修為上的光輝未來了。

《神鵰俠侶》中的楊過的學藝經過，與郭靖相比，可以說是有過之而無不及。「他生平受過不少武學名家的指點，自全真教學得玄門正宗內功的口訣，自小龍女學得玉女心經，在古墓中見到《九陰真經》，歐陽鋒授以蛤蟆功和逆轉經脈，洪七公與黃蓉授以打狗棒法，黃藥師授以彈指神通和玉簫劍法。除了一陽指之外，東邪、西毒、北丐、中神通的武學無所不窺，而古墓派的武學又於五大高人之外別創蹊徑，此時融會貫通，已是卓然成家。」

《倚天屠龍記》中的張無忌學了武當內功心法、謝遜的「七傷拳」等武功口訣、九陽真經、乾坤大挪移、太極拳與太極劍法、波斯武功……等各家各派的武功，而最後又不僅看到了兵書《武穆遺書》，也看到了武學秘笈《九陰真經》。

《連城訣》中的狄雲學了「唐詩劍法」，又學了丁典的「神照經」，又學了西藏血刀門「血刀刀法」。《俠客行》中石破天學了大悲老人的內功圖譜、丁不三的擒拿手、雪山派劍法、金烏派刀法、石清夫婦的上清觀一派劍法及武學精義，而最後又通解了「俠客行武學圖譜」。《笑傲江湖》中，令狐冲學了華山劍法、氣功，又學了五嶽劍派失傳的精妙招數及破解之法，又學了「獨孤九劍」，又學了任我行的「吸星大法」，而最後又練了少林正宗武功的絕學「易筋經」武功。《天龍八部》中，即如段譽這樣一位不想學武功的人，也還是學會了「逍遙派」的「凌波微步」及「北冥神功」，而後又機緣湊巧地學會了大理段門的絕學「六脈神劍」。虛竹也是在自己完全沒有準備也不想學的時候得了逍遙子的內力與武學、蘇星河的醫術武功，天山童姥的「生死符」、「天山折梅手」等武功絕學，他練了幾十年的少林功夫被排除在體外。

甚至《鹿鼎記》中的主人公韋小寶也有幸拜了一系列的高手為師：太監海大富、天地會總舵主陳近南、神龍教主洪安通、獨臂神尼前明公主、少林寺澄觀和尚及晦聰方丈……這些人無一不是絕頂高手、一派宗師。只不過韋小寶一向與武無緣，拜了這麼多的師父，真正的武功卻沒有學到，只有一套逃跑功夫「神行百變」學得相差彷彿。他「不採百家，大業也成」的道理奧妙，我們在後文中再說。這裡只是說真正的練武學藝之人必須博採百家而後大業方成。與韋小寶的方針有一字、一音之差，不可不引起真正學藝之人的重視注意。

綜上所述，我們可以看到，就學藝與成才這一意義而言，金庸是用全部的小說創作，反覆地論證敘述博採眾長的真理。如果說金庸的小說有什麼「雷同」或「模式」的話，這就是了：「法乎上者得其中，法乎中者得其下，法乎眾者得其上」。倘若我們對此還沒有真正的意會，那就未免太辜負了作者的一片苦心與誠意了。

博採眾長這幾個字看起來極簡單，但真理卻是極簡單中包含著極複雜的玄奧內容。認識了它，就有了真知卓見，實踐了它，便成了真正的萬妙真經。學武、學文，無所不成。

十七／機緣雖巧尚須勤

「業精於勤，荒於嬉。」這也是一句古話，又是一句大白話，想必誰都聽說過，誰都懂得的。一點兒也不玄奧。

只可惜能做到一個勤字的人並不多。能做到勤而又堅韌的人就更少。

所以孟子就說：「天將降大任於斯人也，必先苦其心志，勞其筋骨，餓其體膚，空乏其身，行拂亂其所為，所以亂心忍性，增益其所不能」（《孟子・告子下》）。孟子先生在這裡所說的斯人，其實可以是每一個人，每一個平凡普通的你、我、他、她。只要能做到「威武不能屈、富貴不能淫、貧賤不能移」就是英雄，只要在「苦其心志，勞其筋骨，餓其體膚，空乏其身」時其志不改、氣不移、情不變，就是以承擔天降大任。只要能做到勤奮而堅韌不拔，就能學藝成才。

只可惜我們大都不相信這一點。我們不能真正地做到勤奮堅韌，而且也不能相信自己更不能把握自己，所以就只能去相信命運而又去抱怨命運。以為那些成功的人都是由於他們的好運；那些成才的人都是由於他們客觀條件擺在那兒。

因此，說到學藝與成才的學問方法，我們竟不能相信一個勤字乃是絕大多數人成才的根本秘訣，一個韌字乃是絕大多數人成功的不二法門。我們總以為這太簡單了，太容易明白了，因而不可能是什麼方法論或人才學。我們當然更願意去相信那些似懂非懂的東西，因為那些東西聽起來玄妙非常。說穿了，我們就是想要尋找捷徑、投機取巧。結果我們得到的祖傳秘方，只不過是些藥不死老鼠、藥不死貓的老鼠藥。

武俠小說寫到學藝與成才就難了。

因為我們通常所理解——和希望——的所謂上山學藝，實際的意思是尋找奇遇，而不是真正的學藝成才。

進而，武俠小說乃傳奇之書，只要寫出人物的成才並成功後的奪目光彩就能夠吸引人們的傾慕、好奇、神往的目光。相比之下，學藝練武是何等的漫長而又枯燥、不能不使人感到乏味之至、不耐其煩。這正如我們看運動員的體育比賽大都能興高采烈、神情激動，但看運動員們日常的訓練卻不免令人沮喪：一支標槍扔一千次，一只排球扣一千次，一只槓鈴舉一千次，一個跳水的動作重複一千次……這些不使人疲乏乃至昏昏入睡才怪呢。

可是，若沒有一千次投槍、一千次扣球、一千次舉起槓鈴和一千次重複同一動作……又哪裡能夠獲得運動比賽場上那一剎那的成功的光彩和一次使人歡聲雷動的巨大榮耀呢？這道理人人都懂得的。也是誰都不能不承認的。

可以說，在人類內心深處，仍然存在著這樣一種隱秘的渴望，那就是通過一次奇遇而徹底地改變命運，改變人生，獲得夢想的成功，從而一舉成名天下知。只是，在現實生活中我們畢竟無法滿足這一夢想，在現實世界中無法實現這一內心的隱密的渴望，因而人們才會將渴望的目光投向小說和戲劇，投向表現英雄及非凡之士的小說和戲劇。武俠小說受到青睞，大概就有這方面的原因。在武俠小說中，我們可以看到其中的人物並不需要一千次一萬次地重複一個乏味的動作，而只需要一次奇遇或一本秘笈，就可以直接走上成功成名的發獎臺。大部分武俠小說的作家於是便投其所好，大寫奇遇與秘笈。

顯然，如若不寫奇遇和秘笈，而去寫那一千次的重複，那會是吃力而又不討好的。這樣的事，小說家們當然不會去做。

只有武俠小說的大宗師金庸是個例外。

只有金庸的小說中，學藝、成才、一千次一萬次的艱苦磨煉也成了小說的主要內容和線索。只有金庸的小說中，才會給人物最後的輝煌提供了足夠的注腳和資料，鋪墊一條艱苦而又感人，離奇而又真實的學藝成才的道路。

於是，金庸便在他的小說《射鵰英雄傳》裡，安排了一個身世、性格都極平常、而資質悟性都不夠好、甚至有些愚鈍的郭靖作為全書的敘事主人公。

郭靖終於成為一代大俠，成為一代名流，躋身於絕世高手之林。他的成就超過了遠比他條件優越的楊康，也超過於比他聰明百倍的黃蓉。

這怎麼可能？

這應該怎樣解釋？

這一問題，肯定會引起大家興奮和關注。也許會有朋友來解開這一問題的奧秘，為它提供一種可信的答案。

答案可能有以下四種：

一，作者有意這樣安排。作者是上帝。作者要安排人物怎樣就能怎樣。

二、是由於郭靖的一連串奇遇和機緣，如碰上馬鈺、洪七公、周伯通、一燈大師等。

三、是因為郭靖其人看似愚鈍，實則「大智若愚」而並非真愚真蠢。

四、是因為郭靖心誠志堅、堅韌勤奮。從而勤能補拙，最終拙能勝巧。

也可能還有其他的回答，諸如他學習「降龍十八掌」是學對了路子……等等。不過這仍可以歸入上述四種答案中的某一種中去。所以我們只選擇了以上四種有代表性的答案。

顯然，上述四種答案還可以進一步歸納成兩組，一、二兩種近似，可以為一組：三、四兩種相近，又可以為一組。前一組強調有緣，而後一組強調有理。前一組可以說是歸因於命運的安排，後一組則重視個人的抉擇。

以上兩組、四種答案當然都是有道理的。它們各有各的道理，因為它們是從不同的角度去看這一問題的。所以，我們要說的正確的答案，正是這四種、兩組答案的綜合。

郭靖這樣一個人能夠學成絕藝成為大才，這當然首先是作者的有意的安排，作者要故意寫這麼個人物的這樣的故事。進而，這一人物之所以能學藝成才當然也有命運機緣在內，若不如此，他也不能有如此之大的成就，這當然也還是作者安排的或故意安排的。

問題是，作者為什麼要故意如此，而又怎麼能夠隨意安排呢？

這就不能不牽涉到郭靖這個人。

郭靖能夠拜洪七公為師，而又在桃花島上與周伯通結拜兄弟，進而又親聆一燈大師的指教……這一連串的奇遇無不與黃蓉有關。可以說這一連串的奇遇起源於同一個奇遇，那就是郭、黃相遇，而黃蓉對郭靖可以說是慧眼識英雄，復而傾心相戀。黃蓉之愛郭靖，當然是他的誠實、樸素、寬厚、豪邁。須知黃蓉是扮成一個骯髒頑皮的小叫花子與郭靖結識的，郭靖不僅請她吃飯，贈她銀子而且送她千金裘衣、汗血寶馬，如此胸襟、如此氣度、如此熱忱豪邁而竟又如此樸實憨厚，怎能不叫黃蓉傾心？

且說正題。郭靖之成才學藝居然超過了楊康與黃蓉，僅說他有奇緣是說不通的。就算他比楊康有機緣，可他的機緣決不比黃蓉為多一點，他所見到的人，黃蓉都見到過，而黃蓉還有東邪黃藥師這樣一個爹爹，這是郭靖所沒有的。所以僅強調客觀機遇是不能使人滿意的。

那麼，郭靖這位老兄果真是大智若愚了？

也可以說是，也可以說不是。

先說不是。

所謂大智若愚，大巧若拙，其意思是像愚、像拙，但卻並不是真愚、真拙。相反有真正的大智、大巧。這就與我們的郭大俠有點不大像了。因為郭大俠小的時候確實不聰明，愚是真有點愚，拙也是真有點拙，而不是什麼若愚或若拙。這一點我們在小說中隨時可見，不必為賢者諱。再說，想諱也是諱不掉的。

且看小說中是怎樣寫的：

……鐵木真……伸手撫摸郭靖頭頂，不住讚他勇敢，又有義氣，這般奮不顧身的救人，別說是個小小孩子，就是大人，也所難能，問他為什麼膽敢去救華箏，郭靖卻傻乎乎的答不上來，過了一會，才道：「豹子要吃人的。」鐵木真哈哈大笑……

這是思之愚鈍、言之笨拙。再看：

……每到晚上，江南六怪把郭靖單獨叫來，拳劍暗器、輕身功夫，一項一項的傳授。郭靖天資頗為魯鈍，但有一般好處，知道將來要報父親大仇全仗這些功夫，因此咬緊牙關，埋頭苦練，雖然朱聰、全金發、韓小瑩的小巧騰挪之技他領悟甚少，但韓寶駒與南希仁所教的紮根基功夫，他一板一眼的照做，竟然練得甚是堅實。可是這些根基功夫也只能強身健體而已，畢竟不是克敵制勝的手段。韓寶駒常說：「你練得就算駱駝一般，壯是壯了，但駱駝打得贏豹子嗎？」郭靖聽了只有傻笑。

六怪雖是傳授督促不懈，但見教得十招，他往往學不到一招，也不免灰心……

這是腦之愚、體之拙。再看一段：

……洪七公道：「我對你說過，要叫對方退無可退，讓無可讓。你剛才這一掌，勁道不弱，可是松樹一搖，就把你的勁力化解了。你先學打得松樹不動，然後再能一掌斷樹。」

郭靖大悟，歡然道：「那要著勁奇快，使對方來不及抵擋。」

洪七公白眼道：「可不是麼？那還用說？你滿頭大汗的練了這麼久，原來這點粗淺道理還剛想通，可真笨得到了姥姥家。」又道：「……」

郭靖茫然不解，只是將他的話牢牢記在心裡，以備日後慢慢思索……

這是他悟性之愚、知性之拙。

以下我們也不必再引了。總之他是真有點愚鈍笨拙的。在小說中沒一個人講他聰明甚或是不笨。

說起郭靖練武的「法門」，那可以說是貽笑大方的。總結起來，郭兄弟的「法門」不外以下幾條：

一是「咬緊牙關，埋頭苦練」；

二是「人家練一朝，我就練十天」；

三是「志堅韌身勤奮，十數年如一日」。

這三條沒有一條是稀奇的。甚而笨得有些可笑。然而，我們可以笑第一條，也可以笑第二條，但到了第三條恐怕就笑不出來了。第一條我們說他是笨人的笨法子，第二條是笨鳥先飛，勤能補拙，這第三條可就不那麼簡單容易了。一個再笨的大，能做到意志堅韌、勤奮刻苦而十數年如一日，就已是一個最了不起的人。

因此，在這一意義上，我們又可以說郭靖郭大俠是真正的大智若愚、大巧若拙，他再愚，堅韌不拔也能化愚為智而且是大智；他再拙，勤奮刻苦也能化拙為巧而且是大巧。這正是郭靖與楊康、黃蓉這一類聰明人不同的地方，也正是他比楊、黃等聰明人更高明的地方。因為楊康、黃蓉的聰明實在只不過是些小聰明，楊康、黃蓉的靈巧實在只不過是些小技巧而已。

聰明而不能堅韌不拔便不可能高明，不可能達於大智；靈巧而不能勤奮刻苦便不可能真正達於大巧。

楊康學藝，總想急欲求成，投機取巧，所以欲速則不達。他雖聰明，卻不能懂得這個道理，更不能刻苦勤奮堅韌不拔，那又有什麼用？那聰明也是極其有限的。黃蓉學藝，總是淺嘗則止，貪多求樂，而不能「為伊消得人憔悴，衣帶漸寬終不悔」，所以既不能達到乃父黃藥師那樣的大聰明真靈巧，又比不上郭靖以堅韌不旁騖而求大智，以勤奮不休止而求大巧。

只可惜這世界上像楊康這樣的聰明人太多太多，而像郭靖這樣的「笨人」太少太少了些，只可惜黃蓉這樣的「巧人」太多而郭靖這樣的「愚人」又太少。如是學藝成才，若不落空，便必然似是而非。

這正是：業精於勤，勤能補拙，抽能勝巧，巧遇奇緣尚須勤。

郭靖的學藝成才確實能給我們很多的啟示。但這並不是說愚比智好，拙比巧強。而是強調以韌化愚、以勤補拙，從而做到大智若愚、大巧若拙。

金庸的小說妙就妙在不斷地別開生面。在金庸的小說世界之中，笨人有笨人的學藝成才的法門道路，聰明人也有聰明人的學藝成才的方法途徑，不聰明也不笨的人則又有介乎二者之間的學藝之道與成才之路，正是不同的人，皆各得其法。各得其所，便都能學成絕藝而成為大才。

《神鵰俠侶》中的楊過，其靈巧超過楊康，聰明不亞於黃蓉，與郭靖相比可以說正是兩個極端。因而，楊過的學藝成才之路與郭靖相比完全是另一番景象。楊過既不同於楊康，更不同於郭靖，走上了一條與他們完全不同的學藝之路，終於與乃父背道而馳，而與郭靖殊途同歸。以黃蓉之靈巧，料人心性十拿九穩，但終其一生都捉摸不透楊過是什麼路道。這也正說明了楊過的學藝成才之路的特別。

楊過一生的成就可以說比郭靖大，但他的遭遇卻遠比郭靖慘，他的學藝成才之路遠比郭靖難。這一切固有命運的安排、性格的抉擇，但也因為他的聰明。他的聰明伶俐、敏感機巧正是他性格的一部分，而且是基礎部分。

楊過學藝的艱難恰恰是因為他太聰明。

按說他既然碰到了他的郭伯伯、郭伯母，而且又一起到了桃花島上，應該跟著郭、黃學藝才是。且郭靖亦有此心，但黃蓉卻怕他「聰明反被聰明誤」，不僅不讓郭靖教他，而她自己也只教他「子曰詩云」的文化課而不是武藝。終因年輕而又聰明的人的自尊與偏激，與武氏兄弟大打出手，在桃花島待不下去了。

郭靖無奈，只得將他送到終南山全真派門下，讓他學得天下名門正宗的武功。這原是一番好意，卻是楊過再一次聰明反被聰明誤了。那便是過於敏感地以為郭靖不願意教他武藝望他成才，又過於想當然地認為全真派的武功簡直「不堪一擊」，所以鬧得不可開交之後，竟然反叛師門，到古墓中去了。

如此，他失去了兩次學藝名門的機會。當然，在另一方面，也未嘗不是歪打正著。他師承小龍女學習古墓派的功夫，不僅找到了適合於他的靈巧的武功——正如郭靖之適合於「降龍十八掌」——而且還使他在古墓之中獲得了他有生以來所未有的寧靜的溫暖情愛。進而，在平靜乃至寂寞的古墓之中生活，也磨練了他的性格、純化了他的智慧。使他的武功和人格都由剛烈鋒銳進化到靈慧秀逸的一個新的境界。而這又無疑得益於他的聰穎靈悟。當然這也是冥冥之中命運的安排。否則，像他這樣一個聰明機巧的孩子，又怎能夠靜得下心來勤修苦練那枯燥乏味的古墓派功夫？

聰明人總是難得勤奮與堅韌的，正因為如此，一旦聰明靈巧的人做到了堅韌與勤奮，其成就必定格外輝煌，正如後來的楊過。楊過的性格，是天生的偏激、熱烈、剛硬、佻達、暴躁，總之是剛烈有餘而柔韌不足。這是一種易折的性格，因而他所練的武功也不可能達到更高的層次。只有在古墓的寧靜、安詳、陰柔、平和的歲月中，才會使他的性格和武功增加新的成分、進入新的層次。

走出古墓之後，楊過有許許多多的奇遇，其中對他影響最大的，莫過於遇到北丐和西毒比武，從中學會了變化多端、以巧制勝的丐幫不傳之技「打狗棒法」；再則是遇到黃藥師，學習了東邪一派的玉簫劍法和彈指神通的武功；再如遇黃蓉學會了包括「打狗棒法」口訣在內的許多機變無雙的武功，又與小龍女將全真劍法與古墓玉女素心劍練到了雙劍合璧……楊過此時的武功已然極為可觀。足可以與當代一流高手對敵數百招而不敗。楊過的靈巧聰明，可以說發揮到了極致。

然而，這還遠遠不是武功的頂點。

仔細地想一想，楊過所習的武功全都是機巧陰柔靈變活泛的一路。他無緣學「降龍十八掌」這樣的武功。因而他雖將巧變發揮到了極致，但其勁力仍是不夠，尚不能真正地與當世超一流的高手爭勝。

於是，小說中，當楊過的一臂被郭芙斬下，他的機巧再發展，甚而無法再施展的時候，就安排了一個極為奇異的機緣，讓楊過無意間來到當年劍魔獨孤求敗的埋劍荒谷，並讓當年伴隨獨孤求敗的神鵰引導楊過走向一個連做夢也沒有想到過的新的境界。那就是：「重劍無鋒，大巧不工」的新境界。這對於楊過來說，無疑是一場革命性的質變。因為他的性格與武功，一向是以聰明機巧、靈活多變為其主旨的，而他也將靈巧的武功發揮到了極致，那麼，巧之極致以後又該怎樣呢？

如前所述，孤獨求敗的劍塚實際上展示了學藝成才的四重境界。對楊過而言，他已經歷了第一重「剛猛鋒銳」的境界，也跨越了第二重「柔巧機變」的境界，再下來就應該進入「重劍無鋒，大巧不工」的境界了。

於是，我們就在小說的〈神鵰重劍〉等回中，看見了一個又一個感人至深的場面：先是神鵰誘使楊過拿起重劍與之抗擊：

楊過……說著換過了重劍，氣運丹田，力貫左臂，緩緩挺劍刺出，神鵰並不轉身，左翅後掠，與那重劍一碰。楊過只覺一股極沉猛的大力從劍上傳來，壓得他無法透氣，急忙運力相抗，「嘿」的一聲，劍身晃了幾下，但覺眼前一黑，登時暈了過去。

……如此練劍數日，楊過提著重劍時，手上已不如先前沉重，擊刺揮掠，漸感得心應手。同時越來越覺以前所學劍術變化太繁，花巧太多，想到獨孤求敗在青石上所留「重劍無鋒，大巧不工」八字，其中境界，遠勝世上諸般最巧妙的劍招，他一面和神鵰搏擊，一面凝思劍招的去勢回路，但覺越是平平無奇的劍招，對方越難抗禦……

接著又是到山洪中練劍……

這一段看是太湊巧、太離奇、比如埋葬寶劍的獨孤遺刻已是夠奇，更離奇的是神鵰幾乎通神，而且還幫楊過採來蛇膽以增添內力，又指引楊過用各種新奇的法門來練功……這些都超出了現實可能性。像是一種神話或童話。然而，我們透過這一層童話——武俠小說本就是「成人的童話」——或神話的外衣，我們就能發現，楊過練功的方法，層次都是極為可信的。比如在山洪之中練習氣功與劍術，這看來是那樣的普通，絕非神話中的情景。更主要的則是，這些情景之下所蘊藏的學藝之道乃是極真極深極珍極貴的。

故事雖然離奇，練成的功力也有些匪夷所思，然而它的底蘊卻是真實可信的。因為在這裡深刻地揭示了一種人性的力量，在雨水中、山洪中、在一切險惡的自然環境中克服外在的與內在的種種艱難險阻，充分挖掘人類體能和智慧的潛力，達到極限而又突破極限……這充分展示了人性力量的無窮，人類智慧與體能潛力的無窮。因此，再沒比這更普通而又更深刻的了。再沒比這更艱難更寶貴更可信的了。

對楊過而言，他也是充分地發揮了自己智慧的優勢，又充分地發揮體能的極限潛力，而達到一個武藝與人格的新的境界。這不僅僅是一種與大自然力量的搏擊，甚至也不僅僅是在大自然中鍛煉人的體能，更主要的乃是楊過對自我的突破，對已知的超越、對自我沮喪的一種克服，對一個新的人格的完成。當他只剩一臂時，他的沮喪是可想而知的，並且又面臨情花毒發，生命不久於世，這是一個絕望的臨界點。然而也就是在這樣一個臨界點上，那神鵰——這神鵰可真不愧為是「神」鵰——讓他拿起了重劍。

他拿起重劍，斬劈的是一個舊的自我，雕刻的是一種新的自我。

於是，楊過練成了無鋒不工的大巧重劍。

進而我們又看到在與小龍女生離死別的日子裡，楊過又來到深谷與神鵰一起在大雪中練劍，又到大海潮汐之中去練劍……六年之後，他終於練成了不滯於物及以無劍勝有劍的絕頂的境界。

所有的這一切，正包括了勤、韌、悟、苦，以及人類的一切學藝與成才的根本的道理與方法。

有這種精神、這種毅力，這種智慧與這種堅韌，這種意志與這種勤奮，有什麼樣的困難不能克服，什麼樣的神功不能練成呢？何種技藝、何種才能不可以修練，不可以獲得呢？

金庸在《神鵰俠侶》中楊過這一人物身上——通過獨孤求敗這一至高無上的劍魔劍神以及他的良伴神鵰的指引——為我們樹立了克服自我、超越自我、發揮潛力、突破極限的光輝典範。那獨孤求敗與那神奇的大鵰，我們又何妨將他們看成是楊過和我們大家的老師，又何妨將他們看成是作者智慧的象徵?!這一部書，正是一部人類精神與技藝的獲得和超越，以及人類學藝與成才道路的最深刻的寓言。

如前所述，在金庸的小說中，不僅描述了郭靖這樣的愚鈍者的學藝之路，也描述了像楊過這樣的聰明人的成才之路，而且還寫了石破天、張無忌、令狐冲、狄雲……等等一系列年輕的主人公們各自不同的成才之路與學藝之道。仔細地閱讀和分析這些年輕的主人公的成才之路與學藝之道，應該能夠得到豐富而深刻的啟示，應該能找到這些性格、經歷、氣質、遭遇、才智……等等都各不相同的青年武士的各自不同、然而又合情合理的描述和創造。

不過，在此我們已無需逐個地去分析他們——這應該是我們每個讀者的事。是我們每一個讀者的權力與義務。因為在以上兩部書中，我們已經清楚地看到了一點，那就是在金庸小說中，人物的學藝與成才道路與方法，絕非一味的傳奇而已。在其傳奇的外衣下面，蘊藏了作者關於人類學藝與成才的方法道路的深刻智慧和思想的豐富寓言。

十八／絕藝來自大胸襟

在前文中我們述及郭靖以勤補拙、以韌化愚，不被小聰明所誤，不被小靈巧所囿，因而說他是大智若愚、大巧若拙。這些話其實只有部分正確，而且還不是主要的部分。我們僅只是從方法論來認識，而沒有從認識論角度來觀照大智若愚、大巧若拙這兩句說的真正的意義。

郭靖其人的真正的優點或優勢，當然不僅僅在於他的勤奮和堅韌，還有重要的一面，那就是他胸襟博大、氣度恢宏、性情寬厚、人格崇高。

看起來，這些優點似乎與學藝成才沒什麼關係，實則正是這些才是郭靖學成絕藝，成為一代大俠的最關鍵的因素。

試想，若無大胸襟、大志向，又何來大眼界、大手筆、大氣勢、大智慧？

在《射鵰英雄傳》中，黃蓉正是憑她的女性直覺瞭解和認可了這一點，這才慧眼識英雄傾心而鍾情。在這一部書中，還有一個人明確地認識到了郭靖的「呆頭呆腦」的表象背後所隱藏著的博大胸襟——也許誰也料不到——這個人是瘋瘋傻傻而又武功奇高的老頑童周伯通。

在小說的十六回〈九陰真經〉的結尾處，周伯通說到他的師兄王重陽將比武獲勝得來的《九陰真經》藏了起來，周伯通說他當時不知何意，但郭靖在「沉思半晌」之後「忽然跳起」叫道：「對啊！正該好好的藏起來，其實燒了更好。」這使周伯通一驚，因為這正是王重陽當年的意思。只是王重陽幾次想要毀去，卻總是下不了手。周伯通問道：「……兄弟，你傻頭傻腦的，怎麼居然猜得到？」郭靖漲紅了臉，答道：「我想，王真人的武功既已天下第一，他再練得更強，仍也不過是天下第一。我還想，他到華山論劍，倒不是為了爭天下第一的名頭，而是要得這部《九陰真經》，他要得到經書，也不是為了要練其中的功夫，卻是相救普天下的英雄豪傑，教他們免得互相斫殺，大家不得好死。」小說中接著寫道：

……周伯通抬頭向天，出了一會神，半晌不語。郭靖很是擔心，只怕說錯了話，得罪了這位脾氣古怪的把兄。

周伯通嘆了一口氣，說道：「你怎麼能猜到這番道理？」郭靖搔頭道：「我也不知道啊。我只想這部經書既然害死了這許多人，就算它再寶貴，也該毀去才是。」

周伯通道：「這道理本來是明白不過的，可是我總想不通。師哥當年說我學武的天資聰明，又是樂此而不疲，可是一來過於著迷，二來少了一副救世濟人的胸懷，就算畢生勤修苦練，終究達不到絕頂之境。當時我聽了不信，心想學武自管學武，那是拳腳兵刃上的功夫，跟氣度識見又有什麼干係？這十多年來，卻不由得我不信了。兄弟，你心地忠厚，胸襟博大，只可惜我師哥已經逝世，否則他見到你一定喜歡，他那一身蓋世武功，必定可以盡數傳給你了……」

這一段話值得我們深思。它不但總結了郭靖學藝大成、遠超楊康、黃蓉的根本原因，而且也揭示了，王重陽之所以能夠在華山論劍中獨冠群雄，被推為「五絕」之首的根本原因。東邪、西毒、南帝、北丐、中神通這五位絕世高手之中，黃藥師行為乖僻，雖然出自憤世嫉俗，心中實有難言之痛，但自行其事，從來不為旁人著想，甚而一怒之下禍及無辜，稱之為「邪」是不錯的；歐陽鋒作惡多端，貪婪兇狠、陰毒險惡，那更不必說；段智興慈和寬厚，若是君臨一方，原可造福百姓，可是他為了一己小小恩怨，就此遁世隱居，亦算不得是大仁大勇之人；洪七公行俠仗義，濟困扶危，可謂仁義，然貪口腹之欲，常為之南來北去東奔西走，他之行俠只是信手拈來、碰到就管、碰不到也就「眼不見心不煩」，並非真正的以天下為己任……這東邪、西毒、南帝、北丐四人竟是各有不足，這不能不影響到他們的武功的境界。雖然離絕頂之境只差一步，但這一步之差卻是終生無望。看起來似乎沒有關係，其實卻有。老頑童周伯通對武學入癡入迷，又豈止「知之者不如樂之者，樂之者不如好之者」而已。可是他的武功在學九陰真經以前連東邪也比不過，被黃藥師因禁桃花島達十五年之久。難道是他不夠聰明嗎？難道是他不夠勤奮嗎？都不是。他的聰明與勤奮都是超一流的。甚至比東邪等人更甚。

王重陽早已逝世，他的故事和形象在《神鵰俠侶》一書中才因與古墓派的種種瓜葛而略有介紹。我們看到他「少年時先學文，再練武，是一位縱橫江湖的英雄好漢，只因憤恨金兵入侵，毀我田廬，殺我百姓，曾大舉義旗，與金兵對敵，占城奪地，在中原建下了轟轟烈烈的一番事業……」時，大約能想到他對周伯通所言的胸襟氣度、濟世救人的胸懷是指何意，這大約是指一種相當於「先天下之憂而憂，後天下之樂而樂」的偉大胸懷，偉大抱負與偉大理想的品格。

也許我們應該想得到，偉大的抱負，偉大的理想，偉大的品格和胸懷對我們的學藝與成才，對我們事業的成就，究竟有什麼樣的作用。這種偉大的理想胸襟，是人類不斷奮進、不斷挖掘潛力、不斷超越自我、不斷突破主客觀的困難、障礙與局限的最偉大的動力。這也是一種最根本的動力。沒有這種動力，人類的自我發展就不能真正的實現，人類的美好的夢想就不可能建成。人雖然是一個體，但人的本質卻是社會的、群體的本質在個體中的體現。「只有解放全人類，才能最後解放自己。」這句話是極有道理的。

我們所說的這種心情與胸襟，或許首先是指這種崇高的品德。

「德者才之綱，才者德之目」。

中國古人對「德」與「才」之間的辯證關係，早已作了極清楚極深刻的論述。「德才兼備」是要以德居首，以德為綱。

只可惜，這一美妙而又深刻的思想的哲學意義與價值經常被歷代封建統治者偷換概念，將「德」這一哲學概念變為一種純粹的倫理概念，甚至變成一種純粹的「政治品質」，變成「忠誠」乃至「聽話」……等等一系列符合統治者口胃的政治與倫理的要求。

真正的道德的意思，並不是一種意識形態，更不是一種政治倫理品質。

「道」是古人對大千世界萬事萬物的客觀運行變異的規律的一種指稱，而「德」則是指人們以「道」的獲得，一種見識與修養。它的哲學意義是大於倫理意義，尤其大於政治倫理意義的。因而，古人所云「德才兼備」以及所謂「德者才之綱」的「德」，正是指一種對「道」的修養、見識從而形成的一種大胸襟與崇高品格，絕不是「聽話」的意思而已，更不是指「忠誠」到不動腦子隨人擺佈的意思。這類的品質可以稱之為「愚蒙」或「愚氓」的品質，而絕不能稱之為得「道」之「德」的。

「德才兼備」這句話，如果恢復它的本來的哲學涵義，我們就會看到這並不是一句簡單的話，更不會是有德無才的庸人或奴才的代名詞。

也許，我們在郭靖及王重陽那裡體會到的「德為才綱」及偉大胸襟對學藝成才的影響還有許多不甚明確之處。那麼，我們再看看《倚天屠龍記》中一代承先啟後的武學宗師張三丰的形象，也許會對胸襟與絕藝這二者的密切關係有更進一步的瞭解和理解。

小說的第二回〈武當山頂松柏長〉的結尾寫到張君寶不願寄人籬下，瞧人眼色，委曲求全而要自信自強、自由自在、發憤圖強，因而一個少年就以武當山岩穴為家，修練武學，如此抱負如此胸襟已是難得。再至他「仰望浮雲，俯視流水」若有所悟，因而「在山洞裡苦思七日七夜，猛地裡豁然貫通」，領會了武功中以柔克剛的至理，及到「北遊寶鳴，見到三峰挺秀卓立雲海，於武學又有所悟，乃自號三丰……」這些非凡的舉動，非凡的思想與表現，無不與他的大胸襟、大氣度有關。小說中寥寥幾筆，即將張三丰少年之時的胸襟氣度極其傳神地表達了出來。

小說的第五回，又借張三丰的徒弟張翠山在玉盤山小島上面對大海，借《莊子・秋水》中的話來稱譽乃師。先是殷素素面對大海茫茫無際，忽然說道：「《莊子》秋水篇中說道：『天下之水，莫大於海，萬川歸之，不知何時止而不盈』，然而大海卻並不驕傲，只說：『吾在於天地之間，猶小石小木之在大山也。』莊子真是了不起，胸襟如此博大。」接著便是張翠山也以《莊子》中話回答，「夫千里之遠，不足以舉其大，千仞之高，不足以極其深。」張翠山引述這句話可就不是說大海，也不是讚莊子了，而是想到了他的師父張三丰。因而，這一整段的對話，包括莊子對大海博大而又猶言「吾在天地之間，猶小石小木之在大山也」等讚語，也都是對張三丰形象的一種深刻的揭示。

有兩件小例子說明張三丰的胸襟博大。

一是張翠山從海外歸來，與殷素素這一邪派天鷹教主的女兒（**又兼天鷹教的堂主**）結婚，擔了十年的心事，回來對張三丰一說，以為張三丰定然要惱火不快，誰知全然不是這樣：

……張三丰仍是捋鬚一笑，說道：「那有什麼干係？只要媳婦兒人品不錯，也就是了，便算她人品不好，到得咱們山上，難道不能潛移默化於她麼？天鷹教又怎樣了？翠山，為人第一不可胸襟大窄，千萬別自居名門正派，把旁人都瞧得小了。這正邪二字，原本難分。正派弟子若是心術不正，便是邪徒，邪派中人只要一心向善，便是正人君子。」張翠山大喜，想不到自己擔了十年的心事，師父只輕輕兩句話便揭了過去，當下滿臉笑容，站起身來。

張三丰又道：「你那岳父殷教主我跟他神交已久，很佩服他武功了得，是個慷慨磊落的奇男子，他雖性子偏激，行事乖僻些，可不是卑鄙小人。咱們很高興交交這個朋友。」宋遠橋等均想：「師父對五弟果然厚愛，愛屋及烏，連他岳父這等大魔頭，居然也肯下交。」

上一段表明了張三丰的博大胸懷，於正邪之見，果然與眾不同。進而、我們在這一段中還可以發現張三手的七位徒弟——大名鼎鼎的所謂「武當七俠」的武功成就無法與乃師相比的一個根本的原因。那就是胸襟太窄且見識太死板，不然何以張翠山要擔十年心事？不然又何以當張三丰說殷教主是一個磊落的奇男子時，「宋遠橋等均想」這是「愛屋及烏」呢？在這裡，我們又可以看到，「名門未必出高手」的原因之一便是技藝可以傳授，然胸襟、見識卻要靠各人自己去修練，老師是教不會的。

小說中的另一個例子是當張無忌受傷，張三丰毅然決定親自攜徒孫去少林寺去求教，這一行為先是引起了武當弟子極大的不安，以為這「有失面子」從此「低了少林一頭」云云。而後則又是少林寺方丈空聞等人將之拒之門外，開始以為「求救」是要打架；後又推三阻四，竟然不肯讓張三丰入寺門一步：

……空聞聽了，沉吟良久……又道：「武當派武功，源出少林，今日若是雙方交換武學，日後江湖上不明真相之人，便會說武當派固然祖述少林，但少林派卻也從張真人手上得了好處。小僧忝為少林掌門，這般的流言卻是擔待不起。」

張三丰心下暗暗嘆息，想道：「你身為武林第一大門派的掌門，號稱四大神僧之一，卻如此宥於門戶之見，胸襟未免太狹。」但其時有求於人，不便直斥其非，只得說道：「三位乃當世神僧，慈悲為懷，這小孩兒命在旦夕之間，還望體佛祖救世救人之心，俯允所請，貧道實感高義。」

但不論他說得如何唇焦舌敝，三名少林僧總是婉言推辭。

如是，我們在再一次目睹張三丰胸襟氣度的同時，又加倍地為少林派掌門人以及另兩位神僧感到遺憾。這也許正是少林派在金庸小說裡從未出過天下第一人的原因吧，因為他們自負自大又囿於門戶之見，與張三丰相比之下，更似莊子筆下的井底之蛙了。試想如此狹小的胸襟氣度，又如何能夠博採眾長，獲得蓋世絕藝呢？

有容乃大，無欲則剛。

越是胸襟博大之人，越是虛懷若谷，因而能海納百川，博採眾長，自創一格。蓋世絕技正是由此而來。張三丰是也。

越是胸禁狹小之人，越易自滿膨脹，見識淺陋而又自命不凡，因而坐井觀天，眼界所限，技藝也必然會受到局限。門戶之見，定然是學藝成才之大敵。少林眾僧、武當諸俠莫不如是。惜乎張三丰當世一人，此後唯有張無忌。

要說少林寺從未出過當世第一，那也不盡然，《天龍八部》中的一位灰衣僧人的武學修為便深不可測，只不過他是一位少林寺中沒有列入學籍班輩的雜役僧人。這位在少林寺中排不上號的無名僧人才真正稱得上是少林神僧。當然這神僧亦如《神鵰俠侶》中神鵰之神，都是作者金庸賦予的，要說是金庸本人的代表化身也無不可。

這位少林無名神僧看到慕容博、蕭遠山、鳩摩智等三大當世超一流高手皆因一味練武而自受其傷，不僅達不到絕頂境界，且生命危在旦夕，動了慈悲之念，有一番特異的佈道說法：

……那老僧道：「本派武功傳自達摩老祖，佛門子弟學武，乃在強身健體，護法伏魔，修習任何武功之時，總是心存慈悲仁善之念。倘若不以佛學為基，則練武之時，必定傷及自身。功夫練得越深，自身受傷越重，如果所練的只不過是拳打腳踢、兵刃暗器的外門功夫，那也罷了，對自身為害甚微，只須身子強壯，盡自抵禦得住。」

……那老僧見眾僧上來，全不理會，繼續說道：「但如練的是本派上乘功夫，例如拈花指、多羅葉指、般若掌之類，每日不以慈悲佛法調和化解，則戾氣深入臟腑，愈陷愈深，比之任何外毒都要厲害百倍，大輪明王原是我佛門子弟，精研佛法，記誦明辨，當世無雙，但如不存慈悲佈施、普渡眾生之念，雖然典籍淹通，妙辯無礙，卻終不能消解修習這些上乘武功時所鍾的戾氣。」

群僧只聽得幾句，便覺這老僧所言大含精義，道前人之所未道，心下均有凜然之意。有幾人便合什讚嘆：「阿彌陀佛，善哉，善哉！」

但聽他繼續說道：「我少林寺建剎千年，古往今來，唯有達摩祖師一人身兼諸門絕技，此後更無一位高僧能並通諸般武功，卻是何故？七十二絕技的典籍一向在此閣中，向來不禁門人弟子翻閱，明王可知其理安在？」

鳩摩智道：「那是寶剎自己的事，外人如何得知？」

那老僧續道：「本寺七十二項絕技，每一項功夫都能傷人要害、取人性命，凌厲狠辣，大於天和，是以每一項絕技，均須有相應的慈悲佛法為之化解。這道理本寺僧人倒也並非人人皆知，只有一人練到四五項絕技之後，在禪理上的領悟，自然而然的會受到障礙。在我少林派，那便叫做『武學障』，與別宗別派的『知見障』道理相同。須知佛法在求渡世，武功在求殺生，兩者背道而馳，相互克制。只有佛法越高，慈悲之念越盛，武功絕技才能練得越多，但修為上到了如此境界的高僧，卻又不屑去多學各種厲害的殺人法門了。」

……那老僧又道：「本寺之中，自然也有人佛法修為不足，卻要強自多學上乘武功的，但練將下去，不是走火入魔，便是內傷難癒。本寺玄澄大師以一身超凡絕俗的武學修為，先輩高僧均許為本寺二百年來武功第一。但他在一夜之間，突然筋脈俱斷，成為廢人，那便是為此了。」……

以上那位無名無號的灰衣老僧的一番長長的佈道說法，雖是談玄說佛，一下子不容易理解和接受，但絕非裝神弄鬼，信口開河。其字裡行間，確有微言大義，而且不僅止於對修習「佛門武功」而言，甚而不僅止於對修習武學而言，作為學藝與成才的一般方法論思想，它也是極寶貴和深刻的。

老僧說法之中所提到的「武學障」及「知見障」的問題，我們曾在《胸無成見得真經》一文中涉及。《俠客行》中的石破天正因為其不識文字，胸無成見，這才破解了「俠客行武學」的秘奧，這也正是因他沒有「知見障」的緣故。

在這裡，我們還必須指出，石破天之所以能夠一路逢凶化吉，遇難呈祥，直到最後破解俠客行武學的奧秘，不僅僅由於他沒有「知見障」，更重要的恐怕還在於他沒有「武學障」。按照那老僧的說法，「只有佛法越高，慈悲之念越盛，武功絕技才能越練越多」，這才沒有「武學障」。否則「每日不以慈悲佛法調和化解，則戾氣深入臟腑，愈陷愈深，比之任何外毒都要厲害百倍」。《俠客行》中的石破天雖然不懂佛法，然而卻天生赤子衷腸、生具佛性、無欲無求、慈悲仁義，比一切佛法所要求的理想境界都還要有佛性與慈悲之心。所以，他之天然慧根佛性、慈悲衷腸、赤子心胸自然而然能化解戾氣，外抗厄運，內無心魔。練大悲老人的木偶圖譜，謝煙客讓他不按常規，逆運陰陽，本來必死無疑，但他卻能倖免於難，且此後劫難重重，均能一一化解，這與他的佛性慧根有極大的關係吧。

當然，我們所說的這些，只能就其象徵意義或深層內蘊而言。看武俠小說而學藝求道，多半都只能到象徵與寓言世界的深層底蘊中探索。如此，我們便也能理解，《倚天屠龍記》中的金毛獅王謝遜所練的「七傷拳」是「先傷己，後傷敵」的拳法，甚至幾乎使自己變成魔頭。進而，我們在這裡也就能解開張無忌在少林三僧的「金剛伏魔圈」中使用波斯武功幾乎瘋狂這一懸案，只因張無忌心中還有一些戾氣尚未得到化解，因此練得越多越深便越會自傷。張無忌突然間「哈哈哈仰天三笑，聲音中竟充滿了邪惡奸詐之意」時，幸而謝遜在地牢之中大聲誦讀《金剛經》，這才化解張無忌的心魔。此事看來似乎荒唐，但我們若是仔細聽一聽此佛經中說些什麼，也許就不至於太奇怪了。

那經文說的是「爾時須菩提聞說是經，深解義趣，涕淚悲泣，而白佛言：『稀有世尊，佛說如是甚深經典。我從昔來所得慧眼，未曾得聞如是之經。世尊，若復有人得聞是經，信心清淨，即生實相……」及「世尊，我今得聞如是經典，倍解受持，不足為難。若當來世，後五百歲，其有眾生得聞是經，倍解受持，是人即為第一稀有。何以故？此人無我相、無人相、無眾生相、無壽者相……』」最關鍵的乃在於最後一句：「此人無我相、無人相、無眾生相、無壽者相」，如此胸襟，非但心如明鏡臺，甚而明鏡亦非臺、本來無一物了。在某種意義上，這比一切仁義慈悲都更為徹底。比一切大胸懷，大眼界都更為廣大。如果我們從哲學意義上去理解它的話，它顯然有極廣泛極深刻的意義與價值，而並非止於佛教，更不是什麼「迷信」！

我們理解了張無忌的心魔被謝遜誦經化解的象徵意義，也就能理解《笑傲江湖》中的令狐冲於無意之中學會了邪魔任我行的「吸星大法」。隨即自生隱患，危及生命，任我行本人終因此而死，而令狐冲則因少林掌門方證大師假借風清揚之名傳授少林絕學《易筋經》，才使令狐冲終於脫離此厄。這一情形及其象徵意義與張無忌心魔被化解如出一轍，都可以算是給《天龍八部》中那位老僧人的說法做了最好的注腳。

上述我們重點列舉的郭靖、張三丰、少林老僧三位的品質、行為或思想，實際上是取了中國傳統文化中的儒家、道家、佛家的三種典範。三家學說各有不同，這不消細說，然而在學藝與成才之道的思考與說法，卻又有相通之處，儒家主張憂國憂民，為國為民及仁義禮智信，道家主張虛、空即「海納百川」和「虛懷若谷」；佛家講大慈大悲，更講「無我相，無人相，無眾生相，無壽者相……」。看起來是各執一說，但卻從不同的角度說明了胸襟、氣度、心性、德識等等對人類的智慧、體能、技藝、學術有著怎樣的統帥作用。從而我們言學藝與成才，便不能從胸襟與心性這一本體著眼。

西哲有言，我們所謂的「真理」只不過是一些和另一些「意見」，而真正的真理乃是「這些意見的總和」。如此，我們又何妨將上述儒家、道家、佛家的「意見」綜合起來，以便獲得真理的整體的印象，這也不僅是聽信西哲之言才如此，而是我們研究金庸這一東方哲人的小說所必須，因為他的小說中本來就包容了這一切。他本人及小說即是絕藝來自大胸襟。

從我們現在正在討論的學藝與成才這一話題著眼，就更需如此。

十九/個性才能不可分

在第一卷中，我們寫過了《始信武藝也如人》一章，分析金庸小說的武功、技擊的描寫怎樣遵循了「武如其人」這一原則，讓不同的人物性格配有不同的武功。這一方針從根本上提高了武俠小說中武功描寫的藝術層次，甚而提高了武俠小說本身的藝術水準和藝術境界。

在這一章中，我們還要研究武功與個性之間的關係。不過不再是從藝術的角度去研究，而是從學術的角度去研究，即從學藝與成才的理論與方法角度去研究。如此我們發現，在金庸的小說中，武如其人不僅是一種藝術的原則和要求，而且還有著很深的學術意義和價值。

進而，我們可以毫不誇張地說，在這學藝與成才一卷的所有的章節中所分析的問題都要到武功與個性這一章中來歸結。在前面章節中總結出來的方法、原則、規律等等，也都要到這裡才能真正的落實。

這不難理解，因為個性乃是個人的本體，所學之藝，所成之才，則只不過是這一本體之用。而學與成，也正是本體實現的方法和途徑而已。所以，脫離個性這一本體來說學藝與成才，那正是刻舟求劍、緣木求魚，至少是本末倒置，體用不分。正如《笑傲江湖》中的華山派的「劍宗」，他們的方法認識都是不足道的，甚而害多益少。

再則，我們在前面的章節裡討論的問題，無一不與個性有關。所謂高手未必出名門，說穿了無非是修為在個人，所謂博採百家業方成，那也要看是怎樣的人而定，有人無師自通，有人師法自然，也有人精通一藝也能卓然成家，還有人博採了百家其業卻不成，甚至有人把博採百家誤以為是要做百家新詞大全……所謂機緣雖巧尚須勤，那也要看師父是否因材施教、本人是否量體裁衣，路子不對，再勤也沒有用。而剛剛討論的上一章絕藝來自大胸襟，也還分了儒家、道家、佛家等等不同的典範，進而，還是要落實到具體的個人頭上去。楊過向來偏激熱烈，極重恩怨，胸襟殊不寬宏，卻也歪打正著，修成絕藝，與郭靖終於殊途同歸。此中無他，是個性在起關鍵性、決定性的作用。

總之，學藝與成才的根本之道，在於個性的發現、認識、塑造、超越。

至少，首先要明白自己想要做一個怎樣的人，當然更要明白自己是一個怎樣的人，這才能談得上怎樣去做，才能談得上學什麼藝、成什麼才。

雖然說條條道路通羅馬，但畢竟各條道路不相同，甚至不相通。決定要走哪一條路，首先自然要看看自己在哪裡，自己要到哪裡去，自己的個性能力如何。

且讓我們來看金庸的小說。

北丐洪七公有兩樣絕藝，一是「降龍十八掌」，一是「打狗棒法」。洪七公將前者傳給郭靖而將後者傳給黃蓉，除了幫規所限之外，恐怕更主要的還是考慮因材施教、考慮郭、黃二人的資質不一樣，個性也不一樣。郭靖天生質樸愚鈍，在學江南六怪的武功時就已見端倪，總學不會朱聰、全金發、韓小瑩的小巧騰挪之技，而對韓寶駒與南希仁所教的紮根基的功夫卻能一板一眼的照做，竟然練得甚是堅實。這不僅是他的智慧或悟性決定的，更主要則是由個性決定的——智慧、悟性也可以是個性的一部分——韓寶駒不懂其中奧妙，嘲笑郭靖「你練得就算駱駝一般，壯是壯了，但駱駝打得贏豹子嗎」。可是經過洪七公一番調教，郭靖雖愚鈍如故，卻終於練成了威力無窮的「降龍十八掌」。原因非它，正因為這套武功招式簡明而勁力精深，不僅適合他的資質，更與他的個性相吻合，天造地設一般，所以他那「人家練一朝，我就練十天」的法門才起了作用。若叫他去練「逍遙遊」，他練上一輩子也練不成的。如洪七公開玩笑時所說，他只能將「逍遙遊」練成「苦惱爬」。他個性剛毅木訥、仁厚樸實，決定他不能練逍遙遊。

郭靖不能，黃蓉卻能。黃蓉性格靈巧秀逸聰穎機變，慧質蘭心，正好做「逍遙遊」。再說那「打狗棒法」，不僅招數奧妙，其訣竅心法尤其神妙無比，否則小小一根青竹棒兒怎能成為丐幫鎮幫之寶？這一套武功，從招式到心法似乎都是為黃蓉設計的。在《射鵰英雄傳》一書中，洪七公從未傳過這套武功。在《神鵰俠侶》一書中，郭芙、楊過、武氏兄弟等人偷看黃蓉傳授此功，郭芙吵著要她媽媽黃蓉試演一下這威震天下的打狗棒法，看看它究竟是怎樣的神妙。結果黃蓉連著幾次使巧勁將郭芙等人絆倒。書中寫道：

……郭芙叫道：「媽，你這個仍是騙人的玩藝兒，我不來。」黃蓉笑道：「適才我傳授魯長老那絆、劈、纏、戳、挑、引、封、轉八訣，哪一訣是用蠻力的？你說我這是個騙人的玩意兒，那不錯，武功之中，十成中九成是騙人的玩藝兒，只要能把高手騙倒，那就是勝了。只有你爹爹的降龍十八掌這等武功，那才是真功夫的硬拼，用不著使巧勁詐著，可是要練到這一步，天下能有幾人能夠？」

這幾句話只把楊過聽得暗暗點頭，凝思黃蓉所述的打狗棒心法，與洪七公所說的招數一加印證，當真奧妙無窮。郭芙等三人雖然懂了黃蓉這幾句話，卻未悟到其中要旨。

這一段話不僅道出了「打狗棒法」的訣要，也不僅是一般的武學方法，而且是黃蓉的武學觀。而這正是她的性格的深刻反映。

只可惜黃蓉對其長女郭芙過於溺愛，至使她既沒有父親那樣仁厚，又沒有母親那樣的靈秀，而是綜合父母之短，一生都改不了任性和浮躁的性格弱點。因而練起武功來，既不能像母親那樣舉一反三，又不能像父親那樣勤修苦練，因此這位武林世家的嬌女，終其一生，武功都只能徘徊在二、三流之間。這也正是性格決定人的學藝與成才的一個鮮明的例證。

「黑風雙煞」將半部正宗博大的《九陰真經》，練出了「九陰白骨爪」和「摧心掌」這樣陰毒的功夫，除了沒得上半部的內功心法因而方法不對頭外，更主要的恐怕還是因為他倆性格的兇殘陰毒所致。否則也不會往邪路上想。

老頑童周伯通萬事不縈於心，這才能自創七十二路「空明拳」，但任他怎樣聰明癡愛武學博聞，也無法學會楊過所創的「黯然銷魂掌」。他與他的師兄胸懷抱負不同，這才使武學修為上有了明顯的差異，說到底都是由性格所決定。

周伯通性喜武學，一個人的時候也要尋找練武的樂趣，因而創出了「雙手互搏之術」這套聞所未聞的武功。但在書中，周伯通創始神功卻令人十分信服，一來他十分聰明，武學精博能夠自創武功；二來他心性純樸，其他的人「心無二用」，但周伯通卻能夠；三來這雙手互搏之術本是為了玩樂而創，而這又正是周伯通這一老頑童的拿手好戲……周伯通的這一絕技，後來傳給了郭靖和小龍女，但以黃蓉之靈巧、楊過之聰明，卻無法學會。此中無他，正是這四人性格所決定。郭靖生性純樸敦厚，小龍女寧靜陰虛，都是能夠做到心無旁騖，不僅一心一意，而且能做到心有二用。黃蓉靈巧過分，舉一反三；楊過聰明佻達、聞一知十，反而不能夠做到專心致志，凝神聚氣。

有心的讀者大可將第一卷〈始信武藝亦如人〉一章中提到的「武如其人」的例子重

新加以考察，乃至將金庸小說中人物與武功的緊密關係，從學藝與成才角度加以考察和分析，都會看到是什麼樣的人即練什麼樣的武功，即個性與方法的和諧統一。這裡就不再多說了。

武功學習的個性與方法之間和諧與統一，其實非常簡單。什麼樣的人就會有什麼樣的方法。嚴格地說，世界上沒有兩片相同的綠葉，也沒有兩位個性完全相同的人，因而世界上所有的人的「方法」都會因「個性」的差異而有所不同。

不過我們沒有必要，也不可能將所有的人以及所有的方法及其兩者之間的關係都舉例說明，而只能就其大概，舉其近似，分成類別。

郭靖這樣的笨人就只能用笨辦法練笨功夫，黃蓉這樣的巧人就只能用巧辦法練巧功夫。也可以換一種說法，郭靖這種純樸誠實、木訥剛毅的人就只能用實實在在的辦法練些光明正大、簡明勁大的功夫；黃蓉這種靈巧秀逸、美麗慧質的人就只能用舉一反三的辦法練些奇巧虛靈清麗善變的功夫。這兩個人可以說是性格上的兩個極端，對比分明。所以他倆雖然結為夫婦，而且又拜在洪七公這同一位大師的門下，但所練的功夫以及練功的方法也同樣是涇渭分明、水火不容的。如果讓郭靖去用黃蓉的方法練黃蓉的家傳武功，或者相反，讓黃蓉去練「降龍十八掌」，這都是不可設想的，其結果只能兩敗俱傷。

進而，兩個看起來性格類似的人，仔細地分辨之後，還是會發現其不同的。如黃蓉、楊康、楊過這三人都可以說是聰明人，但其間的分別還是十分明顯的。楊康聰明反被聰明誤，放著正宗的全真派武功不好好練，卻想急欲求成地去學習梅超風的「九陰白骨爪」，進而又想拜歐陽鋒為師，這不僅是近墨者黑，而且是物以類聚，最後楊康自尋死路，這不必多說。黃蓉生性驕縱，聰明伶俐，所以為人學武都很瀟灑自如、討人歡喜、靈活多變，「虛招多而實招少」。因而自己的武功到最後到了「準一流」達到了巧之極致。但他對女兒郭芙一味嬌溺，對楊過卻一味的不信任，其女兒郭芙變成一個大草包，而楊過則因生性偏激因而走偏鋒突破極限。黃蓉的武功達到巧之極致也就到頂了，而楊過由於生性偏激而又頑強堅韌，終於突破了自我的極限、也突破了「巧」的極限，達到了「重劍無鋒，大巧不工」的境界。

《笑傲江湖》中的令狐冲也是一個聰明人，但又不同於楊過的偏激熱烈，而是忠厚又靈活，所以他倆雖都算得上是那獨孤求敗的間接傳人，但楊過得其「重劍無鋒，大巧不工」，而令狐冲則得其活學活用聰穎靈悟的「獨孤九劍」，這看起來是一種信手拈來的安排，實則有著性格決定方法的深刻而微妙的關係而起作用。

性格決定方法，也決定適合練什麼樣的武功。這是我們要說的一個基本的論點。按照辯證的觀點，我們也應該理解方法、武學對人物個性的「反作用」。這一反作用現象，不僅不與個性決定武學及方法這一觀點相矛盾，而且實際上是深化了這一觀點。

說到楊過，我們自會想起他研習古墓派的功夫時，將這一派創自女性又傳自女性的劍法的輕柔有餘、威猛不足、看起來婀娜柔美，一改其女性形態神韻，自然而然地變為飄逸靈動。這無疑是楊過的性別及其性格起了關鍵性的作用。進而他又將古墓派的「靜」一改而為「活」，改其「柔」而為「靈」，改其「虛」而為「飄」……這些都可以說是性格決定了他的方法及其武學的姿態與成就。

但楊過在練習了獨孤求敗的重劍之後，尤其是在小龍女跳進深潭，楊過在海潮中練成「以無劍勝有劍」的絕世功力之後，其性格也逐漸地起了變化，甚至到最後簡直判若兩人。這就是方法，武學對人物性格的反作用的最好的例證。

我們應該想到，獨孤求敗的劍塚遺刻中所謂「重劍無鋒，大巧不工」這種武學的境界，是與楊過本來的性格極不吻合的，甚至恰恰相反，楊過的性格是「輕」而有「鋒」，甚而偏鋒，所以銳厲剛烈，寧折不彎，同時也脆而又薄，滿心孤憤。再則，他既巧又「工」，工於心計，極其靈活機動、豐富多變。因而有時不免過分的敏感，想當然，出花招。這樣一個人去練那重劍，而且是大巧不工的無鋒的重劍，顯然是不合其適的。不過機緣湊巧，有劍在面前，遺刻在面前，更有神鵰在其面前誘導；有楊過對獨孤神技的神往作基礎，有楊過的偏激堅韌甚至「與自己過不去」的一股衝勁做基礎，而又有楊過的悟性做基礎——換了黃蓉韌勁不夠，令狐冲的衝勁不夠，郭靖則又悟性不夠——楊過練此重劍又成了勢所必行的事。練成了重劍之後，楊過悟到了以前所學劍術花巧太多，不若平凡的重劍，從而在武學功力上都踏入了一個嶄新的境界，而且在人格與個性上也有了很大的改變，進入了一個新的時期。尤其是當小龍女生死茫茫無消息，楊過在海邊練劍六年，劍出一反武學常規——也與他性格截然相反——的「黯然銷魂掌」之後，他的武功固然已進入了絕頂之境，而他的人格與個性也徹底地改變了，徹底地進入了一種新的形態，新的層次和新的境界。

小說第一回〈風月無情〉開始至第二十六回〈神鵰重劍〉，這是楊過「偏鋒至巧」的時期，從二十六回至三十三回〈風陵夜話〉是他的「重劍無鋒」的時期；從三十三回至第四十回〈華山之巔〉是楊過的「大巧不工，不滯於物」的顛峰時期。這三個時期（**第一個時期也可以進而細分為二個時期**）中的楊過在武藝方面處於不同的層次，其性格上也有著明顯的不同。即以他對女性的態度而言，第一時期他還繼承了他父親楊康的輕薄風流，到處招惹的特點，分別對小龍女之外的陸無雙、程英、完顏萍、公孫綠萼等少女惹下風情月債，尤其是對陸無雙與公孫綠萼兩人更是如此，花招百出，風度翩翩，這也是他性格所決定的。第二時期則相對進入了鍾情，苦情的時期，不僅指他對小龍女情所獨鍾而無心他顧，而且指他也分清了愛情與友情的明確的界限，從而對其他女性能做到發乎於情止乎於禮。中規中矩之態，滿腹情苦斷腸之烈都給人留下了深刻的印象。而在第三時期，從三十三回〈風陵夜話〉中，他見到亭亭玉立的郭襄之後的神態舉止就能看出，他竟成了道學先生。小說中寫道：

……楊過左手被她握住，但覺她的小手柔軟嬌嫩，不禁微微發窘，若要掙脫，似乎顯得無禮，側目向她望了一眼，見她跳跳蹦蹦、滿臉喜容，實無半分他念，於是微微一笑，手指北方，說道：「黑龍潭便在那邊，過去已不在遠。」借著這麼一指，將手從郭襄手掌中抽了出來。楊過少年時風流倜儻，言笑無忌，但自小龍女離去之後，他鬱鬱寡歡，深自收斂，十餘年來行走江湖，遇到年輕女子，他竟比道學先生還要守禮自恃，雖見郭襄純潔無邪，但十多年來拘謹慣了，連她的手掌也不敢多碰一下。

楊過的性格改變如此之大，前後簡直判若兩人，其中當然是人生遭遇及其愛心苦痛起了主要的作用，然而他練習「重劍無鋒，大巧不工」的武學對他的性格的隱密的影響作用，我們也不能孰視無睹。

如果說楊過的例子還不夠說明問題，那我們再來看看《倚天屠龍記》中的張無忌。他在練「九陽真經」之時並沒有什麼變化，但在練「乾坤大挪移」之後就有些變化了，甚至在練功的當時，小說中就有象徵性的說明：

小昭見他半邊臉孔漲得血紅，半邊臉頰卻發鐵青，心中微覺害怕，但見他神完氣足，雙眼精光炯炯，料知無礙。待見他讀罷第五層心法續練時，臉上忽青忽紅，臉上青時身子微顫，如墮寒冰，臉上紅時額頭汗如雨下。……

從字面上去理解，「乾坤大挪移」是「乾坤陰陽顛來倒去」之意，所以臉上或半青半紅或忽青忽紅，這都是應有之象。然而從其涵義上去理解，這「乾坤大挪移」無非是「巧運內功奇法」，所以能借力打力、挑撥離間。因而張無忌的這一變臉，實際上包含了變性格或與性格矛盾之意義。須知張無忌一生只能受人之騙或不會騙人，生性忠厚樸實之至，是一個大好人，讓他來練這種奇而又巧，虛招矇騙，挑撥離間的功夫，實在是與他性格不合的，無奈作者要安排他做明教教主，就必須先練此功，也就只好讓張無忌受受罪了。

值得注意的是，這「乾坤大挪移」的功夫與《天龍八部》中的「斗轉星移」異曲同工，慕容復練「斗轉星移」十分合適，張無忌就不一定真的合適了。

值得注意的第二點是，小說中本讓張無忌又學源於「乾坤大挪移」的波斯武功，將「奇技異巧」發揮到極致，幾近「魔道」，因而張無忌這樣一個忠厚純樸之人再也受不了，只能仰天三笑，居然「聲音中竟充滿了邪惡奸詐之意」，可見與性格不合的武功，練成之後對人的影響之深。這一例子是我們應該切記的。老實人「耍聰明」只能使自己「入魔」。

再如《天龍八部》中寫游坦之道：

……他幼年時好嬉不學，本質雖不純良，終究是個質樸少年。他父親死後浪跡江湖，大受欺壓屈辱，從無一個聰明正直之士對他教誨指點，近年來和阿紫日夕相處，所謂近朱者赤，近墨者黑，何況他一心一意的崇拜阿紫，一脈相承，是非善惡之際的分別，學到的都是星宿派那一套。星宿派武功沒一件不是以陰狠毒辣取勝，再加上全冠清用心深刻，助他奪到丐幫幫主之位，教他所使的也盡是傷人不留餘地的手段，日積月累的浸潤下來，竟將一個系出中土俠士名門的弟子，變成了善惡不分，唯力是視的暴漢。

游坦之的教訓值得注意，其實阿紫的悲劇又何嘗不值得人們哀憫。她也是投錯了師，學錯了藝才至如此不幸又可惡的。

至於《笑傲江湖》中的東方不敗、左冷惲、岳不群、林平之等人修習「辟邪劍法」或「葵花寶典」之後性情大變有乖人倫，或是由於個性的抉擇，亦有武功對人的「異化」和改變。令狐冲這一正直聰明的自由派俠士，誤學了任我行的「化功大法」也身有隱患，痛苦不堪，如此等等，都是值得我們注意和警戒。

如上所述，武功和方法對人的個性的反作用，有兩種不同的結果，一是使人向上前進，突破自我局限，再上一層樓；一是截然相反使人個性扭曲，身心變態，墮入魔障。此因無它，只緣方法有適合與不適合之分，「學」亦有正與邪、上乘與下乘，好與壞之分而已。

以上我們在金庸小說的許多例子中，看到了人物個性與其學藝與成才之間的辯證關係。

個性是一個相當複雜而又有些模糊的概念，它與「性格」及「自我」之間的微妙差異，一直使哲學家和語言學家頭疼。這三者在我們的敘述中自是不必過於嚴謹精細。相對而言，個性是一個中性而又綜合的概念；性格是對外而言，是對他人或他人對自己的一種概括指稱；自我則顯然是對內的，是自己對自己的一種概括指稱，這三者都是對個人特點的不同角度的綜合認識。

嚴格地說，真正進入境界的武士是「人劍合一」的，正如真正進入境界的作家學者乃是「人文合一」一般。也只有在這一意義上，我們的文如其人，武如其人等語才能真正的成立。

中國傳統文化觀念之中，向有天人合一，物我合一、身心合一之說。意即天與人、物與我、身與心的分別是相對的、形式上的、言語觀念上的，是一種「名」。而它們之合才是絕對的、完整的而又客觀的。

如此，我們在考究人劍合一、人文合一等境界時，不僅可以將此看成是一種奇異的形態，而且可以將此看成是一種必然與真相，看成是一種深層次的常態。

那麼，我們來分析和認識所謂人物個性與學藝與成才之道，就有了一種新的眼光，一種深層次的認識，即這二者不僅是不可分的，而且是合一的。也就是說，其實是同一種東西。

我們將技藝、才能與人的品質、性格分開，將人物個性與學藝成才之道分開，這只是一種敘述上的約定俗成。而實際上，我們應看到它們在其深層次上本來是「合一」或有同一性的一種東西。個性中本身就包含了人物的品質而又包含了人物的智慧、才能狀態，進而也包含了人的技藝能力狀態乃至學藝之道與成才之路。人們正是通過環境影響，正規教育以及體現在個人身上的學藝與成才來塑造自己的個性、創制人的氣度、改變人的胸襟與品格。這二者正是體與用的關係，本為一體之一用，從而無可再分。這正如人們說讀書能改變人的氣質、擴大人的眼界、培養人的情操……同樣的道理，並沒有脫離環境影響的先天的個性，亦沒有脫離具體個性的學藝方法與成才途徑。

套用一種現代的、時髦的說法，那就是個性與學藝成才，二者是一個「動態——循環系統」。

既然是一個系統，我們就可以利用「資訊」（方法、學術）來控制。

這一控制，正是要從大處著眼，以發展和完善個性為目的，同時又以它為起點。這才能走入良性循環，而不至走火入魔。

真正科學而又美妙的人才學，在本質上應該是深刻而又豐富的人學。

二十／

走火入魔實堪驚

金庸小說中，不僅有許許多多的關於（主人公）學武習藝的成功途徑的敘述，提供了許多深刻的治學方法論的思想和經驗，而且也有另一些人的學武習藝失敗的教訓。

經驗和教訓組成了金庸「武學」思想的完整體系。如果我們只談其成功的經驗，而不涉及其失敗的教訓，就不能說對金庸武學的奧秘有了完整而透澈的瞭解。認識和學習成功的治學方法論固然重要，然而在某種意義上來說，認識和汲取失敗的治學方法論及其教訓對我們尤其重要，因為失敗乃成功之母。

真正深刻的經驗往往是從失敗的教訓中獲得的。

人類求知習藝過程中較為常見的方法失誤有兩種。一是死記硬背、拘泥刻板、食古不化；另一種則是與之相反地想欲非非、亂走捷徑、夢想一步登天。

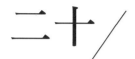

這兩種人大約占了人類的大多數。

在金庸的小說中，自然有這兩種人的造像。關於第一種人，《笑傲江湖》中的華山前輩長老風清揚曾說過

「五嶽劍派中有無數蠢材」，他們蠢就蠢在無條件地信奉「熟讀唐詩三百首，不會寫詩也會吟」的教條，師父教什麼便學什麼，一招一式皆拘泥刻板，絲毫也不知變通，更不知活學活用，因而一生一世都不會成為真正的高手。他們有「知識」而無能力，有記性而無智慧，是些考分很高的蠢貨。五嶽劍派的弟子們大多如此（**令狐冲不那麼死板教條，因而被他師父開除了**）。這其實也正是為什麼在金庸小說中名門或名家的弟子總是一代不如一代的根本原因。對此，我們不必做過多的說明。在我們的身邊，從小學、中學、大學到碩士、博士，這樣的蠢材多如牛毛。因此不用說就能明白。

在這一章中，我們將著重談論另一種情況，那就是想欲非非、亂尋捷徑的情況。在金庸的小說裡，這種現象常常導致災難性的後果，即走火入魔。

金庸在其《射鵰英雄傳》、《倚天屠龍記》、《俠客行》等小說中分別敘述了歐陽鋒、陽頂天、史小翠與阿繡、石破天……等人的走火入魔的經歷。

這是一種可怕的經歷，其結果尤其可怕：歐陽鋒瘋了、陽頂天死了、史小翠與阿繡為之癱瘓、石破天不僅癱瘓而且生命危在旦夕。

在《射鵰英雄傳》的最後一回〈華山論劍〉中，當世高手洪七公、黃藥師及郭靖、黃蓉等人為爭「天下第一」而鬥得難解難分之際，歐陽鋒忽然出現：只見他全身破爛衣衫，滿臉血痕斑斑，大聲叫道：「我《九陰真經》上的神功已然練成，我的武功天下第一！」舉起蛇杖向四人橫掃過來。數招一過，眾人無不駭然：歐陽鋒的招術本就奇特，此時更加怪異無倫，忽而伸手在自己臉上猛抓一把，忽而反足在自己臀上狠踢一腳，每一杖打將出來，中途方向必變，實不知他打向何處，歐陽鋒反手啪啪啪連打自己三個耳光，大喊一聲，雙手據地，爬將過來。

更加匪夷所思的是，他以如此瘋狂奇異、胡拼亂湊的武功，竟將與之齊名當世、武功亦在伯仲之間的洪七公、黃藥師等一一鬥敗，好像真的成了天下第一高手！他唯一鬥不過的人是他自己的影子，並被自己的影子嚇得屁滾尿流、落荒而逃。

黃蓉告訴他，那影子名叫「歐陽鋒」，以至於他自己再也想不起歐陽鋒就是他自己，他再也不知道自己就是歐陽鋒，而終身被「我是誰」這樣一個深刻而又簡單、荒誕而又有趣的問題所折磨。

——他瘋了。

他的那些武功都是瘋子的武功。正常的人鬥不過瘋子，這是有深刻的寓意的。

對此，書中有一段交代：

……黃藥師見了他的舉止，已知他神智錯亂，只是心中雖瘋，出手卻比未瘋時更是厲害。饒是他智慧過人，卻也想不明白其中道理，怎知歐陽鋒苦讀郭靖默寫的假經，本已給纏得頭昏腦脹，黃蓉更處處引他走入歧途，盲練瞎闖，兼之急欲取勝，貪圖速成，用功更為莽撞，只是他武功本強，雖然走了錯道，錯有錯著，出手恢誕，竟教洪黃兩位大宗師差愕難解。

黃藥師當局者迷，作者與讀者可以旁觀者清。歐陽鋒之所以發瘋的原因已如上述，他是真正的走火入魔了。

有幾個問題要說一說。一是歐陽鋒之走火入魔，在金庸的小說中是第一次出現，金庸是將人物的心理與生理合二而一了，寫出了他的性格與靈魂。即他之走火入魔，固是因為練假經而發瘋，同時也是因為他發瘋地要不擇手段地爭「天下第一」。值得注意的是，爭天下第一的人在金庸筆下總是好人少、邪怪多，更何況他還不擇手段，那就更是壞蛋之表現了。

其二，歐陽鋒練功走火，居然「錯有錯著」地將洪、黃兩位當世高手打敗，這是因為不擇手段總比「按規矩辦」要厲害。一方面歐陽鋒的武功本來就堪稱當世絕頂（**至少在王重陽死後已無人勝得了他**），這才能錯有錯著。他雖是壞蛋，但也是武學宗師、聰慧超人。另一方面，邪不勝正，洪黃兩位第一次與他對鬥是因措手不及而失利，此後若再相打鬥，勝負之數恐怕就不會是這樣了。

其三，歐陽鋒不知「我是誰」，這是這一本書中寫得最好的情節之一。一方面是他瘋人瘋語瘋念頭的恰當表現；另一方面，則如書中所言「須知智力超異之人，有時獨自冥思，常會想到：『我是誰？我在生前是什麼？死後又是什麼？』等等疑問。古來哲人，常致以此自苦。」歐陽鋒才智卓絕，這些疑問有時亦曾在腦海之中一閃而過，此時連勝三大高手而獲勝，而全身經脈忽順忽逆，心中忽喜忽怒，驀地裡聽黃蓉這般說，自然會四顧茫然，不知道「我是誰」了。然而，在更深的層次上，我們在此亦可見到他之所以這樣不知「我是誰」，乃是極度的自我膨脹的結果，是被天下第一這一念想異化了。忽然得以實現這種夢想，自我膨脹之際，自然想不起「我是誰」，也不記得自己的姓名，因為這時他會覺得自己是神，而別人又覺得他是魔，總之是非人。世上這種人及其現象頗多。

除了正邪兩途，爭名奪位及自我膨脹而導致走火入魔之外，還有更為具體的原因使人練功習藝不能得到完滿的收穫，反而導致走火入魔。

諸如速緩之度、順逆之序、陰陽之匯、內外之合等等，在金庸的小說中，都有更清楚明白的敘述。

小說《倚天屠龍記》中有這樣一段：

……原來這「乾坤大挪移」心法，實則是運勁用力的一項極巧妙法門，根本的道理，在於發揮每人本身所蓄有的潛力。每人體內潛力原極龐大，只是平時使不出來，每逢火災等等緊急關頭，一個手無縛雞之力的弱者往往能負千斤。

這門心法所以難成，所以稍一不慎便致走火入魔，全由於運勁的法門複雜巧妙無比，而練功者卻無雄渾的內力與之相輔。正如要一個七八歲的小孩去揮舞百斤重的大鐵鍾，鍾法越是精微奧妙，越會將他自己打得頭破血流，腦漿迸裂，但若舞鍾者是個大力士，那便得其所哉了。以往練這心法之人，只因內力有限，勉強修習，變成心有餘而力不足。

昔日的明教各位教主大都也明白這其中關鍵所在，但既得身任教主，個個是堅毅不拔、不肯服輸之人，又有誰能知難而退？大凡武學高手，都服膺「精誠所至、金石為開」的話，於是孜孜兀兀，竭力修習，殊不知人力有時而窮，一心想要「人定勝天」，結果往往飲恨而終。張無忌所以能在半日之間練成，而許多聰明才智、武學修為遠勝於他之人，竭數十年苦修而不能練成者，其間的分別，便在於一則內力有餘，一則內力不足而已。（**第二十回〈與子共穴相扶將〉**）

這一段話說得更是清楚明白。武之藝是這樣，文之道也是這樣。進而，我們還可以看出其中對人類命運的一種深刻的啟示。這裡的「乾坤大挪移」武功心法，我們也可以看成是人類「改天換地」的理想心法。其原理只不過是「借力打力」及「四兩撥千斤」等等，是「與其從天命而信之，不若制天命而用之」的意思，但是必須順其自然，既按客觀自然規律辦事，又衡量人類（**現有**）的實力，爾後才談得上乾坤大挪移或改地換天。決不是一味的「人定勝天」或——如我們在大躍進年代所奉行的——「人有多大膽，地有多大產」之類的極愚蠢的舉動。那種舉動無疑正是一個民族「走火入魔」的最好的例證。

具體到現實生活中的個人，以上的一段也是極具啟發性的。武功中有內力與招術（**方法**）之分，文藝與哲學乃至各門學科中，何嘗沒有內力與招式之分？試想我們新時期文學中的「新方法論熱」，正像是覓得了一套「乾坤大挪移」的心法，大家趨之若鶩，卻不管自己的內力（**文化修養、智慧程度和理論水準等等**）之不足，其結果恰是走火入魔。有人瘋了，有人癱瘓了，更多的人是茫然又茫然地走入了歧途，且迷途不知返。

我遇到過許許多多的文學青年，很想憑著從書店剛買來的一本《文學創作方法手冊》而成名成家，甚至夢想成為天下第一流高手，卻不願意修習內力，諸如對人生、人心、人性的深刻而獨特的認識及其豐富自己文化、藝術，語言修養，如此，手中的那本《乾坤大挪移心法》又有何用呢？之所以有人練成了並寫了書，而有人沒練成從而只能寫廢稿，其原理正如上述。

走火入魔的更普遍、更直接、也更簡單的原因在於想一步登天，想「忽如一夜春風來，千樹萬樹梨花開」。想得到一隻寶葫蘆或是一枝「馬良神筆」。大躍進的悲喜劇的產生，就在於想「一天等於二十年，跑步進入共產主義」。想法雖美妙無比，行為卻愚蠢之極。

無論是練武習藝，或是征服自然、探討人類歷史與生活的奧秘，或是（**個人**）想成名成家，無論情況多麼緊張、心情多麼急迫，都不得不遵守一條簡單的、然而又是極重要的規則，那就是循序漸進。

《俠客行》中的史小翠和她的孫女，一氣之下從雪山派的凌霄城中逃出，流落江湖，遇到自己以前的情人丁不四——他哥哥叫丁不三，這兄弟倆當真是不三不四之徒——的糾纏，而史小翠想擺脫這種無謂的糾纏卻又打他不過，於是便在急迫之中強行修練速成功夫，結果導致祖孫二人雙雙癱瘓、走火入魔。這真應了一句古話：欲速則不達。

當今之世，似乎成了速成的天下。各種各樣的速成方法、速成秘訣應運而生，而循序漸進這句古訓似乎已變成了一句過時的廢話。其原因是我們時代的飛速發展，加上我們民族心理的浮躁急迫，其結果恐怕不免要誤入歧途、慌不擇路、走火入魔，從而像史小翠和白阿繡那樣癱瘓在江心那只無人駕駛的航船之上。

拘泥刻板、食古不化與想欲非非、亂尋捷徑，看起來天差地遠，那樣的不同，但實際上卻恰恰是異曲而同工、殊途而同歸。

拘泥刻板、死記硬背的好學生固然是不達，而在原地踏步，而欲一步登天的人則或誤入歧途、或癱瘓在地，同樣是欲速而不達。

拘泥刻板的蠢人的行為固是愚蠢，想欲非非的聰明人的行為及其結果往往更加倍地愚蠢。而那樣既拘泥刻板又欲一步登天的人則是愚蠢的一百次方了。他們走火入魔，或是滅亡、或是癱瘓、或是瘋狂。除此而外，恐怕難有較好的結局。

當然，也還有一種極特殊的情況，那就是「身不由己」而至走火入魔。比如《俠客行》中的好人石破天，他之走火入魔，完全是因為生長在荒蠻山野，靈智未開（**其實聰**

明無比、靈性過人），因而受到摩天居士謝煙客的別有用心的陷害。

……這些時日之中，那少年每日裡除了朝午晚三次勤練內功之外，一般的捕禽獵獸，烹肉煮飯，絲毫沒疑心謝煙客每傳他一分功夫，便是引得他向陰世路多跨一步。只是練到後來，時時全身寒戰、冷不可耐。謝煙客說道這是練功的應有之象，他便也不放在心上，哪料得謝煙客居心險惡，傳給他的練功法門雖然不錯，次序卻全然顛倒了。

自來修學內功，不論是為了強身治病，還是為了作為上乘武功的根基，必當水火互濟，陰陽相配，練了「足少陰腎經」之後，便當練「足少陽膽經」，少陰少陽融匯調和，體力便逐步增強。可是謝煙客卻一味叫他修習少陰、厥陰、大陰、陰維、陰蹻的諸路經脈，所有少陽、陽明等經脈卻一概不授。這般數年下來，那少年體內陰氣大盛而陽氣極衰，陰寒積蓄，已然凶險之極，只要內息稍有走岔，立時無救。

謝煙客見他身受諸陰侵襲，竟然到此時尚未斃命，詫異之餘，稍加思索，便即明白，知道這少年渾渾噩噩，於世務全然不知，心無雜念，這才沒踏入走火入魔之途。若是換作旁人，這數年中總不免有七情六欲的侵擾，稍有胡思亂想，便早已死去多時了。

心念一轉，已有了主意：「我教他再練九陽諸脈，卻不教他陰陽調和的法子。待得他內息中陽氣也積蓄到相當火候，那時陰陽不調而相沖相剋，龍虎拼鬥，不死不休，就算心中始終不起雜念，內息不岔，卻也非送命不可。對，此計大妙。」

當下便傳他「陽蹻脈」的練法，這次卻不是自少陽、陽明、太陽、陽維而陽蹻的循序漸進，而是從次難的「陽蹻脈」起始。至於陰陽兼通的任督兩脈，卻非那少年此時的功力所能練，抑且也與他願意不符，便置之不理。……（**第三回〈摩天崖〉**）

以上這一段話並不那麼難懂，即便是對我國傳統醫學、氣學中的「陰陽」與「八脈」之類所知不多，也能明白大概的意思。即對此內功氣學的修煉，正確的次序應該是：陰陽會合融通，從少陰——少陽——厥陰——陽明——太陰——太陽——陰維——陽維——陰蹻——陽蹻，爾後再修兼通陰陽的任脈、督脈。其中包含了兩層意思，一是陰陽和合，二是先易後難，循序漸進。謝煙客卻不是這樣做的，他先是只教陰脈而不教陽脈，至使石破天陰盛陽衰，爾後又是從次難得「陽蹻脈」教起，而不是從少陽教起，至使石破天所修的內氣脈絡紊亂不堪，這是想把石破天往死路上引。謝煙客的用意是十分明顯的，他要將石破天置於死地而又「不加一指」，這樣既不違背自己的諾言，又不至於為另一項諾言而費心。

石破天果然嘗盡了走火入魔之苦，忽冷忽熱，如墜地獄一般，生命垂危。幸而吉人自有天相，大好人石破天居然能因禍得福，且一次又一次地逢凶化吉、遇難呈祥。這一段故事，不僅表現了我們民族文化的一種執著或頑固的「吉人天相」的理想，同時也包含了較深的哲學寓意。石破天一次又一次的「巧遇」，其實都是他個人的災難，無論是他被謝煙客所陷害，還是被貝海石所擄走，這些人對他都沒有安好心，而另一方面，石破天的一次又一次的災難，恰恰又是包含了一次又一次的福祉。新的（災難）相遇總是恰恰能使他擺脫舊的災難困境，貝大夫雖沒安好心，但畢竟將石破天從謝煙客那裡救了出來，從而使他在死到臨頭之際又有了新的轉機。

最能說明問題的，也許還是長樂幫豹捷堂香主展飛滿懷怨憤地對石破天心口猛擊一掌（他將石破天當成了勾引他妻子的石中玉了），練了二十年鐵砂掌的展飛這一掌打在常人的心口，那是必死無疑。然而打在飽受陰冷陽熱夾攻的石破天的心口則有出人意料的效果。「那膻中穴乃人身氣海，展飛掌力奇勁，時刻又湊得極巧，一掌擊到，剛好將他八陰經脈與八陽經脈中所練成的勁力打成一片，水乳交融，再無寒息和炎息之分。……他一口噴出了體內鬱積的淤血，登時神氣清爽，不但體力旺盛，連腦子也加倍靈敏起來。」這正是所謂禍兮福所倚，福兮禍所伏，禍福相隨，塞翁失馬。這正是中國文化的精髓奧妙處。對此，你固然不能全信，但卻也不能完全不信。

這使我們想起了老子的話「道可道，非常道：名可名，非常名」。當然，對於我們的主人公石破天而言則都差不多，他不僅身不由己地一下變成了「狗雜種」，一下變成「小乞丐」，一下變成「石破天」（石中玉），而且所有的機遇都是不由自己、迫不得已的，同時他對這一切都是逆來順受，順來也順受，全然無知更無怨。

謝煙客是石破天的第二個親近之人（第一個是叫他是「狗雜種」的養母梅芳姑），卻是他的第一位師父。師父教徒弟練武居然是想要徒弟自己尋找一條死路，這的確只有傳奇小說中才能看到。

那麼，在現實生活中，我們的師父，我們的小學、中學、大學、以及其他種種專業和業餘教師們又怎麼樣呢？他們當然肯定不會有意地讓學生自尋死路，但他們會不會也（在無意之中）像謝煙客那樣光教陰脈功夫而不教陽脈功夫，只給學生發一副有色眼鏡，準備一種標準答案呢？會不會也（在無意之中）忘了教他們陰陽融會之法，且將順序顛倒，從「尖端」開始呢？

有或沒有，那就全憑各人的機緣了。

我們的民族是一個奇異的民族。它提倡所謂「大智若愚」和「大巧若拙」，這自是有極深的道理的。我們的古人喜歡「抱殘守缺」，尤其喜歡「抱愚守拙」及「難得糊塗」。老子和莊子分明是歷史上最聰明的人，卻主張「棄聖絕智」。

於是，我們在金庸的小說中看到了一種很普遍的現象，那就是刻板教條、食古不化的人往往被稱為好人、正人、君子（他們也的確是好人），愚鈍不堪的郭靖能練成「降龍十八掌」從而躋身於當世一流高手之林，迂腐到極的少林寺傻和尚覺遠竟然身懷「九陽神功」的絕技而不自知。與之相反，那些聰明活潑、愛異想天開的人多少都是與正派好人相對的邪徒惡棍，如郭靖的結義兄弟楊康、歐陽鋒的兒子歐陽克等等。《笑傲江湖》中的令狐冲正因為聰明活潑而不容於正派師門。上述這些人和事足以說明一些問題。

也許我們還會注意到，金庸小說中的「走火入魔」之人也多不是什麼正人君子。歐陽鋒是一個壞蛋，自不必說；陽頂天是邪教教主；史小翠一心要創出「金烏派」武功以克制她丈夫白自在的「雪山派」武功，這未免也有點邪門兒。只有石破天一個是真正的好人，但他恰恰是上了邪氣十足的謝煙客的惡當，才會有走火入魔之厄。

所以如此，也並不難解釋，一是在中國古代嚴酷的社會生活中，只有抱殘守缺、抱愚守拙的人才能活命，不論是真愚還是假愚，總要比那些世所共知的人少能惹是非。二是中國人平安喜樂，安貧樂道，安於現實，不喜歡那些旨在花樣翻新的奇淫異巧，並將它視為旁門左道。三是那些聰明人真的是那麼聰明嗎？還是那些「難得糊塗」的人更聰明、境界更高呢？

值得一說的是，金庸並沒有停留在這種正邪之分的水平線上。郭靖並不代表武學的最高成就，覺遠本人也不能創造出一派獨特的足以傲世的武功。只有楊過才能打出獨立於世的「黯然銷魂掌」，只有張三丰才能成為震古鑠今的武學宗師。而楊過、張三丰不僅都是真正的聰明人，而且也都正邪雙修。正如《碧血劍》中的袁承志與《笑傲江湖》

中的令狐冲、《倚天屠龍記》中的張無忌、《俠客行》中的石破天、《連城訣》中的狄雲……等等主人公一樣。

這就是說，顯示金庸的「武學」最高成就的人，恰恰是一批正邪雙修、內外兼修的人。他們本人，則超乎於正、邪之上，無法用日常的「正」或者「邪」這樣的概念來解釋他們的人生行為及其個性品質。

由此，我們又能見到中國古代文化及其智慧方法與形態的真正本質：中庸之道。中庸之道才是中國哲學與文化的真精髓。

我們也可以將此當成一種方法論思想，即在正與邪、速與緩、亂與治、陰與陽、內與外等等對立因素及其矛盾形式中，古人的方式是既不正也不邪、既不速也不緩、既不亂也不治、不偏於陰也不偏於陽……而是取其中者而用之。

在我們的古人看來，只有這樣才能獲得真正的成功。否則，就是旁門左道，或者是拘泥陳法，或者是走火入魔。

只有取其中而用之，才能既循序漸進而又非食古不化，既活學活用而又能扎扎實實，既保守傳統之本又創造革新之用。

只有取其中而用之，才能做到不速不緩往前行、陰陽交匯、內外兼修、正邪雙修。才能不偏激、不固執、不想欲非非，不冒險激進、不走火入魔。

社會如此，人生如此，學問修養、道德文章亦是如此。

信不信由你。

當然，也還有別樣的名稱，或別樣的解釋。

比如，你可以稱之為「辯證法」。

又比如，你也可以稱為「必要的張力」。

還可以叫「藝術分寸」。

也可以叫「度」的哲學或方法論。等等。

中庸之道的「道」在於適度。而其中者，並非是一條直線的中點之中，而是兩種對立因素的適度、中和之「中」。

這是中國古代文化的經驗與智慧，也是金庸「武學」的一種精髓。

最後，我想我們應該探底了：世界上有沒有走火入魔這種事？假如有，那麼它的形成原因及其具體表現是怎樣的？

對此，我並不確切地知道。

我想金庸先生也未必知道。對此生理、醫學方面的專業難題，我想我們也不一定需要知道，因為我們是在讀小說與寫小說。

然而在小說的作者與讀者之間有一種約定俗成，有一種默契。我們知道、我們應該知道它的象徵意義或寓言本質。

我知道當今之世、在你我的周圍（**極可能包括你和我**）多的是「走火入魔」之人。他們倒未必像歐陽鋒那樣發瘋，更未必像陽頂天那樣死去、甚至未必像史小翠那樣癱瘓或石破天曾有過的那樣痛苦不堪……也許恰恰相反，他們覺得很舒服，覺得自己將九陰真經練成了——其實是假經！——從而可以稱為世界第一了！他們自我膨脹、自我吹噓、自我欣賞、自我陶醉。

有多少人像歐陽鋒那樣練「假經」而不知？

有多少人像史小翠那樣只求「速成」？

有多少人像陽頂天那樣明知自己「內力」不足而硬要去一鳴驚人，去「乾坤大挪移」？

有多少人像石破天那樣只一味地偏於陰，而明天又一味地偏於陽，以至於陰陽不調、朝秦暮楚、惶惶不可終日？

這些人，究竟是聰明人，還是蒙昧人呢？

二一／俠士高人盡歸隱

金庸的武俠小說的結尾，有一種與其他所有武俠小說作家作品都不相同的特點，那就是小說的主人公幾乎全都歸隱了。

其他武俠小說作品的結尾，通常一是一片光明大團圓；二是俠士英雄完成了一件壯舉之後又整裝待發，時刻準備著。因而大都可以寫成連續不斷的故事長卷。其中即便是有個別作品主人公最後歸隱，那也是暫時的和特殊的現象。

可是，在金庸的小說中，歸隱幾乎成了小說主人公的一種普遍的、帶有規律性的結局。我們說「幾乎」都歸隱了，那是因為有很少有幾個例外，「飛狐」胡斐的結局不得而知，在《雪山飛狐》中砍向苗人鳳的一刀尚未落下，小說就結束了；在《飛狐外傳》中，程靈素已死，袁紫衣灑淚悄然西去，胡斐怔在那裡，何去何從，書中沒有說。除此之外，只有郭靖一個人為國為民、鞠躬盡瘁，據說最後終於戰死在襄陽城破之時。

金庸其他的小說主人公就都可以說是包括在「規

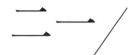

律」之中了。

《書劍恩仇錄》中陳家洛以及紅花會群雄有計劃的撤退，豹隱回疆。《碧血劍》中袁承志「空負安邦志，遂吟去國行」。《神鵰俠侶》中楊過攜了小龍女夫人回到了「終南山後，活死人墓」。《倚天屠龍記》中張無忌辭去了明教教主之位，專給愛侶畫眉。《連城訣》中狄雲帶著「空心菜」來到了藏邊無人的雪谷，顯然是要長居此地。《笑傲江湖》中的令狐冲將恆山掌門的職位辭去，任盈盈自然也辭去日月神教教主之職，兩人吹簫彈琴，合奏《笑傲江湖之曲》。《俠客行》中石破天一向隨遇而安，混跡江湖本是迫不得已，想來回到生長於斯的荒山野谷之後，再也不會有什麼興致闖蕩江湖了。《越女劍》中的越女阿青則簡直像一片雲彩，一個夢境那樣消失了。《白馬嘯西風》中李文秀心傷情苦，本就連武也不學，學了也不可能去做「女俠」。……甚至連《鹿鼎記》中飛黃騰達的韋小寶最後也說「老子不幹了」，且說到做到，溜得不見蹤影……

如此普遍的「歸去來」，幾乎成了一種規律，也可以說是一種明顯的創作模式。

以上各人的歸隱，當然情況不太一樣。有些是迫不得已，有的是功成身退；有的是激流勇退；有的是大敗而逃；有的是沮喪灰心，有的則渴望寧靜與自由。

可是，無論如何，歸隱總不是一種積極的結局，尤其是對於行俠江湖的武俠人物而言，不能不說帶有悲劇的色彩，甚而可以說正是一種悲劇的結局。

這不僅僅是俠士——英雄的悲劇。

這其實正是高手——人才的悲劇。

金庸小說的與眾不同之處，就在於它不僅敘述了俠士英雄仗義行俠的故事，而且還描繪了年輕兒女學藝成才的過程，這我們在前面的章書中已作了充分的解析。

進而，金庸小說的更突出的與眾不同之處，在於它不僅寫了主人公學藝成才的曲折艱難的過程，還寫出成才之後不一定成功，寫出「英雄無用武之地」的中國古代社會歷史的某種規律及其深刻的悲劇性。這一點看起來有點匪夷所思、不能接受。因為金庸的武俠小說畢竟是虛構的傳奇故事，「人才悲劇」云云，已似誇張；「歷史規律及其悲劇」則幾乎是不可思議。

不過，我們明白，金庸小說的傳奇，乃是一種「歷史的傳奇」，這不僅僅是指他的小說中時常加入明確的歷史背景，而且指他們寫出的歷史的真相與精髓。其次，金庸小說的虛構，乃是一種寓言的虛構，它的表面充斥了許多離奇的巧合與荒誕，它的深層內蘊卻是對人生世界與社會歷史的某種深刻的象徵。

如此，我們就不難理解上述的論點，俠士主人公的普遍的歸隱現象，正是中國古代社會人才悲劇的一種象徵性的寫照。

閒話少說，還是讓我們來看小說。

最為典型的例子之一是金庸繼《書劍恩仇錄》之後寫出的第二部作品《碧血劍》。

《碧血劍》的突出的特點，是它在開頭結尾分別敘述了兩個真實歷史人物的悲劇故事。開頭是抗清名將、遼東督師袁崇煥被明朝皇帝崇禎殺死了。結尾處是李闖王部下有名的大將，立下赫赫戰功、文武雙全的李岩被兵敗之際的李自成逼死了。這兩個故事異曲同工。崇禎與李自成雖然階級有別，一為衰朽，一為新生；一為天下百姓所失望，一為天下百姓所希冀……然而卻又都不能跳出中國文化的同一個圈子。因而做出了同樣的「自毀長城」之事，造成了同樣的人才的悲劇。

有趣的是，小說的主人公袁承志正是在前面被崇禎殺死的袁崇煥的兒子，而又是在後面被李自成逼死的李岩的結義兄弟。袁承志刻苦學藝，華山十年，身兼三派之長；已是天下武功絕頂高手。他的志向不僅是要找崇禎和皇太極報殺父之仇，而是想順應時代潮流、天下百姓希望，反明抗清，建立以李自成為首的新政權，創造和平安樂的新世界。然而經歷許許多多曲曲折折艱苦卓絕的努力之後，眼看了李闖王進京登基，夢想即將實現之際，李自成忽爾兵敗（**敗於吳三桂乎？敗於清兵乎？敗於自己耶？**）而復有逼死李岩之事發生，從而所有的美好的希望與夢想都毀於一旦。

更有深意的是，李自成進京伊始，正轟轟烈烈之時，暮靄蒼茫之中，李岩和袁承志攜手街頭，正談論何去何從之際，忽聽得小巷之中有人拉著胡琴，一個蒼老嘶啞的聲音唱了起來。此人所唱的是：

「無官方是一身輕，伴君伴虎自古云。歸家便是三生幸，鳥盡弓藏走狗烹。……

「子胥功高吳王忌，文種滅吳身首分。可惜了淮陰命，空留下武穆名。大功誰及徐將軍？神機妙算劉伯溫，算不到：大明天子坐龍廷，文武功臣命歸陰。因此上，急回頭死裡逃生；因此上，急回頭死裡逃生……

「君王下旨拿功臣，劍擁兵圍，繩纏索綁，肉顫心驚。恨不能，得便處投河跳進；悔不及，起初時詐死埋名。今日的一縷英魂，昨日的萬里長城……」

好一個「今日的一縷英魂，昨日的萬里長城！」唱此曲者，雖是一位老盲人，但其心不盲，而且雪亮雪亮，穿透了重重歷史的雲霧，道出了中國人才歷史的玄機。我常說，這支曲子，無疑可算是這部《碧血劍》的主題歌。

李岩聽了此曲，雖若有所悟，但仍要對李自成盡心竭力到底，結果是以死相報。只不過並非死在敵人的刀劍之下，而是死於大王所逼。

還是穆人清看得透澈，關鍵時刻，給袁承志送來一張條子。寫道：「吾華山派歷來門規，不得在朝居官任職。今闖王大業克就，吾派弟子功成身退，其於四月月圓之夕，齊集華山之巔。」於是袁承志謹遵師命，趕赴華山，保全了一條性命。順便說一下，袁承志是華山派門下，而華山自古被古人以五嶽喻五經時比作《春秋》，主莊嚴肅殺，記歷史之碑。所以，袁承志的經歷見聞，也可以是歷史的別傳，華山門人亦可看成歷史的見證人與書記官。

小說的最後一回的回目是〈空負安邦志，遂吟去國行〉。更是點明主題，寫袁承志空負安邦定國濟世救民之志，無奈莽莽中原再也找不到英雄用武之地，便只有背井離鄉，到海外去尋找理想的用武之地，施展才幹，實現宏偉抱負，創造美好理想的樂園。然對於中華武林而言，袁承志這位絕世高手是身負絕藝，失望而去的。

如此，足見我們前面所述，金庸小說寫中國歷史上人才悲劇，所言不虛。《倚天屠龍記》中張無忌的情況與袁承志差不多。《越女劍》中的歷史人物范蠡與傳奇人物越女阿青也都功成身退了。不必細述。

一部中國古代社會歷世王朝的正史，寫滿了類似的悲劇。

那也不用在此多說。

或問，在朝居官任職固是如此，在野行俠江湖又怎樣？

武俠小說畢竟是武俠小說，寫王朝正史，並非己任，而江湖俠義的傳奇方是正業，否則就不叫武俠小說了，不如改為歷史小說。

金庸自然也有純粹寫江湖生涯的傳奇小說。然而金庸小說之奇，並不在於寫一俠士如何仗義行俠、濟困救危、鋤強扶弱而終於皆大歡喜、俠勝邪亡的老一套，金庸小說奇就奇在其江湖世界並非正邪分明、善惡對壘的概念演繹，更非正勝邪敗、善漲惡消的理想圖解。

《雪山飛狐》是金庸的第三部小說，可以說是純粹寫江湖生涯的。然而其中胡、苗、范、田四大家族百年恩怨，輾轉報復，實源於窩裡相鬥，而結束於胡斐、苗人鳳這兩位「好人」刀劍相對，相持不下。又哪裡有一般讀者心目中的武俠小說的意念影子？相比之下，《飛狐外傳》這部專門寫俠的小說，在某種意義上講，正是金氏小說中的一個異數，甚至可以說是金庸小說演繹理想俠義的一次失敗的嘗試，是一次敗筆。不提。

小說《連城訣》脫胎於一位作者所熟悉的老人的故事（**詳見《連城訣・後記》**），這又是一部純粹寫江湖世界的小說。在其刀光劍影籠罩之下的虛構的故事背後，有著真實的人生世界的投影。

這是一個充滿貪婪、欺詐、奸險的世界，也是一個瘋狂的世界。《連城訣》所寫「連城訣」不只是一種劍法的名稱，更主要的是它隱藏了一個大寶藏的秘密。為了獲得這一寶藏地址的秘密，萬震山、言達平、戚長發這師兄弟三人居然兇惡貪婪到將他們的授業恩師殺死。爾後又互相防範、互相欺詐、互相拼殺……幾乎無所不用其極。言達平扮成一個乞丐，戚長老則將他的滿腹機心隱藏，扮成一個不識字的鄉下老人，進而欺瞞完全無辜不知所云的獨生女兒和唯一的徒弟狄雲，教他們武功時竟將「唐詩劍法」說成是「躺屍劍法」。同樣是為了這筆寶藏，江陵太守凌退思不僅想方設法留任不去，而且終於扼殺了獨生女兒凌霜華的愛情與生命……相比之下，狄雲所受的蒙蔽和冤屈，不僅是勢所必然，而且還算不了什麼，只不過是這貪婪詭詐的世界中的一支小小插曲罷了。他的大師伯萬震山的兒子萬圭看上了狄雲的師妹兼情侶戚芳，因而設計陷害，將狄雲投入官府牢獄之中，終於使不明真相的戚芳投入了萬圭的懷抱，而對狄雲表示「哀其不幸，怒其不爭」。

更加奇異，也更加深刻的是，這一貪婪而又瘋狂的世界不僅善惡交織、正邪混雜，而且價值扭曲。叫人無法分辨什麼是正、什麼是邪、什麼是俠、什麼是惡。往往表面上是一回事，實際上又是一回事，難以定性，更難把握，不僅仗義行俠無從做起，而且是非善惡都難以分明，狄雲的師父一直像慈父一般養育了他，卻又欺騙了他，甚而最後幾乎殺了他。狄雲的情人戚芳受蒙蔽投入萬圭的懷抱，這倒也罷了，但在戚芳明白真相之後，竟又為了救出與她有殺父奪侶之仇恨的丈夫萬圭而又被萬圭所殺。狄雲出獄之後，人家不是欺負他，就是將他當成罪惡淫賊，而教他武功的血刀老僧無惡不做卻又似乎有恩；不僅救他性命，而且還傳他武藝。進而，花鐵幹俠名遠播，卻不料內心深處極為骯髒險惡陰毒詭詐。水笙姑娘受盡苦難，明明是冰清玉潔，卻被他的愛侶汪嘯風及其他所有不明真相的人視為失貞的小淫婦。如此是非顛倒，黑白混淆，善無善報，惡無惡報，甚而好人多災，惡人不死……如此世界，怎不叫人拔劍四顧心茫然？

狄雲在牢獄中與絕世高手丁典同囚，蒙丁典授以最上乘的內功心法，練成神照功絕藝；後陷身雪谷，又無意有意之間修練了血刀門的內功及刀法，內外兼修又正邪雙修之後，已然絕技蓋世。由一個純樸無知、屢受矇騙的鄉下少年，成為一個飽經憂患、見識大增的絕頂武學高手。原以為雪化出谷之後會有一番大的作為，不想出谷之始亦正是新的災難和冤屈的開始。他所面臨的是我們上述描繪的世界。少年時誠樸憨厚老實無知，此時則已心明眼亮、茅塞頓開、洞察秋毫。然而唯其如此只能徒增痛苦悲哀而已。如此世界，顯然是英雄無用武之地。

小說的最後一頁寫道：

……狄雲覺得很奇怪：「為什麼會這樣？就算是財迷心竅，也不該這麼發瘋！」

不錯，他們個個都發了瘋，紅了眼亂打、亂咬、亂撕。狄雲見到鈴劍雙俠中的汪嘯風在其中，見到「落花流水」的花鐵幹也在其中。他們一般地都變成了野獸，在亂咬、亂搶，將珠寶塞到嘴裡。

狄雲驀地明白了：「這些珠寶上餵得有極厲害的毒藥，當年藏寶的皇帝怕魏兵搶劫，因此在珠寶上塗了毒藥。」他想去救師父，但已來不及了。

任憑狄雲有怎樣的俠義心腸，有怎樣絕頂的武功，面對這樣一個瘋狂的貪婪或者說是貪婪的瘋狂世界，也只能是無法可施。珠寶上塗了毒藥，當然可能是真的，但同時更可能是一種象徵。因為珠寶上沒塗毒藥，這些貪婪成性的人也會發瘋的，即使表面上道貌岸然，內心卻早已瘋魔入體了。萬震山這樣的壞人固然在其中，狄雲的師父戚長發在其中，汪嘯風、花鐵幹等「俠義道」居然也在其中，不僅江湖上正邪兩途，黑白兩道俱在爭寶中發瘋發狂，而知府凌退思及所率官兵也在其中。盜如此，俠如此，匪如此，官亦如此……這樣的世界是無可救藥的。所以狄雲回到當時避難的藏邊無人雪谷避世隱居，是勢所必然的。

如果說《連城訣》中狄雲最後歸隱是勢所必然，那麼《笑傲江湖》則從根本上是一部描寫隱士的書。

與《連城訣》不同的是，《連城訣》中人物為財富而發瘋，《笑傲江湖》中人物則為了權勢而發瘋；《連城訣》中狄雲尚可一避一隱了之，而《笑傲江湖》中一些人物則簡直連歸隱也無法做到，是謂「人在江湖，身不由己」。

由此，我們將《連城訣》和《笑傲江湖》結合起來，互相補充又互相比較，就能得到一個完整的「江湖世界」的印象：貪欲與權勢欲，或貧困財富與貪圖權勢，正是江湖世界或者世俗人間的兩個最基本的特徵，也是最本質的特徵。這兩部小說所寫，其實也並非純粹的江湖世界，《連城訣》中有官府的勢力在決定狄雲的命運，強盜萬震山與知府凌退思已聯為一體，在搶劫財寶時更是官匪俠盜難解難分；而《笑傲江湖》則看似純粹的江湖，又更似象徵純粹的歷史政治江山世界。我們只能說它是亦江湖、亦江山。因為江湖與江山這兩個世界雖然確有分別，但卻並不是相互隔絕的。中間非但沒有一條鴻溝，而且恰恰是同一個世界的兩個相互交叉又相互重疊的面。江湖與江山世界說穿了是同一個社會的不同層次，如此而已。其中必有相通乃至相同之處，如上述貪欲與權勢欲之爭即是。

《連城訣》揭示了俠士高手狄雲歸隱的外在原因，即江湖世界既無俠義可信，又無忠貞可言。戚長發這一鄉下人一變而為大盜，花鐵幹這樣一位俠名遠播的人物居然卑鄙無恥得令人髮指，汪嘯風枉稱俠名，最後亦墮入瘋狂。狄雲、戚芳本是兩小無猜、青梅竹馬、情根深種，但稍經曲折便別投懷抱竟至生死不顧；汪嘯風、小笙人中龍鳳，也不過小別數月便再無信任，顧慮重重，無以寬解。小說中唯一的俠士丁典與真正的情義烈女凌霜華雙雙殉情而死。餘下的便成了無義兼而無情的世界。狄雲再無留戀之處，當然不如歸去。

《笑傲江湖》則揭示了高手俠客必欲歸隱的內在原因。那就是這些人生具至性、心懷至情，於生活的自在與內心的自由之外別無他求。至性至情，自由自在，心嚮往之，身追求之，小說開頭不久寫到的衡山派的高手劉正風要「金盆洗手」從此歸隱，便是想要從此過自由自在的日子，為他所熱愛的音樂事業而獻身。小說中寫到的日月神教中的梅莊四友在杭城孤山隱居不出，亦正是他們性喜琴、棋、書、畫，心愛自在自由，然而他們不論是出生於正派或是邪門，都是想歸隱而不得。這些人要麼死於非命（被同一陣營所處罰），要麼被迫重操舊業、幹自己不願幹之事，回到爭權奪利的世界中來。

小說中的《笑傲江湖之曲》乃是才子高人之曲，亦正是道道地地的「隱士之曲」。它源自前代隱士、創自當代隱士，傳於後來的隱士。小說中的「獨孤九劍」也正是無敵之劍同時又是隱士之劍法：它的創造者獨孤求敗是一位隱者，它的傳授者風清揚是一位隱士，他的繼承者令狐冲最後也做了隱士。這倒並不是說《笑傲江湖之曲》及「獨孤九劍」非隱士不傳。而是因為若非「至情至性、自由自在」之人無法領略到此曲中的意韻境界，若非「行雲流水、任意所之」之人無法學到此劍法中的意旨精髓。

風清揚身懷絕技，當世無敵，然而心灰意冷、神情蕭索，做了隱士。小說中另一個做成了隱士的人是主人公令狐冲，他是《獨孤九劍》的傳人，又是《笑傲江湖之曲》的傳人，可以說是雙料隱士。然而有趣而又有深意的是，創造和繼承《笑傲江湖之曲》的藝術型隱士，是「想做隱士而不得」的，他們都不得善終，如此曲源頭《廣陵散》一曲的作者稽康便是歸隱之後又被人殺了的；小說中創作《笑傲江湖之曲》的曲洋長老和劉正風最後雙雙死去，連「金盆洗手」的儀式也沒有完成。小說中梅莊四友、喜愛琴、棋、書、畫的黃鍾公、黑白子、禿筆翁、丹青生這四人想為藝術而獻身，卻終於不能善終。相比之下，「獨孤九劍」的創造者與繼承人的命運要好一些，他們不是藝術型隱士，而是「劍手型隱士」。獨孤求敗無敵於天下而後歸隱，風清揚當世無匹而又歸隱，令狐冲戰勝了一切不讓他如願歸隱的對手而後歸隱。這幾個人的歸隱都如願以償了。

這又是為什麼呢？

按說，曲道雅人、藝術型隱士的歸隱是理所當然、順乎自然的，而劍道高手、劍手型隱士的歸隱是出乎意料、有背常情的。按說江湖世界本就是一個劍的世界、而不是曲的世界。「曲人」離開劍的世界反而不得如願，「劍手」離開劍的世界倒最終如願以償，這不是極不正常麼?!

問題其實並不在於學曲之人或學劍之人，而在於藝術型隱士的歸隱方法與途徑，只是一味的逃避。例如劉正風的「金盆洗手」，便是想掩人耳目同時想避開江湖風波；而劍手型隱士則以進為退，以戰鬥和勝利最終贏得自己歸隱的權力。進而，我們看到藝術型隱士總是太柔弱、太怯懦了；而劍手型隱士則有進無退，如「獨孤九劍」那樣全是進攻的招數，即以全攻求得全守，以更強的手段達到自己的目的。

正因為江湖世界是一個劍的世界，又是個只講強權、不講情理的世界，所以一味的逃避與一味的柔弱軟怯只能被動地處於挨打受罰、被欺遭壓的不利地位，因而不可能如願歸隱、得到善終。正因為這是一個「做穩了奴隸」及「想做奴隸而不得的時代」，因而不想做奴隸而又軟弱善良的人們本就無路可走、無計逃避。正因為這是個誰強誰有理，「竊鉤者賊竊國者侯」的世界，才只能「以子之矛，陷子之盾」，用強權世界的法則，做到遇強則強，比強更強的方法，才能真正獲得和平與安寧。才能最後放下手中的「獨孤九劍」，以用劍的手去撫琴弄簫，合奏美妙和平的《笑傲江湖之曲》。

應該說，劍手型隱士或劍手型人才對人類社會的意義、價值和貢獻，遠遠比不上藝術型隱士或藝術型人才。甚而，劍手型人才對人類並無真正的價值，除了殺人以外還是殺人。而藝術型人才則對人類絕對是有益而無害，他們創造的美妙的藝術造福人類、遺愛千古，使後代受益無窮。所以硬逼著人去「以暴易暴，以劍對劍」，而無法「以曲怡人，琴簫自娛」的江湖世界從根本上就是一個非人的世界、無理的世界，從而只要徹底地改變這一世界，徹底地改變它的強權政治的法則，才能使人類獲得安寧和幸福，才能使一切有益於人類的人才——包括藝術型的、政治型的、經濟型的……各類人才——得以健康成才，造福自身，創造美好的理想世界。

在這一意義上，我們又能看到風清揚與令狐冲的歸隱，有著本質的不同。一是風清揚只是「獨孤九劍」的傳人，只會殺人的本領；而令狐冲則除了是「獨孤九劍」的傳人之外，又是《笑傲江湖之曲》的傳人，除了是一位劍手，是一位掌門人之外，他還是一位藝術家。其二，風清揚心灰意冷的歸隱，對此世界固無害處，但亦無益處；令狐冲則是做了恆山派的掌門人，幾經曲折，進行艱苦卓絕的奮鬥，終於改變了江湖的局勢之後，才與愛侶琴簫相諧雙雙歸隱的。他不是逃避，而是真正的功成身退。

令狐冲功成之後，之所以還有身退，那是因為他固然改變了江湖中一時的局勢，卻無力改變江湖上爭權奪利的政治社會的本質。他不是一位政治家，也沒有興趣去做一位政治家，這一點，與袁承志、張無忌……等等人物是完全相同的，他們是武學的絕頂高手，然而只不過是些專業人才。莫說他們不想做政治領導人，就是他們想做，也是做不了、做不好的，因為他們不具備那樣的素質。

《書劍恩仇錄》中的陳家洛不懂得這一點，以為自己文武雙全，便天下事無不可為，最後落得事敗情傷業不成而心悲痛的不幸結局，帶著他的部下，逃到邊遠的回疆隱身活命去了。

他想不隱，也還是被迫歸隱了。

二二／不才小寶為至尊

卻說金庸先生本人在封刀歸隱、宣佈脫離武俠江湖之際，寫了最後一部武俠小說長篇巨著《鹿鼎記》，塑造了一個無武無俠的主人公奇人韋小寶。

此公生於妓院，混跡市井，勾欄瓦舍。戲院賭場是他的家，也是他的人生學校。這傢伙不學無術，最是潑皮無賴，文則目不識丁、滿口汙言穢語；武則無縛雞力氣、出手便撒灰撩陰。

可是他機緣湊巧，搖身一變，居然逢凶化吉、飛黃騰達住居顯要之處，爵封鹿鼎公之名；兼而江山江湖任他馳騁、所向披靡、四海「通吃」。這原是一位不才之至的小寶，卻又成了一位賭場中的王牌至尊，或曰至尊寶。

時時處處，通吃無賠。

有人會說，這已不是什麼武俠小說，簡直成了神話。但作者自己卻又在此書的《後記》中說：「《鹿鼎記》已經不太像武俠小說，毋寧說是歷史小說。」

從人才學的角度來看這部小說是極有意義的。

如果說前面所說的「俠士高手盡歸隱」乃是黃鐘毀棄，則這裡的「不才小寶為至尊」便是瓦釜雷鳴。

「黃鐘毀棄，瓦釜雷鳴」。這正是一部中國古代歷史的人才悲劇的總的寫照，正是中國古代人才悲劇的歷史的總訣。

黃鐘大呂與瓦釜泥丸，一如棟樑，一如腐草，二者判若雲泥。本來是不消多說的。然而惟其黃鐘大呂多遭毀棄，瓦釜泥丸每被供奉且做雷鳴，才成了悲劇。這二者命運與性質的倒錯，正是相反相存、關係密切，正因為黃鐘毀棄，所以瓦釜得以雷鳴做聲：正因為瓦釜雷鳴，腐草做棟，則黃鐘大呂，棟樑之材必遭毀棄無疑。不可能有其他的出路。其中道理並不複雜，懂得中國古代歷史的人更對此瞭若指掌，如此不消細說。

筆者在《陳墨賞析金庸》一書中論及《鹿鼎記》及其主人公韋小寶時，曾經情不自禁地寫下了如下的疑問，即，與韋小寶的「化功大法」相比：

——顧炎武的滿腹經綸有什麼用？

——陳永華的武功卓絕有什麼用？

——施琅等人能征慣戰有什麼用？

——多隆等人忠心耿耿有什麼用？

——洪安通的陰謀詭計有什麼用？

——吳三桂的處心積慮有什麼用？……

以上的疑問我們還可以排列出很多很多。那本書中提出的疑問，我們在這裡大約能找到答案。正是黃鐘毀棄、瓦釜雷鳴這句話。

以上排出的六個人中，有文有武，有正有邪，有好人有壞人，有歷史人物也有虛構的人物（如洪安通）。可以說各種各樣的人物都有，但不論其是文是武、是正是邪、在他們各自的領域中，這些人都可以說是絕頂高手。毫無疑問都算得上是寶貴的人才。相比之下，韋小寶只能是相形見絀，簡直雲泥天壤，不能相提並論。

然而偏偏天命弄人，竅通成運，好人不長壽、禍害遺千年；忠臣無後，奸邪多孫；良才無運，庸人多福；智者常苦，能者多勞，不學無術而奴顏婢膝的人則飛黃騰達。

上述人中，洪安通裡通外國而為非作歹，吳三桂反覆無常而有邪路惡名，這樣的人不成功乃至身敗名裂倒也罷了。然而顧炎武等人文名播於四海，節操義烈；陳天華（近南）武藝獨冠群雄，臥薪嘗膽，偏偏也是不得善終，豈不哀哉？再說，上述四人都是反叛朝廷的，在康熙盛世，以卵擊石，其不得志倒也情有可原，然而那施琅既已棄「明」投「清」，且身經百戰，功績顯赫，才能卓著；多隆更是八旗出身更兼忠心耿耿……何以這樣的人也鬱鬱而不得其志呢？雖然未致身死，但比之韋小寶的受寵受信、大紅大紫，施琅、多隆等輩又豈不寒心麼？

再深入一層，我們想，像《碧血劍》中所寫的那樣，崇禎皇帝自毀長城，殺了袁崇煥以至最後國破家亡，這倒能夠理解。因為崇禎皇帝剛愎自用，是一位大大的「昏君」，而昏君總是要亂殺忠臣與良將的，更何況明朝早已氣數將盡，風雨飄搖、人心盡失。進而，李自成雖是一位大英雄、真好漢、深得民心、更合時代之願，而最後居然也逼死李岩，這也不難理解。一來李自成兵敗之後，自必怒氣衝天、失去理智，逼殺良將這或許也是有的；二來李自成畢竟是一位草莽英雄，志向雖大，胸襟卻未必相符，膽氣雖豪，才智卻未必相仿，這才終於在兵敗怒氣之下現了原形、犯下大錯。可是，卻為何康熙皇帝這樣文才武功幾乎前無古人（**正如他自己所說，明朝的所有皇帝中沒有人可以與他相比的**）的一代明君英主，也會寵信韋小寶這樣的小丑弄臣，而冷淡施琅等等英才良將呢？當然，歷史上並無韋小寶其人，康熙皇帝也並未如此明顯地近小人而遠英才。問題是，明君如康熙者亦有可能這樣做的。這就需要我們好好地想一想了。

小說中寫到康熙皇帝要韋小寶將「怎樣剿滅王屋山土匪，你下去想想，過一兩天來回奏」，這可難壞了不學無術的韋大人。幸而韋小寶從來都是一位有福之人，福至自然心靈：

……他在房中踱來踱去尋思，瞧著案上施琅所贈的那只玉碗，心想：「施琅在北京城不得意，這才來求我。北京城裡，不得意的武官該當還有不少哪。但又要不得意，又要有本事，一時之間，未必湊得齊在一起。沒本事而飛黃騰達之人，北京城裡倒也有不少，像我韋小寶，就是一位了，哈哈！」

走過去將玉碗捧在手裡，心想：「『加官晉爵』這四字的口采倒靈，他送我這只玉碗時，我是子爵，現下可升到伯爵啦。我憑了什麼本事加官進爵？最大的本事便是拍馬屁，拍得小皇帝舒舒服服，除此之外，老子的本事實在他媽的平常得緊。看來凡是有本事之人，多半不肯拍馬屁，喜歡拍馬屁的，便是跟老子差不多。」

於是，韋小寶按此「明見」，將趙良棟從天津召來。書中寫道：

……韋小寶大喜，說道：「我也沒什麼事，只是上次在天津見到趙大哥，見你相貌堂堂，一表人才。我是欽差大臣，人人都來拍我馬屁，偏生趙大哥就不買帳。」趙良棟神色有些尷尬，說道：「小將是粗魯武人，不善承奉上司，倒不是有意對欽差大臣無禮。」韋小寶道：「我沒見怪，否則的話，我也不找你來了。我心中有個道理，凡是沒本事的，只好靠拍馬屁去升官發財；不肯拍馬屁的，一定是有本事之人。」

趙良棟喜道：「韋大人這幾句話說得真爽快極了，小將本事是沒有，可是聽到人家吹牛拍馬，心中就是有氣。得罪了上司，跟同僚吵架，升不了官，都是為了這個牛脾氣。」

韋小寶道：「你不肯拍馬屁，一定是有本事的。」

趙良棟裂開大嘴，不知說什麼話才好，直覺「生我者父母，知我者韋大人」也。……

韋大人升官發財、飛黃騰達，並非幸致，不僅馬屁拍得妙，而且見識果然不差。這趙良棟不會拍馬屁卻果然是棟樑之材，讓他佈置進剿王屋山小小匪窟之計，真如小菜一碟。結果是韋小寶不但圓滿地向皇帝交了差，而且日後還因收羅了趙良棟、張勇、孫思克、王進寶等人而被皇帝加官進爵。「康熙論功行賞，以二等通吃伯韋小寶舉薦大將，建立殊勳，甚可嘉尚，特晉爵為一等通吃伯，蔭長子韋虎頭為雲騎尉。」韋小寶什麼事也沒幹，只在通吃島上與七位夫人吃喝玩樂，而趙、張、孫、王均將出生入死，效命疆場反而讓韋小寶升官進爵。其中道理恐怕也只有韋大人心裡明白，不過事關機密，且說來不雅，韋大人的「獨門秘術」恐怕是不會對他人多言的。

「凡是沒本事的人，只好靠拍馬屁去升官發財，不肯拍馬屁的，一定是有本事之人，」韋大人總結出來的人才理論及其成功秘訣，看來似乎匪夷所思、荒誕不經，實則正是一語中的，十分精妙深刻。

這句話可以說是《鹿鼎記》一書一百數十萬言的精髓本質之論、中心主題思想，也正是「黃鐘毀棄，瓦釜雷鳴」這一人才悲劇及其數千年中國古代歷史的最妙的注腳通解。

成才的人卻不一定成功，而成功的人也不一定成才。

是否人才當然不能以會不會拍馬屁來衡量，但身處中國古代社會，尤其在封建王朝官府之中，成功的關鍵卻確實在於會不會拍馬屁。韋小寶的成功之道，便全在於此。溜鬚拍馬、阿諛奉承、見風使舵、插科打諢；厚顏無恥，奴顏婢膝……這正是韋小寶飛黃騰達、遇難呈祥的秘訣。這在《鹿鼎記》一書中可以說是俯拾即是，且看我們信手拈來的一小段：

……韋小寶道：「皇上年紀小，英明遠見，早已叫那批老東西打從心眼裡佩服出來。待您再料理了吳三桂，那更是前無來者，後無古人。」

康熙哈哈大笑，說道：「他媽的，前無古人，後無來者。你這傢伙聰明伶俐，就是不學無術，不肯讀書。」韋小寶笑道：「是，是。奴才幾時有空，得好好讀他幾天書。」

其實韋小寶粗鄙無文，康熙反而歡喜，他身邊文學侍從的臣子要多少有多少，整日價詩云子曰聽得多了，和韋小寶說些市井俗語，反而頗感暢快……

康熙之喜歡韋小寶由此可見一斑。只不過決不僅僅是韋小寶粗鄙無文，也不僅僅是他聰明伶俐，而是他的徹頭徹尾的厚顏無恥，奴顏卑膝，在於他不要面皮與奴才氣十足。

其他人之所以沒有、也不可能像韋小寶這樣受「今上」之寵，就是因為那一班文臣武將多少還要點臉皮，不似韋小寶那樣全然不顧面子；那些人雖無不口稱「奴才」，但實際上則多少有些恃才自傲、恃功自傲，多少還有點自尊自愛和禮義廉恥之心的，不似韋小寶既無才可恃，亦無自尊可愛，禮義廉恥之心，更是半點也沒有。其他人可以稱得上是「人才」，韋小寶才是真正劃一不二的奴才。皇帝雖然也需要人才，但皇帝顯然更喜歡奴才，這是毫無疑問的，將二者折衷一下，便是讓韋小寶這樣的奴才，去做張勇、趙良棟、孫思克、王進寶等人才的領導。這正是康熙的「英明偉大」之處，同時也是他英明偉大的極限。康熙固然不會像崇禎皇帝那樣昏庸剛愎、自毀長城、殺害良材——康熙誅鼇拜是要為掌實權而清除障礙、殺人立威——但康熙也決不可能將人才看得比奴才更重，決不會不讓奴才去領導人才的。若是奴才而兼有才學武藝之技能，那就更受重用而委以實權了。

古代人才的悲劇，無非是功高震主，及恃才傲物等等。大凡文學、武藝之才，總是有些個性、有些人格、有些真誠、有些自尊之心的。有些人甚至確實不太會拍馬屁、也不想拍馬屁。而個性、人格、真誠、自尊等等個人品質，雖是他們成才的基礎，卻又是他們「成功」的障礙。原因正在於任何皇帝都是需要奴才、需要工具、需要只知有皇帝而不知有他、忠於皇帝一家一姓一人而不會有其他想法與行為的人。

人才與奴才難以得兼，只因一是「人」而另一是「奴」而已。

所以，古代皇家，常有招攬人才之名，實則多為選取奴才之舉。所以，許許多多頂「人才」之名的奴才，實際上只不過是些聽話的庸才和見風使舵的歪才而已。真正有才能而又有個性有人格有自尊心的人，實難見容於皇宮或官場。這才有所謂黃鐘毀棄、瓦釜雷鳴的歷史及人才的悲劇。這種悲劇在康熙這樣英明的君主當朝的時代都發生如故，其他的君主時代就更不必說了。

讀罷《鹿鼎記》一書，不禁起了懷疑：也許韋小寶此人不學而實「有術」？也許韋小人「為奴」卻又「有才」？不然，何以如此走運得勢、飛黃騰達呢?!甚至有些人可能會認為，韋小寶不僅有「才」，而且有「通才」。

在《鹿鼎記》一書中，韋小寶不僅在清廷皇宮官場中吃得開，而且在反對清廷的天地會中、賣國組織神龍教中以及一切人群組織中，甚至包括在俄國王宮之中、蘇菲亞公主殿下面前，中國的小孩大人也能定計立功、揚威異域，都能吃得開。韋小寶果真像是一個至尊寶那樣，四海五洲通吃通賺，這可真是奇中之奇、怪而又怪了！

若僅是在皇宮官場中飛黃騰達，我們尚能理解，韋小寶只要將小皇帝康熙一個拍馬溜鬚，阿諛奉承弄得舒舒服服，自然會逢凶化吉、遇難呈祥。既然上有天恩，那麼王朝內外、官府上下，自然都會對韋小寶青眼有加甚而頂禮膜拜，韋小寶無功自然也就變成了有功，韋小寶無才自然也就變成了有才了。

拍皇帝馬屁，讓皇帝笑口常開，便是他最大的功、最大的才。其他的人功再大、才再高，又怎能與此相比？

可是，天地會這種英雄雲集的反清幫會，與神龍教這種充滿奸詐陰謀的神秘教派，又怎麼會有韋小寶立足之地乃至平步青雲呢？豈不怪哉?!

天地會一共只有十個香堂支部，韋小寶居然毫不費力地當上了其中青木堂的香主，成為該會的核心小組的成員之一；神龍教只有五個分部，韋小寶竟然又當上了其中的「白龍使」並「兼掌五龍令」。

如前所述，韋小寶因受寵於康熙，所以他封侯也好，封公也好，當五品太監也好，御林軍頭目也好，甚至到少林寺去當方丈的師弟，又到五臺山清涼寺當住持……這些都可以理解、因為無論是太監、將軍、大和尚、公爵爺，這些都是康熙賜封的。再奇也無話可說。可是天地會乃是與康熙毫不沾邊、與清廷勢不兩立的組織，「反滿抗清」或「反清復明」正是天地會的宗旨、何以韋小寶也能在其中通吃呢？再則神龍教又是一家，既不受制於清廷，又與天地會冰炭不容，而韋小寶居然又能逢凶化吉並得勢升官，這又該如何解釋？

說穿了也許一文不值。韋小寶之所以能夠到處通吃，那是因為他的法術——馬屁功溜鬚功等等——能夠到處通用。

正如當代大詩人北島的詩中所寫：

「卑鄙是卑鄙者的通行證，

高尚是高尚者的墓誌銘。」

天地會也好，神龍教也好、少林寺也好、清涼寺也好、前明公主獨臂神尼也好、大賣國賊吳三桂也好、大文豪名學者顧炎武、黃宗羲等人也好……他們都是中國人，自然都會「吃」韋小寶的這一套至精至妙的溜鬚拍馬、阿諛奉承、見風使舵的「中國功夫」。這一套功夫既然在妓院這種天下最無恥最骯髒的地方行得通，而在皇宮朝廷這種天下最崇高最莊嚴的地方也行得通，那麼，在妓院與皇宮之間的中國的任何地方——無論江山、江湖，白道、黑道、正道、邪道、出世之處、入世之處……自然也會行得通、吃得開的。韋小寶將此功練得出神入化、蓋世無雙，自然會到處能通行而且通吃的。

小說中最為別出心裁、令人匪夷所思之處，是寫韋小寶揚威異域，為俄國公主蘇菲亞獻計獻策，讓俄國軍人去搶財寶、搶女人，從而使蘇菲亞公主叛亂成功，當上了垂簾聽政的攝政女王。進而，韋小寶又率兵定邊，將驕橫不可一世的俄國匪兵、亡命之徒打得服服貼貼、俯首貼耳，叫人有「惡人須得惡人磨」之感慨。

爾後又武功之餘，復有文治，與俄國人簽訂了中國外交史上第一份外交條約《中俄尼布楚條約》……這一段虛虛實實，讓人瞠目結舌之後，又不能不信韋小寶及其「中國功夫」實在是高。

如此，韋小寶雖粗鄙無文，卻能讓顧炎武等等當世大儒對之敬佩不已，當朝文臣更無一不在話下，他又何必學什麼文、讀什麼書？如此，他雖武功不通、靠防身衣、鋒利匕首、粗妙逃跑輕功以及武藝高強的雙兒在側而所向披靡，天下武功高手無人能及，他又何必練什麼武、學什麼功？如此，他靠自己在妓院賭場戲院皇宮中練成的功夫已能夠大大的成功，又何必傻乎乎地學什麼藝、成什麼才？

《鹿鼎記》一書給我們的啟示是深刻的，也是多方面的。

首先，韋小寶其人雖不能算什麼好人，卻也絕非壞蛋；他雖不是一位人才，卻又不是一個傻瓜。他之無才而能成功，於他自己實有不得已的苦衷。他之無才，是條件所限，生於妓院，不知其父為誰，能吃些殘羹剩食已屬不錯，哪裡又有什麼機會去練武、修文、學藝成才？那是想也不必想的。即便是吃些妓院嫖客的殘羹剩飯，也必須付出一定的代價，那就是需要阿諛奉承、厚顏無恥、溜鬚拍馬，將「爺們」侍弄得舒舒服服才成。如此，韋小寶這才在屈辱與不幸之中學會了這樣一些求生之技。又有誰料得日後會發揚光大、成為當世絕妙的「中國功夫」？

韋小寶的「成功」，多少也都是出於形勢所迫、不得已而為之的。他不想成為太監，但當時若不殺死小桂子取而代之，他的性命便不保。他與人鬥毆玩耍，又怎知那「小玄子」竟是今上大皇帝康熙玄燁？更想不到這一架打出了無數匪夷所思的「傳奇」來，比如殺鼇拜等等，他不過照方抓藥撒了一把爐灰，誰料竟獲成功。更想不到此又會被天地會中群雄奉為青木堂香主。在神龍教中形勢更是艱險，若不是韋小寶施出救命的「馬屁功」又怎能逢凶化吉？

其次，韋小寶不才而獲成功，在他自己乃是迫不得已，而在客觀環境卻是勢所必然。韋小寶只不過福至心靈，順應了自然而已。倘若皇宮朝廷以及社會時尚均是重德重才、唯德是聞、唯才是舉，韋小寶這種無才無德、不武不俠之人自是寸步難行，又怎能飛黃騰達、四海通吃？豈知當時社會時尚恰恰相反，奴才歪才，無才鄙才的韋小寶才得以四處通行。進而活學活用、越演越烈。可以說，「韋小寶神功」正是客觀環境逼出來的，正是在客觀環境中磨練出來的，韋小寶只不過順應了「客觀規律」與「時代潮流」而已。

最後，我們還必須看到，「黃鐘毀棄，瓦釜雷鳴」的悲劇，不僅是人才的悲劇，更是人的悲劇。

奴性不去，才智不開；

人格不立，學藝難成；

個性不健，成才無道。

人才學的根本問題正是人學。

人才的學藝、發展、成就乃至最後的成功，需要有一種真正先進、健康、平等、自由的人文環境。而在韋小寶所處的那種人文環境之中，人命不保、人格不保，當然就只能滋生和培養出韋小寶這樣的奴才加歪才、精靈或怪胎了。妓院與皇宮是韋小寶的溫床，而廣大豐厚的封建王朝歷史文化時尚風俗價值標準，則正是「韋小寶神功」生長與發展的沃土。中國的人文環境不好，中國人的個性人格就不能健全，人才之說便無從談起。而我們在中國古代專制社會——即使像康熙盛世——中去討論人才的生長與發展，只能如刻舟求劍，甚至是緣木求魚。實在是非其地也，更非其時也。

正是在上述意義上，《鹿鼎記》成了一部「反武俠」小說。成了一部極深刻的，反映人與人才悲劇的歷史小說。成了全部金庸小說的蓋頂之作。

在這一章以及全書結束之際，我想要補充幾句。

我的妻子在看到這部書的最後兩章的題目即「俠士高手盡歸隱」，「不才小寶為至尊」的時候，頗為不解。以為我在前面既然將「學藝與成才」這一題目談得頭頭是道，又何必畫蛇添足，使讀者朋友灰心喪氣？

我知道這是她的一番好意，是想讓我的書能給人以更多的鼓舞，激勵人們奮發向上，努力學藝成才，實現人生理想等等。可是，我有以下理由，不得不說。

一是金庸小說中確實如此寫了，我既然是分析金庸的小說，就不能不說。

其次，金庸所寫的都是古代的故事，「俠士高手盡歸隱，不才小寶為至尊」的時代畢竟早已過去了。如今時代幾經變換，歷史條件與人文環境與金庸小說中所寫的時代已大不相同。如此，何妨一說？

其三，溫故而知新，以史為鑑，非但並無不可，而且是必須的。古代人才的悲劇和人的悲劇的敘述和分析，並不是要讓人沮喪灰心，還是要讓我們在歷史悲劇中吸取經驗教訓。若無「直而慘澹人生，正視淋漓鮮血」的勇氣，又怎能成才、又怎能成為真正的人？

後記

一次聚會上，海豚出版社社長俞曉群先生提出，他想出版「陳墨評金庸書系」，我問了句：「這書還有市場嗎？」他說有，我就答應了。只因為，他是俞曉群。

關於這些書，我該說什麼？悔其少作，那是有的，敝帚自珍，老實說，也有。不過這些都不重要，重要的是：通宵達旦讀金庸，真快樂；三朋兩友談金庸，更快樂；孤燈執筆評金庸，還是快樂。遇到金庸，如同彼得潘發現永無島，島上有郭靖、楊過、張無忌，有蕭峰、段譽、令狐冲，有黃蓉、郭襄、小龍女，還有我女兒喜歡的老頑童、岳老三、丁不四，人生至此，快何如之！

當年評金庸，別的沒啥，要點標新立異的勇氣，還要有些機緣，我的機緣，是一九八八年去南昌開會，見到《百花洲》主編藍力生老師，說及金庸小說「俗可通雅，奇而至真」，藍老師問：你為什麼不寫出來？一年後，藍老師還在鼓勵督促，於是我寫了。今年十一月，我和太太一起，專程南昌探訪藍老師，他才說出，當年在雜誌上發表四萬字的《金庸賞評》，其後出版我的評金庸書系，始終有人質疑，有人批評。為此，我要再次感謝藍老師！

借此機會，我還要感謝經手過這些書的編輯師友：江西百花洲文藝出版社的錢宏先生和朱光甫先生（朱先生英年早逝，願蒼天眷顧他在天之靈），安徽文藝出版社的岑杰先生，雲南人民出版社的張維女士，上海三聯書店的馮芝祥先生，臺灣雲龍出版社（知書房）的謝俊龍先生，臺灣遠流出版公司的王榮文先生和李佳穎小姐，臺灣風雲時代出版公司的陳曉林先生，人民出版社（東方出版社）的黃書元先生、孫興民先生和許運娜女士。當然，還要感謝海豚出版社的俞曉群先生、李忠孝先生、朱立利先生以及參與這套書的編校、出版和發行工作的所有人！

我還要感謝兩個人，一是老友王希華，三十年前，是他借給我一套十六開本《射鵰英雄傳》，讓我大開眼界，長時間如癡如醉。一是我太太朱俠——當時還叫朱霞——每天下班時幫我到書攤上租借武俠小說，滿足我的童心喜好。

好像尼采說過，每個成年人的心理，都有一個五歲的小孩，這話，很可能包含了有關人類心智的最大秘密：童心活潑，靈性生動，人性才得健全。扼殺童心，會讓靈性固結，人性畸形；若任童心主宰，癡迷玩樂，則有礙智慧發展，難以長大成人。好在，金庸小說是「成人的童話」中最好的一種，老少咸宜。

陳墨　於北京

附錄 金庸小說的武藝展演

一

金庸小說的武功設計

武功打鬥是武俠小說的突出特徵，也是武俠小說作者必備功夫。通常的武功設計和描寫，無非寫實、虛構、虛實結合三種。寫實當然就是按照各家拳法與劍法等等，如實寫來，但想要一招一式都寫對，實際上無法做到，因為在武俠小說中，總有一些虛構門派，你無法寫實。這樣做，其實既無必要，也不討好，因為武俠小說畢竟是虛構故事，且訴諸人的想像，只不過是遊戲而已。虛構功夫的極致是神化，還珠樓主《蜀山劍俠傳》中的神仙怪物的功夫，往往出人意表。更多的武俠小說對武功的設計和描寫，是在虛構與寫實之間，有那個意思就可以了。

金庸小說中的武功描寫，當然也使用上述幾種方法，他雖不專門練武，但可以按照各派武功套路去寫。更多的當然是虛構和想像。而且，金庸的想像，往往別出心裁，能夠把武功學理化，也能夠把武功藝術化。

在他的第一部小說《書劍恩仇錄》中，就有了武功學理化的嘗試。典型的例子，就是他首創的「百花錯拳」，即：「擒拿手中夾著鷹爪功，左手查拳，右手綿掌，攻出去是八卦掌，收回時已是太極拳，諸家雜陳，亂七八糟，旁觀者人人眼花繚亂。」之所以說這套拳法是學理化的武功，因為它的要點是「似是而非，出其不意」八個字，具體如何組合並不是重點，重點在讓對手防不勝防，讓對手防不勝防的武功，當然是有道理的武功。在同一部書中，陳家洛還學習了「庖丁解牛掌」，這套武功的學理就更加明顯，若能像庖丁解牛那樣練武，「以神遇而不以目接」，當然會非常厲害。

金庸的藝術化武功，例子也很多。最突出的是，他把琴棋書畫的技藝都化入武功之中，《碧血劍》中的木桑道長，把圍棋的棋子當作暗器，這還只是初級階段。真正的高級階段，是《天龍八部》中的涵谷八友，每個人都是藝術家，每個藝術家都把自己擅長的技藝變成了武功；另一個例子是《笑傲江湖》中的梅莊四友，即黃鐘公、黑白子、禿筆翁和丹青生，他們的琴聲、棋盤、畫筆和書法，都是絕世武功。這樣的武功，讓人有藝術想像的快感。

藝術化武功的例子，還有《連城訣》中的唐詩劍法，美麗詩句如「落日照大旗，馬鳴風蕭蕭」和「大漠孤煙直，長河落日圓」等等，都成了劍法的名稱，這種藝術化的劍法，當然動人。而書中人物戚長發把「唐詩劍法」故意說成是「躺屍劍法」，大煞風景，卻是意味深長。《神鵰俠侶》中的玉女心經、《鴛鴦刀》中的「夫妻刀法」，又是另一路子，每一招式的名稱，都是情侶或恩愛夫妻相處的美麗場景，令人神往。

金庸創造性的武功設計，遠不止學理化、藝術化。金庸的獨門功夫，是武功的個性化，和武功的心理描寫功能。所謂武功的個性化，是說金庸小說的主人公，大多有一套自己的獨門武功，主人公的武功，又常常是主人公個性的暗示。前面提及的「百花錯拳」，不僅有學理化成分，也有個性化的暗示：創造這套武功的袁士霄，在愛情生活中就「錯」得離譜；而這套功夫的傳承人陳家洛，就更是「開頭是錯，結尾還是錯」。

《碧血劍》的主人公袁承志，不僅學習了華山派武功，也學習了木桑道長的武功，還學習了金蛇郎君的武功，而袁承志的個性，也就兼有華山正氣、木桑靈便和金蛇郎君灑脫和刁鑽。《射鵰英雄傳》中的郭靖，是以「降龍十八掌」成名，而他的個性，也正像這套掌法一樣簡單、質樸、渾厚、沉實。

《天龍八部》中段譽的凌波微步，以及時靈時不靈的六脈神劍，也是他個性的一部分。《笑傲江湖》中令狐冲的獨孤九劍，即活學活用、料敵機先、隨機應變、無招勝有招等等，不但符合武術技擊的學理，同時也是令狐冲個性的深入刻畫。《鹿鼎記》中韋小寶的撒石灰、揑陰囊、腳底抹油等等「絕技」，當然是韋小寶這傢伙的個性和為人處世的生動寫照。

金庸的武功還有心理描寫功能，典型的例子是《神鵰俠侶》中楊過的「黯然銷魂掌」。我們知道，這套掌法，是楊過在小龍女失蹤後所獨創的。這套掌法的名稱，來源於南北朝時的文學家江淹的《別賦》，即「黯然銷魂者，別而已矣。」這套掌法的每一個招式名稱，都是楊過在思念小龍女時的心理寫照，徘徊空谷，呆若木雞，拖泥帶水等等，無不體現出楊過失去小龍女之後的了無生趣的心理特徵。

最神奇的是，當楊過和小龍女重逢，心裡充滿夫妻團圓的喜悅，這套武功竟然發揮不出來了。直到楊過以為自己要被金輪法王打死，要與小龍女死別，這套武功才重新顯示出驚人的威力。能把武功寫成心理計量器，只有金庸能做到。

還有一個精彩的例子，一般讀者可能想不到，那就是《倚天屠龍記》中張無忌學習太極拳和太極劍，那是張三丰剛剛創造出這套武功，而張無忌也是現學現賣，與西域少林派的高手過招。與尋常練武不同，張三丰不問張無忌記住了多少，而是問他忘記了多少，忘記得越乾淨徹底，就越好。

這種學習方法，含有極為深刻的學理。這一套太極功夫，正是張無忌的獨家功夫，因為那時候，張三丰的所有弟子都還沒有學會這套功夫。說這套功夫不僅是一套武功，也是張無忌個性和心理狀態的深刻寫照，因為太極功夫不僅是一套武功，而且是一種思維方式，甚而還是一種特殊的心理狀態。

人們都知道「太極生兩儀，兩儀生四象，四象生八卦」，但很少認真去想，在八卦、四象和陰陽兩儀之前，「天地未開，混沌未分陰陽之前的狀態」，即太極狀態。張無忌出生於冰火島，回歸大陸後即身中玄冥毒掌，多年徘徊於生死之間，而後又面臨父黨與母黨即武當派與天鷹教的正邪之分，一直痛苦萬分。書中的冰與火、生與死、父黨與母黨、正派與邪派，無不是陰陽兩儀之象，而張無忌的努力目標，則是要融合與超越，化解武當派與天鷹教之間的矛盾衝突，進而化解六大門派與明教之間的矛盾衝突，也就是以太極圓轉之力統一兩儀。

張無忌做到了這一點。之所以能夠做到，也正是因為張無忌具有「太極心」或「太極性」。人們以為張無忌沒性格、沒主見，卻不知道張無忌的心智與個性，如太極那樣混沌和圓潤，靈性和仁愛混沌一片，長江大河，節節貫通。

金庸筆下的精神官能症患者群

每一個金庸迷，都要遭遇一個問題：金庸小說到底好在哪裡？回答當然是：金庸小說的文學成色更足，藝術成就更高。

何以見得呢？文學是人學，所謂文學成色和藝術成就，體現於「人學」認知和表現水準的高低。很多武俠小說家揚言要「寫人性」，其中絕大多數都無法落實，只能說說而已。金庸說要寫「性格與情感」，說到就做到了。其中奧妙，在於「寫人性」的宣言雖然堂皇，但卻很空洞，無法落到實處；而「寫性格與感情」，則與個人有關，能夠真正落實。

金庸小說的突出成就之一，正是寫出了諸多不同的人物形象。他的每一部小說的主人公，都有獨特個性形象，各不相同。《書劍恩仇錄》的陳家洛書生意氣而頭腦簡單，個性也不十分突出，於是開頭是錯、結尾還是錯。《碧血劍》中袁承志少了書生氣，多了幾分活潑天性，有時幽默，有時滑稽，就要可愛得多。《射鵰英雄傳》中的郭靖，從質樸的草原之子，到為國為民的俠之大者，個性更加突出而堅實。《神鵰俠侶》中楊過，聰明伶俐，情感偏激，飽經磨難而終成大器，與郭靖的個性截然不同，但卻殊途同歸。《倚天屠龍記》中的張無忌的個性又是一種，比郭靖聰明，比楊過仁厚，於是有獨家的圓潤隨和。《連城訣》中的狄雲是「老實人」，《俠客行》中石破天是「天真漢」；《天龍八部》中，段譽有王子的高貴，虛竹有小和尚的迂腐，蕭峰則是大英雄本色。《笑傲江湖》中的令狐冲，是嗜酒如命、放浪不羈、飄逸灑脫的浪子，也是追求「笑傲江湖」的自由人。而《鹿鼎記》中的韋小寶，則是人見人笑，但也人見人愛的中國式小混混。

在小說創作過程中，明確追求寫出不同的性格，也寫出確實不同的個性形象，當然是一種了不起的文學成就。但是這些還不是金庸小說文學成就的全部。金庸小說最突出的成就，在於他有獨門功夫，那就是對精神異態、情感變態，也就是心理疾病的精妙摹寫。佛洛依德的無意識心理學揭示了，人類無意識世界廣袤無邊且深不可測，而意識或理性則不過是海上冰山。套用老托爾斯泰的話說，理性的常態的人大多是相似的，非理性的變態的人則各有奇葩。而金庸小說的獨門功夫，正是寫出了無法自控的情感，及種種心理變態症候。

《書劍恩仇錄》中的余魚同形象，比主人公陳家洛形象更加生動，是因為此人無法自控的情感狀態，顯然更有心理深度。而天山雙鷹關明梅、陳正德夫婦與天池怪俠袁士霄的奇異三角，其實是三位輕微精神官能症患者的病態表現。

《碧血劍》中女主角的夏青青忌妒成狂，表面看是一種個性，實際上是一種神經症：因為從小沒見過父親，且父親話題是溫家的禁忌，使得她從小就沒有心理安全感；看起來頤指氣使，驕狂不可一世，實際上這姑娘的內心深處極度自卑。她之所以忌妒成狂，源於安全感的嚴重匱乏和無意識的深度自卑。也就是，把所有異性都當作自己的潛在對手，因為自卑，所以嫉妒；又因為並不自知，所以才不可理喻。

《碧血劍》中，還有一個更加典型的精神官能症患者，那就是五毒教中的何紅藥，此人種種不可思議的行為，不過是由於情感傷痛導致極其嚴重的心理扭曲所致，看似如同鬼魅，實際上是精神疾病，更準確地說，是嚴重的精神錯亂。有精神分析常識的人，大可對這個人物的行為和心理做出系統分析。

《射鵰英雄傳》中的梅超風，也是典型的精神官能症患者。而《神鵰俠侶》中，精神官能症患者更多：武三通、李莫愁、公孫止、裘千尺，這些人的共同點，是情感強烈而情商極低，自我期許高過實際情況，兩者的差異形成了扭曲心靈的力量，長久的壓抑導致瞬間爆發，常常一發而不可收拾。

《倚天屠龍記》中的滅絕師太為什麼那麼殘酷而且固執？原因並不是她道德敗壞或喪盡天良，而是因為她患有精神官能症。用佛家話說，就是六根不淨，情欲洶湧，但身為掌門，又不得不謹守門規，強自壓抑。壓抑的力量有多大，反彈的力量就有多大，這種壓抑不住的反彈力量只能在對犯規門徒或邪教徒眾的殺戮中才得舒緩。無論她怎樣道貌岸然，那匪夷所思的殺戮行為，把她內心壓抑、扭曲的病態暴露無遺。

《連城訣》中的萬震山，為什麼會夢遊並在夢遊中砌牆？那其實是一種神經症的表現。因為貪婪，他和兩個師弟聯手殺了自己的師父；進而又和兒子聯手，殺了師弟戚長發，並把戚長發砌入夾牆中。白天無法疏解的巨大心理壓力，自然要在夢遊狀態中作擬態呈現。

《俠客行》中的雪山派掌門人白自在為何自大成狂？同樣是精神官能症的表現。世間自大者，內心必然空虛且脆弱，自大程度越高，就越是空虛而脆弱。一旦遭遇無法掌控的局面，隨時有爆發病症的危險。白自在的病症，不僅在孫女跳崖、兒媳發瘋、老伴離家出走，更在於丁不四兄弟前來鬧事，謊稱白家史小翠去了碧螺島，所有這些，都不由白自在掌控。更恐懼的是，俠客島邀客使者隨時會來，他們的武功高到不可思議，白自在的自我期許隨時會被他們打得粉碎。於是他瘋了，自大成狂，只不過是一種疾病形式而已。

金庸的每一部書中，都有精神官能症患者。而《天龍八部》一書，更是患者成群。

段延慶、慕容博、慕容復等權力狂，葉二娘、蕭遠山、鍾萬仇、游坦之等復仇狂，岳老三、丁春秋、康敏等虛名狂，以及雲中鶴等情欲狂，以及段正淳、刀白鳳、木紅棉、甘寶寶、王夫人、阿紫等癡情狂，無不是精神官能症患者。

在這一意義上上，所謂「天龍八部」，大可作為精神官能症患者的別名。《天龍八部》一書的偉大成就，也正在於寫出了人類精神官能症的種種動機與情狀。《天龍八部》的文學成就自不待言，其中極為豐富的病例、病歷和病理，不僅值得文學評論家深入研究，也值得精神分析學家和心理學家深入研究。

《書劍恩仇錄》：出人意料的「百花錯拳」

《書劍恩仇錄》是金庸的第一部武俠小說，一九五五年二月八日開始在香港《新晚報》上連載。寫武俠小說，是《新晚報》總編輯安排的任務，可以說是工作需要。此前，梁羽生的《龍虎鬥京華》在《新晚報》連載，受到讀者的歡迎，《香港商報》約了梁羽生的第二部，而《新晚報》不能空，於是要金庸替補上場。

為《新晚報》寫連載武俠小說，要求只有三點，一是要有傳奇故事，以便滿足讀者的好奇心；二是要有新意，符合《新晚報》的意識形態立場和相應的價值觀；三是要有武打，以便滿足讀者的好鬥心。這三條，《書劍恩仇錄》都做到了。

先說傳奇。《書劍恩仇錄》的故事核心，是取自作者家鄉的一個民間傳說。說海寧籍侍讀學士陳世倌，兒子剛剛出生不久，就被胤禛皇子用自己的女兒替換了，這個被替換的孩子，就是後來的乾隆皇帝。

乾隆皇帝是漢人之子，是一個驚人的大奇聞，小說也正是基於這一秘密展開。紅花會總舵主于萬亭，曾帶領「奔雷手」文泰來進入皇宮，把這一秘密告訴了乾隆。于萬亭臨死前，又遺命其義子陳家洛繼任總舵主，陳家洛是陳世倌的第三子，也就是乾隆同胞兄弟。讓陳家洛當紅花會總舵主，當然是要讓陳家洛利用與乾隆同胞的關係，讓乾隆恢復漢人身分，恢復漢人衣冠，把滿清王朝變成漢人王朝。

這個故事，也就成了兄弟相爭的故事。乾隆對此事的態度如何？是否願意冒險復漢？就成了書中最大的懸念。

小說開頭，是從遠處開始，通過武當名宿陸菲青的視角，看紅花會群雄「千里接龍頭」，看紅花會文泰來被官方抓捕，看陳家洛在危難之際就任紅花會總舵主。同時還見證另一條故事線索，那就是官方將回疆部落首領木卓倫，率領女兒霍青桐及族人，要奪回被搶的珍貴典籍《古蘭經》。通過陸菲青的視角，看陳家洛等人幫助霍青桐奪回經書，看霍青桐贈送匕首給陳家洛。

有了陸菲青這一視角，不僅找到了一個導遊，隨時解說江湖奧妙和故事背景，還有一個好處，那就是他不是紅花會中人，不能參與紅花會的核心機密，對紅花會及陳家洛的奮鬥目標並非全知，須等待作者抽絲剝繭，這就增加了故事的神秘趣味。

再說價值觀。陳家洛和乾隆雖然是兄弟，但因乾隆是皇帝，是統治階級的最高層，而陳家洛則代表紅花會，站在漢族人民的立場上，所以，兄弟之爭本質上又是統治階級與被統治階級的鬥爭。乾隆在孝心傳統、兄弟情誼和階級立場、個人利益之間，患得患失，徘徊不定，最終選擇保護自己的既得利益，試圖將紅花會骨幹一網打盡，這就暴露了統治階級的殘酷本性。

這一設計，完全符合新時代的意識形態。書中的大內高手張召重，雖是出身於武當派，是陸菲青的師弟，但因張召重利祿熏心，死心塌地地站在當權者一邊，也就成了陸菲青的階級敵人。無論是同胞兄弟還是師兄弟，親不親，路線分。這就是小說的價值觀。

陳家洛出身於官宦世家，父親陳世倌是清朝的大官，為什麼陳家洛會流落江湖，成為紅花會的總舵主？這涉及陳家洛母親徐潮生的傷心往事，她與于萬亭兩情相悅，但卻身不由己，父母包辦婚姻，將她許配給了陳世倌。有情人不能成為眷屬，徐潮生終生鬱鬱寡歡，她讓小兒子陳家洛認于萬亭為義父，無非是想安慰畢生孤獨的于萬亭，彌補此生的情感缺憾。

陳家洛的命運，取決於母親不幸的婚姻，而母親的婚姻不幸，源自包辦婚姻，這一設計，也符合新時代的價值觀。

再說武功打鬥。若沒有武打，武俠小說就不成其為武俠小說。武功打鬥設計的好壞，當然就是評說武俠小說成色的標準之一。這部書中寫到了陸菲青的武當派劍法，也寫到了周仲英的少林派武功，且都寫得像模像樣。

陳家洛第一次出手，是與周仲英較量，先後打出了多種武術套路，例如少林拳、八卦遊身掌、太極拳、武當長拳、三十六路大擒拿手、分筋錯骨手、岳家散手等等，無法戰勝周仲英。於是他打出一套新的拳法來：擒拿手中夾著鷹爪功，左手查拳，右手綿掌，攻出去是八卦掌，收回時已是太極拳，諸家雜陳，亂七八糟，旁觀者人人眼花繚亂。這套拳法叫作「百花錯拳」，是陳家洛的師父袁士霄獨創的武功，要旨是「似是而非，出其不意」，也就是「百花易敵，錯字難當」。這是作者的武學新奉獻。

有意思的是，用百花錯拳可勉強對付周仲英，但卻不敵真正的高手張召重。於是在小說最後，陳家洛在迷宮中又學會了回人創的「庖丁解牛掌」，這是作者對武學的另一大創新。這一創見的妙處，一是「以神遇而不以目接」的庖丁之技，與武打技擊理路相通。二是「庖丁解牛」寓言來自《莊子》，漢人讀《莊子》有固定思路，甚至有刻板印象，而回人讀《莊子》能從中獲得武學啟發，則是因為他們沒有成見，因「誤讀」而能創新。三是沒有讓陳家洛從開始就打遍天下無敵手，而是讓他不斷學習，才能戰勝最主要的敵手張召重。

綜上所說，《書劍恩仇錄》本身，就如一套出人意料的「百花錯拳」，讓喜歡傳奇的讀者心滿意足。說這部小說是傳奇，其中卻有歷史，有乾隆、福康安、李可秀等真實歷史人物；若說這部小說是歷史故事，其中精髓卻仍然是虛構的武林傳奇。作者說，歷史學家不喜歡傳說，而小說家喜歡。

《書劍恩仇錄》還有兩點，值得一說。

一是，小說中有不少鮮明的人物形象。其中紅花會的骨幹，按照身分、體態及性格類型加以區分，相互間形成對比，於是更加鮮明。如二當家無塵道長是獨臂，性格火爆；三當家趙半山則是心寬體胖，又是精通暗器的「千臂如來」。四當家相貌英俊、高大挺拔；五當家徐天宏就身材矮小、機智過人；六七當家偏偏是一對孿生兄弟，面相陰沉，心狠手辣，號稱黑無常、白無常。

二是，小說中有多條愛情故事線索穿插。陳家洛與霍青桐、香香公主姊妹一再陰差陽錯，結局出人意表。余魚同癡戀有夫之婦駱冰，而李沅芷又癡戀同門師哥余魚同，這對年輕人的情感歷程，歷盡曲折坎坷。單純憨直的大姑娘周綺，與滿肚子心機的徐天宏不打不相識，由冤家變成情侶，讓人忍俊不禁。陳家洛的母親徐潮生和義父于萬亭相愛而不能相守，讓人唏噓感慨。而天池怪俠袁士霄，與天山雙鷹陳正德、關明梅夫婦，形成古怪有趣的三角戀，更是大有文章。

然而，這畢竟是作者的第一部小說，當然有其弱點。首先，是主人公陳家洛的形象，設計得過於完美，而完成得不能盡如人意。他承擔的是不可能完成的任務，非但無法盡展其才，反而要為完成使命而委屈多多，這一人物形象算不上十分突出。其次，小說要講好故事，卻一不能篡改歷史，二要符合新時代的價值觀，故事的走向自然要受到局限，故事中的人物戴著鐐銬跳舞，作為相當有限；其中反派人物，如乾隆、張召重等，就更難免有概念化的痕跡。

二

武術是中國特有的一種東西。西方語言中沒有這個概念，只好像我們引進「沙發」、「沙龍」那樣，將武術音譯過去。另一種譯法則是「中國功夫」。

武功是武俠小說的一大基本要素，我們討論武俠小說也好，討論中國文化也罷，都不能不說武術。

有的讀者朋友或許會懷疑，在武俠小說之中研究中國的武術，或「武功與文化」，是否有些不大妥當？理由是（1）作者只是一位文人，而不是一位武士，他不懂武術；（2）武俠小說中的武功打鬥乃是想像與虛構的東西，諸如「唐詩劍法」、「書法武功」等，只可當藝術來欣賞，豈能當武術來研究？

有這樣的疑問是正常的，而且——在一定的程度上——是有些道理的。但這是其一，即事物的一方面；還有其二，即事物的另一方面。

另一方面是，金庸不是一位武術家，卻不妨礙他是一位武學家。不會術，卻懂學，紙上談兵，可以頭頭是道。進而，中國武術，就其本性而言，就介乎技（術）與藝（道）

之間，所以有時候武功也稱作武藝。

武與舞現在看來似乎有本質性的區別，但華陀初創「五禽戲」時，誰能說得清，它是武術、體操，還是舞蹈？唐代有「公孫大娘舞劍器」的著名掌故，使張旭頓悟草書之道，那「舞劍」與「劍舞」之間的模糊疆域，誰又能說得清在哪裡？至少可以說，象形、舞蹈，注重觀賞性及審美效應，是中國武術的重要特性之一。

至於武術文化，則整個武俠小說及武俠電影、電視劇，都能夠進入它的學術視野。武俠小說中的神奇誇張，武俠電影中的特技效果，固然已與武術的原型相去甚遠，但畢竟又是對它的神韻作可以理解的虛構和誇張。

筆者為此寫了一部書，名為《金庸「武學」的奧秘》對這一題目進行過專門論述。不過那裡著重講述的是「藝術」與「學術」，而非武術與文化本身，著眼點有所不同。

在這裡，我要說的第一個問題是，金庸雖非武術家，拳腳功夫幾乎沒有，但他對中國武術史的知識，對中國武術的一些基本要領，還是相當瞭解的。在這一方面，他也下過功夫。

有書為證。《書劍恩仇錄》中有這麼一段：

周仲英接著少林禮數，左手抱拳，一個「請手」，他知對方年輕，自居晚輩，決不肯搶先發招，也不再客氣，一招「左穿花手」，右拳護腰，左掌呼的一聲，向陳家洛當面劈去。這一掌勢勁力疾，掌未至，風先到，先聲奪人。陳家洛一個「寒雞步」，右手上撩，架開來掌，左手畫一大圓弧，彎擊對方腰肋，竟是少林拳的「丹鳳朝陽」。……周仲英「咦」了一聲，甚感詫異，手上絲毫不緩，「黃鶯落架」、「懷中抱月」，連環進擊一招緊似一招……

翻翻滾滾拆了十餘招。周仲英在少林拳上浸淫數十年，功力已臻爐火純青之境，推拳勁作，發腿風生。少林拳講究心快、眼快、手快、身快、步快，他愈打愈快，攻守吞吐，回轉如意。第一路「闖少林」三十七勢未使得一半，陳家洛已處下風。周仲英突然猛喝一聲，身向左轉，一個「翻身劈擊」，疾如流星。陳家洛急忙後仰，敵掌去頰僅寸，險險未及避開。紅花會群雄俱各大驚。

陳家洛縱出數步，猱身再上，拳法已變，出招是少林派的「五行連環拳」，施開崩、鑽、劈、炮、橫五趟拳術。周仲英仍以少林拳還擊。不數招，陳家洛忽然改使「八卦遊身掌」，身隨掌走，滿廳遊動，燭影下似見數十個人影來去。周仲英以靜禦動，沉著應戰，陳家洛身法雖快，卻絲毫未佔便宜。

再拆數招，周仲英左拳打出，忽被對方以內力黏至外門，這一招竟是太極拳中的「如封似閉」。但見他拳勢頓緩，神氣內斂，運起太極拳中以柔克剛之法，見招拆招，見式破式；眾人愈觀愈奇，自來少林太極門戶有別，拳旨相反，極少有人兼通，他年紀輕輕，居然內外雙修，實是武林奇事。周仲英打起精神，小心應付。這一來雙方攻守均慢，但行家看來，比之剛才猛打狠鬥，尤為凶險。兩人對拆二十餘招，意到即收。陳家洛忽地一個「倒輦猴」，拳法又變，頃刻之間，連使了武當長拳、三十六路入擒拿手、分筋錯骨手，岳家散手四門拳法。（第三回）

這一段便是一老一實地按照中國武術的拳經圖譜去寫的，少林拳中確有「丹風朝陽」，太極拳中確有「如封似閉」，且少林拳的心快、眼快、手快、身快、步快，以及太極拳神氣內斂、以柔克剛，這些都是有根有據。再加上武當長拳等四種拳法，陳家洛在這裡開了一個小小的拳術展覽——當然是作者金庸有意要他這樣做的。陳家洛跟著師父袁士霄學習「百花錯拳」，頭一關，便是要先學會諸家拳法，爾後才能打出「錯拳」來。所以陳家洛打出各家拳法，當屬自然而然之事，小說中能自圓其說。

如果說《書劍恩仇錄》中的這一段尚屬點到為止，只寫出了中國武術的幾個門派及幾個招式的名稱，在《飛狐外傳》一書中，作者就再也不是只說皮毛了。

先看小說中太極門高手趙半山講解太極武功的「亂環訣」及「陰陽訣」：

卻聽趙半山又道：「我先說亂環訣與你，好好記下了。」於是朗聲念道：「亂環術法最難通，上下隨合妙無窮。陷敵深入亂環內，四兩能撥千斤動。手腳齊進豎找橫，掌中亂環落不空。欲知環中何法在，發落點對即成功。」

這八句一念，孫剛峰和陳禹面面相覷，說不出話來。原來這八句詩不像詩、歌不像歌的話，正是太極門中的「亂環訣」。……

趙半山道：「本門太極功夫，出手招招成環。所謂亂環，便是說拳招雖有定型，變化卻在乎其人。手法雖均成環，卻有高低、進退、出入、攻守之別。圈有大圈、小圈、平圈、立圈、邪圈、正圈、有形圈及無形圈之分。臨敵之際，須得以大克小，以斜克正，以無形克有形，每一招發出，均須暗蓄環勁。」他一面說，一面比劃各項圈環的形狀，又道：「我以環形之力，推得敵人進我無形圈內，那時欲其左則左，欲其右則右。然後以四兩微力，撥動敵方千斤。務須以我豎力，擊敵橫側。太極拳勝負之數，在於找對發點，擊準落點。」

……趙半山解畢「亂環訣」，說道：「口訣只是幾句話，這斜圈無形圈使得對不對，發點與落點準不準，可是畢生的功力，你懂了麼？」

……只聽趙半山朗聲念道：「太極陰陽少人修，吞吐開合問剛柔。正隅收放任君走，動靜變裡何須愁？生克二法隨著用，閃進全在動中求。輕重虛實怎的是？重裡現輕勿稍留。」

……只見趙半山拉開架式，比著拳路，說道：「萬物都分陰陽。拳法中的陰陽包括正反、軟硬、剛柔、伸屈、上下、左右，前後等等。伸是陽，屈是陰；上是陽，下是陰。散手以吞法為先，用剛勁進擊，如蛇吸食；合手以吐法為先，用柔勁陷人，似牛吐草。均須冷、急、快、脆。至於正，那是四個正面，隅是四角。臨敵之際，務須以我之正衝敵之隅。倘若正對正，那便衝撞，便是以硬力拚硬力。若是年幼力弱，功力不及對手，定然吃虧。」

……「若是以角衝角，拳法上叫作『輕對輕，全落空。必須以我之重，擊敵之輕，以我之輕，避敵之重。再說到『閃進』二字，當閃避敵方進擊之時，也須同時反攻，這是守中有攻，而自己進擊之時，也須同時閃避敵方進招，這是攻中有守，此所謂『逢閃必進，逢進必閃』。拳訣中有言道：『何謂打？何謂顧？打即顧，顧即打，發手便是。何謂閃？何謂進？進即閃，閃即進，不必遠求。』若是攻守有別，那便不是上乘的武功。」……

趙半山又道：「武功中的勁力千變萬化，但大別只有三股勁，即輕、重、空。用重不如用輕，用輕不如用空。拳訣言道：『雙重行不通，單重倒成功。』雙重是力與力爭，我欲去，你欲來，結果是大力制小力。單重卻是以我小力，擊敵無力之處，那便能一發成功。要使得敵人的大力處處落空，我內力雖小，卻能勝敵，這才算是武學高手。」……（第四章）

趙半山是一代武術宗師、太極門中高手，由他來講解太功拳法與拳理，實在是再恰當不過。不然何以能使胡斐僅靠一部家傳刀譜便成絕世高手？這裡的人和事都是虛構的，武功原理卻非虛構，是真的照著拳譜上來的。

上述拳理的理論之源，當然還是「太極生陰陽」的《易》學理論。所謂「亂環」，是象徵著太極之圖，所謂「陰陽」，亦象徵著兩儀之旨。中國武術與中國文化本就密不可分。

趙半山所講述的這些——聽這樣的大行家講學，如聽高僧說法，是難逢的機會——可以在《倚天屠龍記》中印證，其中張三丰教、張無忌學的太極拳，便是大圈圈套小圈圈；也可以在《笑傲江湖》中印證，武當派掌門人沖虛道長曾與令狐冲比劍，沖虛道長的劍法就是不斷地畫圈，吞吐開合，深含太極之理。作者對這一路功夫，顯然頗有研究。因而在小說中寫來便格外的得心應手，並且相當的準確精到、前後一致。

《飛狐外傳》的主人公胡斐比較幸運，他雖然沒有一個固定的師父，但聽行家講課的機會卻不少。上述趙半山所講，要算是專業課。我們再聽一聽由另一人所講的「專業基礎課」又怎樣。少林韋陀門的掌門人萬鶴聲去世，他的三個徒弟爭掌門之位，文爭不成，只得比武定奪。胡斐適逢其會，恰好同桌又坐著一位武學知識很淵博而又喜歡說話的中年武師：

楊賓脾氣暴躁，大聲道：「由我先上便了。」從弟子手中接過單刀，大踏步上前……當下立個門戶，右手持刀橫置左肩，左手成鉤，勁坐右腿，左腿虛出，乃是六合刀法的起手「護肩刀」。

少林韋陀門拳、刀、槍三絕，全守六合之法。所謂六合，「精氣神」為內三合，「手眼身」為外三合，其用為「眼與心合，心與氣合，氣與身合，身與手合，手與腳合，腳與胯合」。全身內外，渾然一體……

與胡斐同桌的那中年武師賣弄內行，向身旁後生道：「單刀看的是手，雙刀看的是走。使單刀的右手有刀，刀有刀法，左手無物，那便安頓為難。因此看一人的刀上功夫，只要瞧他左手出掌是否厲害，便知高低。你瞧孫師兄這一掌翻將出來，守中有攻，功力何等深厚？」胡斐聽他說得不錯，微微點頭。

說話之間，師兄弟倆已交上了手，雙刀相碰，不時發出叮噹之聲。那中年武師又道：「這二人刀法，用的都是『展、抹、鉤、剁、砍、劈』六字訣，法度是很不錯的。」那後生道：「什麼叫做鑽母鉤肚？」中年武師冷笑一聲道：「刀法之中，還有鑽他媽媽，鉤你肚子麼？刃口向外叫展，向內為抹，曲刃為鉤，過頂為砍，雙手舉刀下斬叫做劈，平手下斬為剁。」（第六章）

胡斐雖然刀法精奇，但他祖傳的刀譜之中，恐較少提這些細緻分別，注重的只是護身傷敵諸般精妙變招，這時聽那中年武師說得頭頭是道，才知刀法之中還有這許多講究。這可以說是刀法及其武術的一些基礎知識。

那師兄弟正在比武，大門外忽然走進一位紫衣女郎（袁紫衣），說：「六合刀法，精要全在『虛、實、巧、打』四字，你們這般笨劈蠻砍，還提什麼韋陀門？什麼六合刀？想不到萬老拳師英名遠播，竟調教了這等弟子出來。」那師兄弟不服，這紫衣女郎只用三招刀法就分別打敗了他們倆個。楊賓不服，要與袁紫衣比槍，那中年武師又說開了：「中平槍，槍中王，高低遠近都不妨；去如箭，來如線……」

如果說《書劍恩仇錄》中陳家洛與周仲英的那一場比武是「拳法大展」，那麼《飛狐外傳》自紫衣女郎出現之後，便開始了「兵刃大展」。不僅比了刀、比了槍，又比了拳，後來又與人鬥劍，再與人鬥九節鞭……陳家洛是拳術雜家，袁紫衣稱得上是兵器雜家。

在上引的那一段之後，韋陀門中的長輩劉鶴真眼見本門之中無人是袁紫衣的對手，大丟臉面，且見袁紫衣演練使用的韋陀門武功其實是似是而非，所以只好挺身而出，要與她鬥一鬥「本門鎮門之寶」，即天罡梅花樁上比武（天罡數三十六，梅花樁是樁成梅花之形）。書中寫道：「各門武功之中，均有樁上比武之法，只是樁子卻變異百端，或豎立木樁，或植以青竹，或疊積磚石，甚至是以利刃插地……」具體情形怎樣，就不一一細述了。

胡斐經此一段，自是長了不少見識。但要成為真正的第一流高手，那還有一個過程。他是在遇到「打遍天下無敵手」苗人鳳，並看他示範胡家刀法、講解刀法精要之後，才進入第一流高手的境界。書中寫道：

苗人鳳一路刀法使完，橫刀而立，說道：「小兄弟，以你刀法上的造詣，勝那田歸農是綽綽有餘，但等我眼睛好了，你要和我打成平手，卻尚有不及。」

胡斐道：「這個自然，晚輩怎是苗大俠的敵手？」

苗人鳳搖頭道：「這話錯了。當年胡大俠以這路刀法，和我鬥了五天，始終不分上下。他使刀之時，可比你緩慢得多，收斂得多。」胡斐一怔，道：「原來如此？」苗人鳳道：「是啊，與其以主欺客，不如以客犯主。嫩勝於老，遲勝於急。纏、滑、絞、擦、抽、截，強於展、抹、鉤、剁、砍、劈。」

原來以主欺客，以客犯主，均是使刀之勢，以刀尖開砸敵器為「嫩」，以近柄處刀刃開砸敵器為「老」；磕托稍慢為「遲」，以刀先迎為「急」，至於纏、滑、絞、擦等等，也都是使刀的諸般法門。

苗人鳳收刀還入，拿起筷子，扒了兩口飯，說道：「你慢慢悟到此理，他日必可稱雄武林，縱橫江湖。」

……（**胡斐**）扒了幾口飯，伸筷子到那盤炒白菜中去挾菜，苗人鳳的筷子也剛好伸出，輕輕一撥，將他的筷子擋了開去，說道：「這是『截』字訣。」胡斐道：「不錯！」舉筷又上，但苗人鳳的一雙筷子守得嚴密異常，不論他如何高搶低撥，始終伸不進盤子之中。

胡斐心想：「動刀子拚鬥之時，他眼睛雖然不能視物，但可聽風辨器，從兵刃劈風的聲音之中，辨明了敵招的來路。這時我一雙小小的筷子，伸出去又無風聲，他如何能夠察覺？」

兩人進退邀擊，又拆了數招，胡斐突然領悟，原來苗人鳳這時所使的招數，全是用的「後發制人」之術，要待雙方筷子相交，他才隨機應變，這正是所謂「以客犯主」、「遲勝於急」等等的道理。

胡斐一明此理，不再伸筷搶菜，卻將筷子高舉半空，遲遲不落，雙眼凝視著苗人鳳的筷子，自己的筷子一寸一寸的慢慢移落，終於碰到了白菜。那時的手法可就快捷無倫，一挾縮回，送到了嘴裡。苗人鳳瞧不見他筷子的起落，自是不能攔截，將雙筷往桌上一擲，哈哈大笑。

胡斐自這口白菜一吃，才真正踏入了第一流高手的境界……（第十一章）

這一段看起來有些玄乎，卻又在理，講的是武功及戰術，可說是「專業研究課」。前面苗人鳳所說的刀法，那是實打實的訣竅。後面一段「胡斐吃白菜」則是一種寓言。既是寓言，自然也就當真包含了武術的道理在內。這就由武術的「形似」過渡到了武術的「神似」，即由武術之「技」過渡到「藝」進而至「道」。

寫武俠小說，要做到武術的「形似」其實並不難。寫武術之「技」，拿些拳經劍譜，各家各派的內外功心法、身法，照抄便是了。可是那樣一來，武俠小說就失去了其小說味，失去了傳奇性和趣味性了。

金庸的作法，是點到為止，真傢伙也來一點，而十分之九卻是靠自己想像和虛構，自創出五花八門的新招式、奇功法、妙武藝來。

金庸小說對武功與打鬥的描寫法門，共有四種。一種是按照已有的武術流派武功的套路招式進行摹寫；第二種是個性化的描寫，即按照「文如其人」的古理，推導並創作出「武如其人」的特殊武功來；第三種是藝術化的描寫，即純粹是為了好看，而將琴棋書畫詩詞歌舞等等藝術門類、與武術結合起來，寫出特殊的審美境界來。這一類最多；第四類是哲學化的描寫，即按照一定的「道」來寫出它應用於武功領域的藝或技。

以上這四種方法，其中的個性化與藝術化的描寫這兩條，因與我們通常的武術概念相去較遠，只是小說的藝術虛構，雖然說是發揮了武術的神韻，並充滿了文化氣息，但我們還是在其他的章節來討論，卻不好在這裡說。一句話，就是武藝之「藝」大大地超過了「武」。所以終究只能算是「藝」，而不能歸結為武。

第一種方法，我們在本章的前面已經引證過。金庸小說中當然不止那些，比如《倚天屠龍記》中有關於鴨形拳的描寫，其餘小說中還有關於鷹爪拳、蛇拳、螳螂拳、鶴形拳等等象形拳術的描寫，這些拳法都是中國武術中固有的。

現在我們要說最後一種，也是最重要的一種方法，即哲學化的方法。古人云：技進乎藝，藝進乎道。金庸是反過來用，「道生藝，藝生技」，即按照武術的哲學原理，生（創作）出新的武術技藝來。

武俠小說中的武功描寫，有兩大矛盾。一是觀賞性與實用性之間的矛盾；一是創造性與可能性之間的矛盾。

前一對矛盾是說，武俠小說中的武功與打鬥是要給人看的，因而越神奇越好；可是武術行家看起來不免要大搖其頭。

古龍有一個著名的觀點，是「武功是用來殺人的，不是用來給人看的」，所以他寫武功並不注重形式上的好看，而只注重實用。比如「小李飛刀，例不虛發」，至於他是怎麼發的，則不去寫。實際上，這一觀點對於武俠小說來說有些似是而非。武俠小說本來就是給人看的，而不是實用的拳經劍譜。何以不能寫出來呢？金庸基本上是以追求觀賞性為主，兼及實用性。話雖如此，有時為了觀賞性的效果，難免離實用性較遠。對此，金庸後來有所折衷。

例如「書法武功」在《神鵰俠侶》中寫來是神妙無比，而到了小說《笑傲江湖》中則退了一步，且由武術大行家任我行來對此作過一番評論，說：「要知臨敵過招，那是生死繫於一線的大事，全力相搏，尚恐不勝，哪裡還有閒情逸致，講究什麼鍾王碑帖？除非對方武功跟你差得太遠，你才能將他玩弄戲耍。但如雙方武功相若，你再用判官筆來寫字，那是將性命雙手獻給敵人了。」

又說：「要勝禿頭老三，那是很容易的，他的判官筆法本來相當可觀，就是太過狂妄，偏要在武功中加上什麼書法。嘿嘿，高手過招，所爭的只是尺寸之間，將自己性命來鬧著玩，居然活到今日，也算是武林中的一樁奇事。禿頭老三，近十多年來你龜縮不出，沒到江湖上行走，是不是？」（第二十回）金庸這麼寫，自然是要對以前的「藝術武功」的描寫作一個反思和糾偏，進而兼顧觀賞性與實用性。

另一方面，金庸在創造性與可能性之間，也是盡力兼顧，並且力求筆下武功——在理論上的——可能性，這一方面最突出的例子，是在小說《倚天屠龍記》中對「乾坤大挪移」這一神奇武功的描寫。這門武功是神教的「鎮教之寶」，只有教主才能練習，但前幾任教主，幾乎沒一人練到第四層以上（一共七層），而張無忌則在很短的半天內就練成了，此事看起來神奇，但書中卻寫出了其中的道理：

原來這「乾坤大挪移」心法，實則是運勁用力的一項極巧妙的法門，根本的道理，在於發揮人本身所蓄有的潛力。每人體內潛力原極龐大，只是平時使不出來，每逢火災等等緊急關頭，一個手無縛雞之力的弱者往往能負千斤。張無忌練就九陰神功後，本身所蓄的力道已是當世無人能及，只是他未得高人指點，使不出來，這時一學到乾坤大挪移心法，體內潛力便如山洪突發，沛然莫之能禦。

這門心法所以難成，所以稍一不慎便致走火入魔，全由於運勁的法門複雜巧妙無比，而練功者卻無雄渾的內力與之相符，正如要一個七八歲的小孩去揮舞百斤重的大鐵鍾，鍾法越是精微奧妙，越會將他們自己打得頭破血流，腦漿迸裂，但若舞錘者是個大力士，那便得其所哉了。以往練這心法之人，只因內力有限，勉強修習，變成心有餘而力不足。

昔日明教各位教主大都明白這其中關鍵所在，但既得身任教主，個個是堅毅不拔、不肯服輸之人，又有誰肯知難而退？大凡武學高手，都服膺「精誠所至，金石為開」的話，於是孜孜兀兀，竭力修習，殊不知人力有時而窮，一心想要「人定勝天」，結果往往飲恨而終。張無忌所以能在半日之間練成，而許多聰明才智、武學修為遠勝他之人，竭數十年苦修而不能練成者，其間的分別，便在於一則內力有餘，一則內力不足而已。（**第二十回**）

這一段話，已將張無忌為何能在半天之內練成「乾坤大挪移」神功的原因、道理說明白了，至少在理論上，完全存在這種可能性。

這門「乾坤大挪移」神功用起來果然神妙無比，首次施用，便使何太沖、班叔嫻夫婦及華山二老這四位高手措手不及、手忙腳亂。這四人的兩儀劍法、反兩儀刀法原本配合得天衣無縫：同時攻向張無忌，而張無忌開始時也是險象環生。直到他明白了其中的關竅，這才舉重若輕，將何太沖夫婦及華山派師兄弟的攻勢，「挪」成了夫婦相攻，

「移」成了師兄弟相鬥，讓他們身不由己，手不應心。後來又讓武當派第三代弟子中武功第一的宋青書攻向張無忌的「花開並蒂」的招數，全都「挪」成了自己攻自己，自己點了自己的穴道，讓宋青書大丟其臉，而又輸得莫名其妙。其實說起來也不難理解，張無忌所運用的「乾坤大挪移」功法，無非是將「借力打力」及「四兩撥千斤」這些中國武術的基本原理，加以適當的誇張，讓它發揮到極致而已。

這「乾坤大挪移」的功法，其實並非金庸所創，而是從前輩作家還珠樓主的《蜀山劍俠傳》中「化」出來的。在《蜀山劍俠傳》中，周輕雲、李英瓊飛赴紫雲宮途中，經過玄龜殿時，與易鼎、易震等發生了衝突，眼見易氏兄弟不敵，其母綠鬢仙娘韋青青出面，暗用「顛倒乾坤五行挪移大法」，將殿前石臺上預先設置好的大須彌正反九宮仙陣移了過來，將周輕雲、李英瓊困在陣中。在這裡，「顛倒乾坤五行挪移大法」所挪移的是山川樹木、地形地勢、房屋建築、陣勢陣法，真正能夠「挪移乾坤」。這乃是古代神仙法術的餘韻，以為仙家能做到「移山縮地」「移形換影」（**這些《蜀山劍俠傳》中都有描寫**），因而法術通神之人亦必能「挪移乾坤」。

金庸將「顛倒乾坤五行挪移大法」化簡為「乾坤大挪移」，不僅簡化了它的名稱，更重要的是，從根本上改變了它的性質。使之由一種神秘莫測的神仙法術，變成可以理解的人間武功。「乾坤大挪移」的根本原理，是「四兩撥千斤」，在理論上是完全可能的。因而金庸所寫的這門武功，實際上是將不可能的玄想之法術化成了可能的武學方法。

金庸解決兩大矛盾的方法是二者兼顧，我們也就可以從其「兼顧」對武術道理的發揮，及對武學原則的把握。

筆者多次提及《書劍恩仇錄》中的「百花錯拳」看似神奇，在道理上卻是可以講得通的。如其「百花易敵，錯字難當」，「出其不意，攻其不備」，這些不但是與武術的道理相通，而且正是中國軍事思想的精華所在。再如《書劍恩仇錄》中的「庖丁解牛掌」，其意在若能將武功練到庖丁解牛那般「以神遇而不以目視」計所謂「遊刃有餘」的境界，豈不是神妙？

關於金庸小說中的學術——哲學與道、理——我在《金庸「武學」的奧秘》一書中有過專門的論證（**書中的第二卷《武功與學術》即是**），在其他的有關章節中也引述了不少，這裡就不一一重複了。

總之，金庸的武俠小說中的武功描寫，不僅包含了大量的藝術想像與虛構，創造出大量子虛烏有的武功；同時也包含了大量的學術思考與發揮，寫出合理推斷與生發的新招式來。

有些武功看似子虛烏有，其實只不過是某一種武學原理的變型或誇張，有心之人自可將它們「還原」為某種武學的方法論。諸如：（1）博與專的關係；（2）剛與柔的關係；（3）內力與招式的關係；（4）死與活的關係等等，金庸小說中都有很精到的論述。

博與專的關係，在金庸小說中論述較多，分為兩個層次，第一層次是專比博好。這是就一般的意義而言的。比如《書劍恩仇錄》中的那場陳家洛的比武，陳家洛的拳法層出不窮，眾人雖然都很納罕，但陳家洛並沒能取勝。書中寫道：「周仲英以不變應萬變，六路少林拳融會貫通，得心應手，門戶謹嚴，攻勢凌厲。他縱橫江湖數十年，大小數百戰，似陳家洛這般兼通各家拳術的對手雖然未曾會過，但也不過有如他數十年來以一套少林拳依次遍敵各門好手，拳法上並不吃虧，他素信拳術之道貴精不貴多，專精一藝，遠勝駁雜不純。」（第三回）

同樣意思的話，在《神鵰俠侶》中，金輪法王也對楊過說過：「人各有志，那也勉強不來。楊兄弟，你的武功花樣甚多，不是我倚老賣老說一句，博採眾家固然甚妙，但也不免駁雜不純。你最擅長的到底是哪一門功夫？要用什麼武功去對付郭靖夫婦？」（第十六回）這幾句話將楊過問得張口結舌，難以回答。他一生遭際不凡，性子又是貪多務得，全真派的、歐陽鋒的、古墓派的、洪七公的、黃藥師的，諸般武功著實都學了不少。這些功夫每一門都是奧妙無窮，以畢生精力才智鑽研探究，亦難以望其涯岸，他東摘一鱗，西取半爪，卻沒一門功夫練到真正第一流的境界。遇到次等對手之時，施展出來固然是五花八門，叫人眼花繚亂，但遭逢到真正高手，卻總是相形見絀。所以楊過「低頭沉思，覺得金輪法王這幾句話實是當頭棒喝，說中了他武學的根本大弊。」（《神鵰俠侶》第十六回）

但是，在另一個層面上，要想成為真正的超一流的武功高手，那又非博不可。也就是說，博乃是達到更高層次的專的必由之路。因為真正的超一流的武功高手，都是能別闢蹊徑，獨具一格的創造者。金庸小說中的主人公，除韋小寶等少數例外，無不是博採百家而後卓然自立的。便是前面說到的楊過，後來創出「黯然銷魂掌」的武功，同樣也是與以前的博採百家分不開的。

關於剛與柔的關係，當然同樣也是相對而言。中國哲學（尤其是道家哲學）中一向以為「柔能克剛」，所以《射鵰英雄傳》中提到的華山論劍，五位絕世高手之中，以全真派創始人王重陽的內家功夫（以柔為主）為天下第一。後來老頑童周伯通對郭靖說：「你師父洪七公的功夫是外家中的頂尖兒，我雖然懂得一些全真派的內家功夫訣竅，想來還不是他的敵手。只是外家功夫練到像他那樣，只怕已到了盡處，而全真派的武功卻是沒有止境，像做哥哥的那樣，只可說是初窺門徑而已。當年我師哥贏得『天下武功第一』的尊號，決不是碰運氣碰上的，若他今日尚在，加上這十多年的進境，再與東邪、西毒他們比武，決不須再比七日七夜，我瞧半日之間，就能將他們折服了。」（《射鵰英雄傳》第十七回）但另一方面，周伯通又承認「雖說柔能克剛，但若你的降龍十八掌練到了洪七公那樣，我又克不了你啦。這是在於功力的深淺。」（同上）

關於內力與招式的關係，道家哲學中主張大象無形、大巧若拙、大音稀聲，即重內力而輕招式，重「道」而輕「技」。金庸小說中的武功描寫，自也受了這一傳統哲學的影響。例如《神鵰俠侶》中楊過在發現獨孤求敗的劍塚之前，武功極盡繁複花巧，而獨孤求敗的劍塚的留言中卻說「大巧不工，重劍無鋒」；進而還有「不滯於物，竹木石皆可為劍」，最後進入了「無劍勝有劍之境」。

這些只能意會而不能言傳，楊過一開始也沒能理解，但與獨孤求敗的神鵰博擊數日之後，「楊過提著重劍時手上已不如先前沉重，擊刺揮掠，漸感得心應手。同時越來越覺以前所學劍術變化太繁，花巧太多，想到獨孤求敗在青石上所留：『重劍無鋒，大巧不工』八字，其中境界，遠勝世上諸般最巧妙的劍招。他一面和神鵰博擊，一面凝思劍招的去勢回路但覺平平無奇的劍招，對方越難抗禦。比如挺劍直刺，只要勁力強猛，威力遠比玉女劍法等變幻奇妙的劍招更大。」（《神鵰俠侶》第二十六回）

對此最為典型的說法，還是《笑傲江湖》中華山派的「氣宗」與「劍宗」之分，前者重視以氣為主，後者以劍為主；前者重內力，後者重招式。華山掌門人（氣宗）岳不群對弟子們說：「劍宗的功夫易於速成，見效極快。大家都練十年，定是劍宗占上風；如練二十年，那是各勝擅長，難分上下；要到二十年之後，練氣宗功夫的才漸漸地越來越強，到得三十年練劍宗功夫的便再也不能望氣宗之項背了。」（《笑傲江湖》第九回）

所謂「死」與「活」，當然是指練功、比武的方法，一種是死搬教條，一板一眼；另一種是順其自然，靈活機動。這兩者的關係很難把握。練功時講究穩和準，要下苦功夫和死功夫；而博擊時則講究靈和活，要隨機應變，爭取主動，出其不意，攻其無備。但練死了，又怎能用得活？反過來，若一味地講究活，練功時無所謂，那又怎能練得好？

所謂「運用之妙，存乎一心」；岳不群雖然見識不凡、武功也不弱，但卻不是良師，他的徒弟中除了令狐冲外，沒有真正出色的。而令狐冲生性活潑，則又為岳不群所不喜，以至於令狐冲一直未能踏入真正一流高手之境，直至遇到風清揚才悟到「活學活用」的真諦。

書中寫道：「他從師練劍十餘年，每一次練習，總是全心全意的打起了精神，不敢有絲毫怠忽。岳不群課徒極嚴，眾弟子練拳使劍，舉手提足之間只要稍離了尺寸法度，他便立加糾正，每一個招式總要練得十全十美，沒半點錯誤，方能得到他點頭認可。令狐冲是開山門的大弟子，又生來要強好勝，為了博得師父、師娘的讚許，練習招式時加倍的嚴於律己。不料風清揚教劍全然相反，要他越隨便越好，這正投其所好，使劍時心中暢美難言，只覺比痛飲數十年的美酒還要滋味無窮。」

原來風清揚對人說的是：「一切須當順其自然。行乎其不得不行，止乎其不得不止，倘若串不成一起，也就罷了，總之不可有半點勉強。」（第十回）

這風清揚是劍宗高手，重劍不重氣，在「認識論」上當不如氣宗高明；然而在具體運用時，借助「獨孤九劍」，在「方法論」上則比岳不群高明得多，後來令狐冲與劍宗高手封不平比劍，居然出現了「氣宗徒兒（令狐冲）劍法高，劍宗好手氣功強」的奇妙局面。這也表明認識與方法之間的差異，應該能給我們很深的啟發。

最後，順便說一句，西方人認為中國武術神秘，中國人更神秘，又以為中國人個個都會武術，其實是錯了。

金庸最後一部書《鹿鼎記》中，寫出一個全然不懂武功、也不想練武功的韋小寶來。他在揚州妓院中成長起來，卻也算得上是久經戰陣，他的「常規打法」有罵人、張口咬人、撒石灰壞人眼睛、地下打滾、抓人頭髮、鑽人褲襠、捏人陰囊、躲在桌底下剁人腳板，還有最後一招，是打不過時便大喊大叫或躺在地上裝死嚇人。他的理論是：「用刀子殺人是殺，用石灰殺人也是殺，又有什麼上流下流了？……人家用刀子剁你大腿，我用刀子剁人家腳板，大腿跟腳板，都是下身的東西，又有什麼分別？」（《鹿鼎記》第二回）這一段，我們也應該錄下，為中國的「武文化」聊備一格。

陳墨武學金庸

作者：陳墨
發行人：陳曉林
出版所：風雲時代出版股份有限公司
地址：10576台北市民生東路五段178號7樓之3
電話：(02) 2756-0949
傳真：(02) 2765-3799
執行主編：朱墨菲
美術設計：吳宗潔
業務總監：張瑋鳳

初版日期：2023年12月
版權授權：陳墨
ISBN：978-986-5589-10-3

風雲書網：http://www.eastbooks.com.tw
官方部落格：http://eastbooks.pixnet.net/blog
Facebook：http://www.facebook.com/h7560949
E-mail：h7560949@ms15.hinet.net
劃撥帳號：12043291
戶名：風雲時代出版股份有限公司

風雲發行所：33373桃園市龜山區公西村2鄰復興街304巷96號
電話：(03) 318-1378
傳真：(03) 318-1378
法律顧問：永然法律事務所 李永然律師
　　　　　北辰著作權事務所 蕭雄淋律師

行政院新聞局局版台業字第3595號 營利事業統一編號22759935

定價：380元

國家圖書館出版品預行編目資料

陳墨：武學金庸 / 陳墨著. -- 初版. -- 臺北市：風雲時代出版股份有限公司, 2021.04　面；　公分

ISBN 978-986-5589-10-3 (平裝)
1.金庸 2.武俠小說 3.文學評論

857.9　　110001500